Près du tsar, près de la mort

Les enquêtes des cousins Clifford, 02

I0638309

DU MEME AUTEUR

POLARS HISTORIQUES

- **LES ENQUÊTES DES COUSINS CLIFFORD**
1. *Premières armes*, 2017.
2. *Près du tsar, près de la mort*, 2017.
3. *Voir Venise et mourir*, 2018.
4. *La dame en rouge*, 2018.
5. *L'homme en vert*, 2020.
6. *L'enfant en bleu*, 2021 *(à paraître)*.

- **WORTHINGTON & SPENCER, DÉTECTIVES PRIVÉS**
1. *Sombres secrets*, 2018 (Version anglaise : *Dark secrets*, 2019).
2. *Esprits tueurs*, 2019.
3. *Exquises miniatures*, 2020.

LIVRE POUR ENFANTS

- **LES AVENTURES DE LOUIS CLIFFORD**
1. *Le mystère de Noël*, 2018.

ROMAN FEEL-GOOD

1. *La vie dont tu rêvais enfant*, 2019.

COMÉDIES POLICIÈRES

1. *Et si je vous offrais des coups de pelle pour Noël*, 2020.

OUVRAGES HISTORIQUES

2. *Les droits de la reine. La guerre juridique de Dévolution 1661-1674)*, 2018.

Près du tsar, près de la mort

Les enquêtes des cousins Clifford, 02

Delphine Montariol

Couverture : *Albert Cahen d'Anvers*, Pierre-Auguste RENOIR, 1881, Musée J. PAUL GETTY MUSEUM (Los Angeles).

© Delphine Montariol, Éditions Belle Époque, 2017-2021.

Nouvelle édition revue et corrigée. Tous droits réservés.

ISBN : 978-2-9559630-3-6

À ma relectrice de toujours,
Marianne.

La tsarine Alexandra Feodorovna Romanova avec ses filles, les grandes-duchesses Olga, Tatiana et Maria (sur les genoux de sa mère), photographie datant de 1902.

Chapitre I

L e couteau de bois frappa entre les deux yeux la poupée qui bascula en arrière et s'abattit au sol dans une pose tragique. Meredith, dont les boucles châtain clair étaient réunies en une lourde tresse, s'empara d'un autre couteau factice et arma son bras. La deuxième poupée alignée sur le banc en face d'elle avait du souci à se faire.

Alors que le soleil poignait à peine à l'horizon, la fille de Lord et Lady Clifford s'entraînait au lancer de couteau loin des regards indiscrets. C'était du moins ce qu'elle croyait. À la fenêtre du premier étage du manoir, Lord Clifford, grand homme sec aux cheveux désormais plus sel que poivre, surveillait sa fille en silence, le front barré d'une ride soucieuse. Meredith venait d'atteindre la deuxième cible en plein front.

Après avoir abattu sa troisième poupée, la jeune fille observa la lumière grandissante, qui marquait la fin de son entraînement matinal. Elle se pressa vers le banc en bois, désormais vide, ramassa les précieux couteaux d'entraînement, qu'elle avait elle-même fabriqués, s'empara de ses trois jouets trempés par la rosée du matin et courut vers le manoir.

En ce beau matin de septembre 1900, le manoir Clifford brillait d'une blancheur toute victorienne. Pourtant, Meredith ne voyait plus la beauté qui l'entourait tant son esprit était accaparé par sa future mission russe. Quelques semaines auparavant, sa vie avait pris un tour inattendu et, pour tout dire, inespéré pour la jeune noble perclose d'ennui qu'elle était. Toutefois, à bien y réfléchir, Meredith se demandait, - connaissant les conséquences de sa curiosité... et de celle de son jumeau Benedict... - si elle n'aurait pas préféré suivre la voie toute tracée que sa condition de jeune fille de la noblesse lui imposait. Entraînée en France dans une sombre affaire d'espionnage international[1], elle avait été obligée de tuer pour ne pas l'être et se retrouvait désormais à la merci des services de Sir Robert Arthur Talbot Gascoyne-Cecil, Premier ministre de sa Majesté la reine Victoria. L'alternative qui lui avait été offerte était simple : soit elle intégrait les services secrets, soit elle répondait devant la justice des meurtres commis à Paris.

Être obligée de retourner en mission à la cour du tsar Nicolas II préoccupait un peu Meredith mais, pour être honnête, elle n'était pas vraiment inquiète. En revanche, elle n'acceptait pas les répercussions de ce chantage sur tout son entourage. Une fois de plus, elle était en colère. Auparavant, son courroux avait eu pour objet sa condition de femme. Désormais, il trouvait sa source dans l'injustice qu'elle, son frère et son cousin subissaient. Comme un seul homme, ses deux compagnons d'aventure, Benedict et Alistair, s'étaient résolus à lier leurs sorts à celui de leur sœur et cousine, quelles que pussent en être les conséquences. S'il ne s'était agi que d'elle-même, Meredith se serait sentie libre de ne pas obéir et d'affronter la justice. Toutefois, elle comprenait qu'en ce genre de jeu de dupes, nul ne pouvait échapper au sort que les rois et reines décidaient pour leurs pions.

En outre, la jeune lady avait découvert que le monde, en dehors de sa petite vie protégée, n'était guère amusant. Intéressant, intrigant, dangereux voire mortel, mais pas amusant. Le seul qui semblait en retirer quelque distraction était son cousin Alistair. Meredith avait découvert dans ce dandy d'une improbable dangerosité un allié fidèle, loyal et d'un courage s'apparentant souvent à de la témérité. Oui, seul Alistair semblait s'amuser dans ce monde plein de bruit et de fureur.

---

[1] Cf. Du même auteur, *Premières armes,* 2017.

Benedict, quant à lui, goûtait encore moins que sa sœur le monde de l'espionnage. Véritable rat de bibliothèque, il se destinait à des études de droit à Oxford avant que la raison d'État ne s'emparât de sa personne et de celle de sa sœur. Depuis lors, le caractère de son jumeau avait pris un tour plus taciturne. Renfrogné comme il ne l'avait jamais été, son frère s'enfermait dans la bibliothèque à longueur de journée et ne lui adressait quasiment plus la parole. Marque du changement profond qui s'opérait dans le jeune homme, il avait décidé de se laisser pousser la moustache, afin d'être pris un peu plus au sérieux. De son côté, Meredith concevait un vif chagrin de cette dégradation de sa relation avec son jumeau, mais elle n'osait lui parler, tant elle se sentait coupable de leur malheur commun. Hayley avait beau lui répéter qu'elle n'était en rien responsable de la situation, Meredith ne parvenait pas à se défaire de cette impression.

Hayley... L'image de sa gouvernante aux longs cheveux bruns et aux yeux myosotis s'imposa à Meredith. Comme s'il n'avait pas suffi d'entraîner à sa suite son frère et son cousin, il avait fallu qu'elle plongeât dans le tumulte de l'espionnage international sa pauvre gouvernante, la fidèle Miss Hayley Fortescue. Décidément, le sentiment de culpabilité de Meredith ne faiblissait pas.

Arrivée devant le manoir, la jeune fille gravit, en quelques bonds dynamiques, les marches du perron et stoppa net son avancée quand la porte s'ouvrit devant elle.

Meredith leva les yeux sur celui qui ouvrait la porte et fit face au visage strict et prématurément vieilli de son père. Lord Henry Clifford avait été surpris par le poids des ans depuis que, quelques semaines auparavant, sa vie toute de noblesse et de loyauté à la Couronne avait été fracassée par le vol des plans d'une arme stratégique au sein même de son manoir. Depuis lors, Lord Clifford avait vu son honneur et son nom entachés par une accusation de haute trahison, ses enfants et son neveu envoyés en mission pour racheter sa faute et il n'avait pu s'opposer en aucune manière, malgré toutes les démarches qu'il avait entreprises depuis plus d'un mois, à l'envoi de ses héritiers en Russie. En effet, la réussite de l'équipée parisienne des jumeaux et d'Alistair avait convaincu le tsar Nicolas II de solliciter de la reine Victoria l'envoi de ces espions, peu communs, à sa cour où il devait leur confier une mission secrète. Lord Henry Clifford avait tout tenté pour s'opposer à ce projet, mais personne ne s'était dressé à ses côtés pour défendre sa famille.

Lord Clifford subissait, en outre, le désespoir de son épouse, Lady Rosalinde Clifford, la colère sourde de sa fille Meredith et le silence de mauvais augure de son fils Benedict. À son grand étonnement, il n'avait trouvé de réconfort qu'auprès de son neveu, Alistair. Alistair, qu'il avait pourtant honni tout au long de son existence. Alistair, qu'il avait méprisé et rabroué, considérant le jeune homme indigne de lui succéder. Ce que Lord Clifford n'avait jamais avoué à personne, pas même à lui-même, était la jalousie que la naissance d'Alistair avait ancré en son cœur. Lui, Henry, le frère aîné, héritier du titre et du manoir, n'avait pas d'enfant, lorsque son frère cadet avait eu la joie d'accueillir dans sa famille un garçon en pleine santé. De ce jour, il avait conçu un profond mépris pour son neveu, mépris qui n'avait fait que grandir au fil des ans.

Désormais, Lord Clifford avait honte de sa conduite. Non seulement Alistair avait accepté avec grâce, à l'âge de dix-huit ans, la naissance des jumeaux et donc la perte de son rang d'héritier de la famille mais encore, le mois passé, il avait tout fait pour protéger ses cousins et les ramener, comme il l'avait promis, sains et saufs en Angleterre.

Depuis lors, à chacun de ses passages à Londres au cours du mois passé, Lord Clifford avait toujours rendu visite à son neveu dans son hôtel particulier et avait trouvé en lui un homme d'honneur, certes jouisseur, mais d'une grande rectitude d'âme. L'oncle avait apprécié les conversations, qu'il avait eues, avec son neveu autour d'un verre de whisky et se sentait désormais proche de cet homme qu'il apprenait à connaître.

Meredith planta ses yeux bleus emplis de colère dans ceux fatigués de son père. Lord Clifford leva une main pacificatrice avant que sa fille ne crachât son venin.

— Paix Meredith, je ne viens pas te combattre.

Ces paroles saisirent la jeune fille, dont le visage marqua une certaine stupéfaction. La trêve fut pourtant de courte durée.

— Si vous souhaitez m'interdire d'apprendre à me servir de couteaux, il faudra m'expliquer comment je pourrai préserver ma vie et celles de mon frère et de mon cousin, sans parler de celle de Miss Fortescue puisqu'elle aussi a décidé de me suivre à Saint-Pétersbourg.

Lord Clifford regarda sa fille avec un mélange de fierté et d'exaspération.

— Tu n'apprendras donc jamais à te contenir.

Le regard de Meredith s'enflamma, mais elle se mordit les joues pour ne pas répliquer. Son père apprécia cet effort.

— Puisque tu es désormais disposée à m'écouter, je souhaiterais que tu me suives à la salle d'armes. Ton frère s'y trouve déjà et nous sommes tous deux en retard.

Meredith ne put cacher sa stupéfaction.

— En retard ? Mais le soleil vient à peine de se lever.

— Certains se lèvent plus tôt que d'autres.

Lord Clifford tourna le dos à sa fille et avança dans le couloir, un vague sourire amusé sur le visage. Meredith le regarda s'éloigner quelques instants, avant de le suivre en courant, les bras toujours encombrés de ses poupées.

Des rires explosèrent dans la salle d'armes et s'élancèrent le long du couloir pour atteindre Meredith. La jeune fille écarquilla les yeux, serrant ses poupées contre elle, puis elle chercha le regard de Lord Clifford, qui ouvrit la porte devant elle.

Les trois hommes, déjà présents dans la salle d'armes, tournèrent leurs visages vers les nouveaux venus. Benedict, tout sourire, comme il ne l'avait plus été depuis son retour de Paris, fit signe à sa sœur d'entrer. Meredith se précipita dans la salle et stoppa net juste après l'entrée. Elle vit d'abord Sergueï, un espion russe qu'elle avait à peine entrevu à son retour à Londres. Sergueï avait accompagné son frère et son cousin dans leur voyage de retour et avait subi avec eux l'ultime attaque de leurs ennemis. Tout ce qu'elle savait de cet espion russe était que son frère le portait en haute estime. Toutefois, Meredith ne s'attarda ni sur Benedict, ni sur Sergueï, qui posait sur elle son unique œil d'un bleu perçant, et se précipita sur le troisième homme, lâchant ses poupées dans sa course. Alistair vit arriver sa cousine avec un grand sourire et ouvrit les bras pour l'accueillir. Comme ne l'aurait jamais fait une lady, Meredith se jeta contre lui et le serra de toutes ses forces, à la grande indignation de son frère.

— Je comprends que tu puisses être contente de voir Alistair, mais je souhaiterais que tu te conduises de manière convenable, grinça Benedict.

À ces paroles, Alistair éclata d'un rire franc et se tourna vers son cousin, emportant dans ses bras sa jeune cousine.

— Je comprends votre courroux, mon cousin, et je m'indigne avec vous. Meredith, vous allez froisser mon gilet à me serrer ainsi !

Meredith sourit paisiblement et se détacha de son cousin. Alistair avait la capacité rare d'apaiser les colères de la jeune fille en gardant, en toutes circonstances, un détachement amusé face aux contrariétés de la vie. S'éloignant, Meredith détailla la tenue impeccable, comme de coutume, de son cousin et constata que ses cheveux bruns avaient encore poussé. Ils frôlaient désormais ses épaules.

— Je suis si contente de vous voir, mon cher cousin ! Comment va votre jambe ?

— Fort bien, ma chère cousine. Ce n'est pas une pauvre dague, qui va m'empêcher de poursuivre ma route.

Sergueï ricana.

— Écoutez-le. À l'en croire, il serait presque indestructible ! Tu ferais bien de faire attention, l'Anglais. Un de ces jours, tu risques de mal digérer une lame.

Alistair ne se montra pas offensé, bien au contraire. Il se tourna vers Sergueï et le gratifia de son plus beau sourire.

— La seule chose qui me chagrinerait serait que cette lame fatale vienne de toi, le Russe. En attendant, mon cher, je te présente ton élève, Miss Meredith Clifford.

Sergueï se redressa, s'approcha droit comme un i et salua militairement Meredith, qui s'inclina aussitôt en une parfaite révérence, sa bonne éducation ressurgissant d'instinct.

— Colonel Sergueï Ilitch Pouchkine, Miss, pour vous servir.

— Miss Meredith Clifford, colonel, ravie de faire votre connaissance.

Un peu perdue, Meredith avait répondu par réflexe et se tourna vers son père qui s'était rapproché.

— Je ne comprends pas… Son élève ?

— Le colonel Pouchkine a accepté de t'enseigner le combat au couteau. Il n'est plus temps de tergiverser, Meredith, que cela me plaise ou pas, que cela te satisfasse ou pas, tu vas partir avec ton cousin et ton frère pour la cour du tsar et tu devras probablement y défendre ta vie. Tu es déjà assez habile au pistolet et à l'épée mais, comme tu as pu t'en apercevoir par toi-même, il est parfois nécessaire de combattre au corps à corps. Aussi, ai-je demandé au colonel Pouchkine, qui est d'une habileté sans pareille armé d'un couteau, de t'enseigner ce genre de combat.

Meredith regarda son père, les yeux écarquillés, la bouche s'affaissant peu à peu sous l'effet de la surprise. Son père qui l'avait toujours bridée, qui lui reprochait sans cesse de ne pas se conduire en lady, qui la rabrouait à chaque occasion, son père donc avait demandé à un espion russe de lui apprendre le combat au couteau…

— Nous avons pensé avec ta mère et ton inestimable gouvernante que le couteau pouvait être une arme profitable pour toi, puisque personne n'osera vérifier si tu caches des lames sous tes jupons.

Sergueï accueillit cette information avec intérêt et une moue approbatrice.

— Je suis absolument d'accord avec vous, My Lord. Je n'aurais jamais songé à utiliser les jupes d'une femme pour dissimuler des armes… mais c'est très ingénieux.

— Je ne vais plus oser soulever un jupon de ma vie… intervint Alistair.

Meredith pouffa de rire, alors que Lord Clifford et Benedict lui jetaient un regard sombre. Alistair y opposa un large sourire et fit signe à son cousin.

— Mon cher Benedict, je ne voudrais pas que vous vous sentiez mis à l'écart. Je vais bien sûr m'occuper de vous.

Benedict sembla ravi de cette nouvelle. Ses yeux bleu foncé, les mêmes que ceux de sa sœur, s'illuminèrent.

— Et qu'allez-vous m'apprendre, cousin ?

— Tout d'abord, le combat au corps à corps car vos rudiments de boxe sont insuffisants, puis nous compléterons vos connaissances en escrime. Vous êtes un bon élève, mais vous demeurez trop prévisible.

La mine de Benedict se rembrunit.

— Pour ma part, je n'ai que faire de ce genre d'enseignements. Seuls les explosifs et l'électricité m'intéressent.

— La difficulté, mon cher cousin, est que, dans notre monde, l'usage des explosifs et de l'électricité est moins commun que celui des lames et des poings. Bien évidemment, je ne veux vous forcer en rien. Toutefois, je ne pourrai rien vous apprendre sur les explosifs ou l'électricité, mes seules connaissances en la matière se limitant à allumer un bâton de dynamite et à le lancer.

La mine de Benedict ne s'améliora pas. Lord Clifford intervint :

— Si tu souhaites apprendre le maniement des explosifs, je vais essayer de trouver quelqu'un qui pourra te l'enseigner. En revanche, pour l'instant, je ne vois pas vers qui me tourner concernant ton électricité. En outre, je ne pense pas que l'électricité pourra t'être utile à Saint-Pétersbourg...

— L'électricité nous a pourtant déjà sortis d'un bien mauvais pas à Paris, c'est pourquoi je souhaite vivement en apprendre davantage à son sujet.

Lord Clifford regarda son fils un instant, puis acquiesça.

— Comme tu voudras. En attendant de trouver ceux qui pourront t'enseigner, je te conseille tout de même d'apprendre à te battre avec ton cousin. Tu pourrais en avoir besoin.

— C'est entendu, Père.

Lord Clifford salua d'un signe de tête Alistair et Sergueï, puis prit congé.

— Jeunes gens, à nous !

Alistair fit signe à Benedict de le suivre vers l'armoire dans laquelle plusieurs épées attendaient d'être utilisées, pendant que Sergueï et Meredith se dirigeaient vers la porte. Arrivé près des poupées, Sergueï se pencha et en ramassa une. La poupée de porcelaine le regardait de ses yeux ronds, la peinture de son front marquée par plusieurs impacts.

— Juste entre les deux yeux... Voyons ce que nous pouvons faire de vous, Miss.

Sergueï se releva et emporta avec lui les pauvres jouets.

CR ◆ ∞

L e soleil avait presque atteint son zénith. Serguei, en chemise et gilet, surveillait les mouvements de bras de son élève, Meredith. Studieuse et concentrée, la jeune fille faisait montre d'une rare application et d'une grande discipline. Malgré la fatigue - un élancement traversait à intervalle régulier son bras -, elle se pliait sans regimber à tous les ordres du colonel Pouchkine. La poupée reçut une nouvelle fois le couteau de bois entre les deux yeux.

— C'est bien, Meredith, mais vous vous fatiguez, nous allons faire une pause. Venez vous asseoir près de moi.

Serguei s'assit sur le banc aux poupées, souleva son impeccable veston en soie sauvage du même bleu que son œil et fit apparaître une rangée de six couteaux, alignés sur sa taille. Meredith regarda avec attention la ceinture dans laquelle les armes étaient rangées.

— Les couteaux ont cet avantage d'être invisibles aux yeux des profanes. Vos parents et votre admirable gouvernante ont vu juste en souhaitant vous initier à ce noble art. Si vous êtes amie avec les lames, non seulement vous pourrez être armée à chaque instant de votre vie, mais vous pourrez aussi éviter qu'un ennemi ne vous approche ou... vous pourrez l'expédier rejoindre ses ancêtres s'il vous a approchée.

Serguei sortit un premier couteau. Une lame fine et légère, d'une seule pièce métallique. Il fit tourner l'arme dans sa main et la tendit à Meredith.

— C'est un couteau de jet. Précis, équilibré, il part comme une flèche et se plante dans tous les obstacles. Lancé dans la gorge ou le bas-ventre, il est généralement mortel à plus ou moins long terme.

Meredith soupesait l'arme, la faisant tenir en équilibre sur le bout de son doigt.

— Soyez prudente, s'il tombe, il va vous traverser le pied.

Meredith reprit le couteau en main et le rendit à son propriétaire. Serguei sortit un autre couteau, plus large, plus long avec un manche en bois recouvert d'un étrange linge serré.

— Pourquoi le manche est-il emmailloté de la sorte ?

Sergueï sourit. *« Emmailloté » comme un innocent nouveau-né... alors que cette dague est une faiseuse de veuves.*

— C'est une dague de combat, plus courte que celle que vous avez utilisée sur le Caméléon et ses acolytes, mais tout aussi meurtrière. Le tissu autour du manche sert à maintenir votre prise quand le couteau est plein de sang. Ainsi, l'arme ne glisse pas entre vos mains.

Sans frémir, Meredith acquiesça d'un signe de tête entendu.

— C'est vrai que j'avais du mal à tenir cette dague... Le sang est terriblement poisseux.

— Précisément.

Un mouvement attira l'œil de Sergueï, qui dissimula dans sa ceinture la dague et se leva d'un bond, tout sourire. Meredith regarda vers le manoir et vit Hayley s'approcher, chargée d'un plateau. Gracieuse dans sa stricte robe noire, Hayley avait réuni ses longs cheveux bruns dans un chignon serré, d'où quelques boucles avaient tout de même l'audace de sortir. Ses yeux bleus se posèrent sur la jeune fille avec douceur.

— Miss Meredith, vous devez veiller à votre teint ! Vous êtes une jeune femme de la noblesse, pas une femme du peuple.

Meredith souffla.

— Mais Hayley, il faut bien que je m'entraîne.

Hayley posa le plateau chargé des sandwiches et de la citronnade sur le banc.

— Certes, vu les circonstances, vous devez, comme nous tous, vous préparer. Toutefois, vous ne devez pas perdre l'aspect d'une femme du monde.

— C'est entièrement ma faute, Miss Fortescue, intervint Sergueï. Je n'ai pas l'habitude d'entraîner les jeunes filles de la noblesse anglaise, mais plutôt de rudes gaillards russes. Aussi, n'ai-je point songé au soleil et à ses effets sur le teint délicat des femmes.

Hayley tourna son regard vers Sergueï et se dit une nouvelle fois que ce colonel russe était bien séduisant... un peu trop peut-être.

— Comment se passe l'entraînement, colonel ?

— Très bien. Miss Meredith est une excellente élève, intelligente, attentive et douée.

Meredith haussa les sourcils et pinça les lèvres de surprise. Elle n'était pas accoutumée aux compliments. Son expression étonnée ne dura pas longtemps toutefois et son maintien habituel reprit le dessus en quelques secondes.

— Parfait, reprit Hayley. Je vous laisse, mais pensez à manger et à boire, la journée est chaude aujourd'hui.

— Vos désirs sont des ordres, Madame.

Hayley parut un peu étonnée, puis choisit de s'éloigner assez vite, Sergueï la suivant de l'œil. Meredith, qui avait déjà attaqué un sandwich, l'observa puis leva les yeux au ciel.

— Entre vous et Alistair, Hayley ne manque pas de soupirants !

Sergueï se tourna vers Meredith, un grand sourire carnassier sur le visage.

— Alors, ce bon vieux Alistair est intéressé par la gouvernante... Passionnant.

— Laissez ma gouvernante tranquille ! Hayley est une femme honnête, qui a déjà assez de soucis avec moi !

— Oui, c'est une femme, vous avez raison.

Sergueï s'empara d'un verre de limonade et le leva pour saluer Meredith avant de boire. La jeune fille regarda son étrange professeur et retourna à son sandwich, tout en gardant un œil suspicieux sur le Russe.

இ❖ஐ

L a salle d'armes sentait le fauve. Le bruit métallique d'épées s'entrechoquant résonnait jusque dans le couloir. Dissimulé derrière la porte, Lord Clifford observait la transformation de son fils, un intellectuel quelque peu pompeux, en un rude combattant. Il faut dire qu'il avait trouvé en Alistair un maître sournois et dangereux. Benedict, sa chemise blanche collée à sa peau, avait toutes les peines du monde à repousser les assauts de son cousin, aussi trempé de sueur que lui. Frappant comme un forcené, Alistair usait les forces de son jeune adversaire. Du haut de ses trente-cinq ans, sa puissance physique surpassait de beaucoup celle de son longiligne cousin de dix-sept ans. Toutefois, marqué par le même orgueil que sa sœur, Benedict savait trouver des ressources inattendues, quand on le poussait dans ses derniers retranchements. Alistair s'approchait peu à peu de lui, réduisant à chaque coup l'espace le séparant de son duelliste, quand soudain son pied partit et rafla la jambe de Benedict. Le jeune homme tomba à la renverse et avant qu'il n'ait le temps de se relever, Alistair lui posa la lame sur le cœur.

— Vous êtes mort, cousin.

Le visage de Benedict s'embrasa de colère. Il inspira à pleins poumons puis, repoussant la lame d'Alistair, se releva d'un bond et se remit en garde face à son cousin. Les yeux de l'aîné des cousins s'étrécirent alors qu'il jaugeait son jeune adversaire, le regard plein de fierté et d'amusement mêlés.

— Avant que nous nous étripions de nouveau, je pense que nous devrions boire un peu de la limonade apportée par Miss Fortescue, dit Alistair.

— Faites ce que vous voulez. Pour ma part, je n'ai pas besoin d'une pause, trancha Benedict.

Alistair sourit, réjoui par la morgue de Benedict.

— Mais vous avez mangé du lion depuis Paris, mon cousin.

Benedict conserva un visage fermé, ce qui intrigua Alistair. Il l'observa un instant puis, levant les épaules, il alla se servir un verre de limonade.

— Splendide ! apprécia-t-il. Vous devriez en boire aussi,

sinon demain vous serez au martyre tant vos muscles vous feront souffrir.

Benedict se décida avec humeur à suivre l'exemple de son nouveau maître d'armes. Il but d'un trait son verre, sans prendre le temps de goûter la boisson.

— Il va falloir que nous parlions, Benedict.

— Et que nous parlions de quoi, Alistair ?

— De votre colère, mon cousin, de votre inextinguible colère. Pensez-vous vraiment que je vais partir à Saint-Pétersbourg sans savoir ce qu'il vous passe par la tête ? Certes, non. Que se passe-t-il ?

Benedict se redressa, sur la défensive, mais ne pipa mot.

— Faut-il que je vous torture pour obtenir des réponses ?

Alistair souriait, mais Benedict ne bougeait pas le moindre muscle de son visage.

— Très bien. Je vais donc tenter de deviner. Selon moi, il y a deux explications à votre conduite présente. Soit vous êtes en colère contre la terre entière car vous êtes amené à embrasser la carrière d'espion contre votre gré, soit votre honneur de mâle a été écorné du fait que votre sœur vous a sauvé la vie.

Les yeux de Benedict s'ouvrirent un instant fugace un peu plus grand. Ce détail n'échappa pas à Alistair.

— L'honneur du mâle donc. Mais, mon cher Benedict, nous devons tous la vie à une femme ici-bas. En outre, ne soyez pas sot. Dans ce genre de mission, il est très commun de devoir la vie à l'un ou l'autre de ses équipiers, quel que soit le sexe de la personne en question. Et si cela peut vous rassurer, il se peut qu'à Saint-Pétersbourg, vous soyez amené à payer votre dette à votre sœur.

— Je ne souhaite pas qu'un tel événement arrive.

— Pourquoi cela ?

— Parce que, dans ce cas, cela signifierait que Meredith serait en danger de mort et je ne veux pas que cela soit.

Alistair inspira profondément, puis expira lentement pour se laisser le temps de réfléchir.

— Mon cher Benedict, malheureusement, je pense que votre sœur va être en grand danger à Saint-Pétersbourg. Tous les services secrets d'Europe connaissent désormais Miss Meredith Clifford et, si l'occasion leur est donnée, ils n'hésiteront pas une seconde à l'éliminer.

— Pardon ? Et que pensez-vous faire pour protéger ma sœur ? s'indigna Benedict.

Alistair sourit, son calme portant le rouge aux joues de son jeune cousin.

— Me battre. Et me montrer plus malin que nos adversaires. J'ai un plan, mais ce plan nécessite que vous soyez apte à vous battre et…

— Et à tuer.

— Et à tuer, si nécessaire.

Benedict se servit un deuxième verre de limonade et prit le temps de le boire. Alistair saisit un sandwich et le goûta avec gourmandise.

— Splendide aussi.

Son air de béatitude finit par arracher un sourire à Benedict, qui s'empara d'un sandwich à son tour.

Derrière la porte, Lord Clifford se couvrit le visage de ses deux mains, puis tourna son regard vers le plafond. Après un instant de contemplation, il referma la porte et s'enfonça dans le couloir.

ର ✦ ଛ

Hayley subissait les cahots de la voiture sans s'en apercevoir. Quelque temps auparavant, elle aurait apprécié chaque mile parcouru dans ce véhicule. Désormais, elle n'y prêtait plus attention. Elle était soucieuse. Depuis son retour de Paris, elle ne dormait quasiment plus, ses tisanes de passiflore et de tilleul n'y faisant rien. Elle qui avait embrassé la profession de gouvernante pour se mettre à l'abri du tumulte du monde dans les manoirs de la noblesse se retrouvait plongée dans les pires histoires qu'elle aurait pu imaginer. Toutefois, que pouvait-elle faire d'autre ? Elle ne pouvait pas abandonner les jumeaux à leur sort. Son devoir la portait à leurs côtés pour affronter la tempête, les assassins et autres calamités que le destin mettrait sur leur chemin. Néanmoins, Hayley avait beau se dire qu'elle agissait comme elle le devait, elle n'en demeurait pas moins soucieuse.

Lors de leur précédente escapade parisienne - si elle pouvait l'appeler ainsi -, elle avait bien failli mourir embrochée par un espion ennemi et la perspective de renouveler cette expérience ne la tentait guère. En outre, les jumeaux et Alistair s'entraînaient avec rudesse au combat, mais nul n'avait songé à l'entraîner elle ! Finalement, si un assassin s'approchait de nouveau, elle allait se retrouver aussi désarmée qu'à Paris et ne devrait sa vie ou sa mort qu'à l'intervention de l'un de ses compagnons de route… *Je dois apprendre à me battre.*

Malheureusement, elle ne disposait que de peu de temps pour elle, tant Lord et Lady Clifford avaient empli ses journées de différentes tâches. Tâches bien éloignées de son activité habituelle de gouvernante qui plus est. Hayley ne s'occupait plus ni de Miss Meredith, ni de ses vêtements, ni de ses repas, ni de quoi que ce fût d'autre lié à la jeune fille, mais passait son temps à confectionner des armures d'acier avec Lady Clifford et à se rendre à l'hôpital en voiture chaque jour. Ses compétences d'infirmière avaient été redécouvertes à Paris et Lord Clifford avait usé de toute son influence pour qu'Hayley reçût les meilleurs enseignements, auprès des plus éminents professeurs de l'hôpital voisin. Hayley suivait donc chaque jour une formation accélérée en soins d'urgence et en lutte contre les poisons, puisque ce genre de désagréments ne semblait pas absent de la cour de tsar.

Le tsar… Si quelqu'un lui avait dit qu'un jour, elle se

rendrait à la cour du tsar à Saint-Pétersbourg, elle ne l'aurait pas cru. La vie était pleine de surprises. La voiture ralentit et Hayley contempla à travers la fenêtre de sa portière le porche de l'hôpital.

La nuit était tombée quand Hayley sortit du bâtiment. Le jeune chauffeur attendait patiemment, ayant reçu l'ordre d'être à l'entière disposition de Miss Fortescue. Hayley, épuisée, lui offrit un pâle sourire, quand il lui ouvrit la portière.

— Vous avez l'air fatiguée, Miss.

— Je le suis, John, et je suis désolée de vous avoir fait attendre si longtemps, mais ce n'est pas moi qui décide de ce que je fais de mes journées... De plus, à cette heure-ci, je vous ai fait rater votre dîner.

— Ne vous inquiétez pas pour ça, Miss, Lady Clifford a remarqué que nous rentrions tard et elle nous a fait préparer un panier. Je vous ai laissé votre part, vous pourrez manger pendant que nous rentrons.

— Vous devez faire erreur, John, il ne peut s'agir de Lady Clifford. Le majordome, Monsieur Thomas Stevenson, a pensé à nous faire préparer un panier...

— Non, non, Miss, c'est comme je vous le dis. Lady Clifford s'en est chargée elle-même. Ça m'a même étonné qu'une grande dame s'occupe de moi comme ça mais, après, je me suis dit que c'était surtout de vous qu'elle se préoccupait. Vous êtes plus qu'une domestique maintenant, Miss.

John hocha la tête pour donner plus de poids à ses paroles.

— Ne vous méprenez pas, John, pour le moment je fais l'objet d'une attention particulière, mais cette attention peut disparaître aussi vite qu'elle est apparue.

— Vous resterez quand même toujours pour Lady Clifford, la femme qui a entraîné ses enfants loin du danger alors qu'elle était blessée. Ça, c'est sûr, Miss.

Hayley pensa que John avait probablement raison. Elle ne

savait pas comment les jumeaux avaient raconté cet épisode à leur mère mais, les connaissant, elle avait dû passer pour une sorte d'héroïne oubliant ses propres blessures pour sauver ses jeunes protégés.

La fatigue l'accabla et elle se hissa dans la voiture, s'écroulant à côté d'un beau panier d'osier. John avait raison, c'était le panier de pique-nique préféré de Lady Clifford.

Quand Hayley atteignit sa chambre, repue comme rarement, elle s'attendait à tout sauf à ce qu'elle allait y trouver. Disons qu'elle s'attendait surtout à trouver sa chambre vide et à pouvoir dormir. Ce ne fut pas le cas.

Lady Rosalinde Clifford, dans sa somptueuse robe de chambre ivoire, était assise dans son pauvre fauteuil d'osier et l'attendait en épongeant les grands yeux bleu sombre qu'elle avait légués aux jumeaux. Hayley referma dans un claquement la porte derrière elle.

— Lady Clifford, que puis-je pour votre service ? s'empressa-t-elle, toute fatigue oubliée.

Lady Clifford se leva.

— Rien, Hayley. Je suis tellement désolée de vous surprendre ainsi dans vos appartements. C'est de la dernière inconvenance mais… je suis désespérée.

— Que se passe-t-il ? Asseyez-vous, je vous en prie, My Lady. Je suis désolée de ne pas pouvoir vous proposer un meilleur fauteuil mais je…

Lady Clifford regarda autour d'elle. La chambre était simple. Les murs blancs n'étaient ornés que d'un petit tableau représentant un champ de fleurs et bien peu de meubles remplissaient la pièce : un lit étroit mais recouvert d'un épais édredon, une table de chevet pleine de livres de médecine, une jolie coiffeuse ornée d'un miroir rond, elle aussi recouverte de livres de médecine et le fauteuil d'osier.

— Je ne m'étais jamais rendu compte que je vous logeais

dans de si mauvaises conditions. Je suis confuse, Hayley, après tout ce que vous avez fait pour nous… et tout ce que nous vous demandons encore…

La voix de Lady Clifford se brisa. Elle s'assit sur le fauteuil d'osier qui accrocha l'un de ses brins à la fine dentelle de la robe de chambre. Hayley se précipita et décrocha la précieuse étoffe de son fauteuil fatigué.

— Que se passe-t-il ?

— Nous y sommes. Vous partez pour Saint-Pétersbourg dans une semaine. Cet épouvantable inspecteur principal Brixton est venu voir Henry cet après-midi et il lui a annoncé que vous deviez tous partir. Le tsar s'impatiente.

Hayley reçut la nouvelle comme un coup à l'estomac. Ses jambes se dérobèrent sous elle et elle tomba assise sur son lit.

— Mais je ne suis pas prête… murmura-t-elle.

— Moi non plus…

Et Lady Clifford éclata en sanglots. Hayley s'aperçut de sa maladresse et trouva la force de se relever.

— Je voulais dire que je ne savais toujours pas me battre mais, en ce qui concerne les poisons et la médecine, j'ai plus de connaissances aujourd'hui que jamais auparavant. En revanche, les corsets en acier ne sont pas terminés.

Lady Clifford épongea ses yeux et déglutit.

— Pour cela, nous avons travaillé toute la journée et nous avons fini les protections pour Meredith et vous. Le gilet de Benedict est presque terminé et il ne reste que les protections pour Alistair et ce charmant colonel russe.

— Vous avez fait un gilet pour le colonel Pouchkine ?

— Oui. Il s'est très bien occupé de Meredith aujourd'hui. Elle est ravie de ses enseignements et j'ai pensé qu'il était normal de veiller à protéger cet homme aussi. Après tout, il a sauvé la vie de notre neveu et peut-être celle de notre fils le mois dernier.

Hayley acquiesça, se remémorant le récit épique que

Benedict avait fait de la course-poursuite, qu'il avait subie en compagnie d'Alistair et de Serguei. Elle-même avait eu la chance de rentrer en toute tranquillité par une autre route en compagnie de Meredith et de cette incroyable force de la nature de Boris.

— Puisqu'il en est ainsi, je vais préparer mes affaires.

— Il faut que je vous parle de cela aussi.

Lady Clifford se leva et se mit à côté d'Hayley, jaugeant leurs tailles respectives.

— Vous êtes à peine plus grande que moi, mais cela ira très bien. Alistair a un plan pour protéger les jumeaux et, dans ce but, il m'a demandé de vous fournir toutes les tenues dont une dame de mon rang doit se parer pour un tel voyage.

Hayley regarda Lady Clifford d'un air ébahi. Lady Clifford lui sourit avec gentillesse et un brin d'espièglerie.

— Demain, je vais faire de vous une grande dame, ma chère Hayley.

La gouvernante était si stupéfaite, qu'elle regarda Lady Clifford quitter sa chambre sans la saluer. Qu'est-ce que ce diable d'Alistair avait prévu pour elle ?

CR◆ℰᗡ

L e lendemain, Hayley se leva à l'aube et se mit à attendre devant la salle à manger, où le petit-déjeuner était servi. Elle voulait savoir ce que Lady Clifford avait voulu dire la veille au soir en parlant de faire d'elle « une grande dame ». N'était-elle pas la première concernée ? Dans ce cas, comment se faisait-il qu'elle fût la dernière informée ? En outre, il fallait qu'elle demandât à Alistair, ou plutôt à Monsieur Clifford - elle devait perdre l'habitude d'appeler cet homme en pensée par son prénom - de l'aider à acquérir quelques compétences au combat. Lord Clifford apparut dans le couloir, salua Hayley d'un geste et s'engouffra dans la salle à manger.

Quelques instants plus tard, les jumeaux déboulèrent dans le couloir. Apercevant Hayley, Meredith stoppa net sa course et prit le rythme lent de la marche des ladies. Surpris par ce changement de rythme soudain, Benedict se retourna pour observer sa sœur et, voyant qu'elle n'avait pas l'intention d'accélérer le pas, il salua Hayley et entra dans la salle à manger sans attendre Meredith.

Arrivée à la hauteur d'Hayley, Meredith s'arrêta et, prenant son air le plus aristocratique, hocha la tête en un mouvement gracieux pour saluer sa gouvernante.

— Bonjour, Miss Fortescue, j'espère que vous vous portez bien.

— Bonjour, Miss Meredith, fort bien, je vous remercie de vous enquérir de ma santé. J'espère à mon tour que ce jour vous trouve en pleine santé.

— Certes et je vous remercie à mon tour…

— Miss Meredith, puis-je savoir ce que vous tentez de dissimuler derrière ce soudain excès de courtoisie ?

Meredith prit un air pincé, mais ne put se retenir de pouffer.

— Alistair a un plan formidable. C'est une surprise !

La jeune fille n'attendit pas que sa gouvernante pût la questionner et se précipita dans la salle à manger. Hayley observa la porte se refermer derrière elle.

— Pourquoi faut-il que tous soient informés de ce plan sauf moi ? râla-t-elle.

— Parce que je n'ai pas eu le temps de vous en parler, Miss Fortescue.

Hayley se retourna d'un bond et fit face à un Alistair, tout sourire.

— Comment allez-vous, Miss Fortescue ? Nous n'avons malheureusement pas eu le temps de discuter depuis que je suis arrivé. Mon oncle et ma tante m'ont appris que vous étiez fort occupée à améliorer vos compétences médicales et, pour ma part, j'ai entraîné sans relâche mon cousin.

Hayley déglutit, consciente que son mouvement d'humeur n'était pas passé inaperçu. Mouvement d'humeur qui ne lui ressemblait guère au demeurant…

— Je suis au comble de la confusion, Monsieur Clifford. Si je vous ai offensé, je…

Alistair leva la main pour l'interrompre.

— Miss Fortescue, je vous en prie. Je pense que nous pouvons nous passer de ce genre de mondanités.

— Mais Monsieur Clifford !

— Honnêtement, je me passerais aussi fort bien de vos « Monsieur Clifford ».

— Mais c'est impossible, Monsieur Clifford ! Je suis et je reste une domestique et vous êtes et restez un membre de la famille que je sers.

Alistair sourit, ne souhaitant pas poursuivre un combat perdu d'avance.

— Fort bien, Miss Fortescue. Continuez à m'appeler « Monsieur Clifford ». Que vouliez-vous savoir ?

— Quel est votre plan ?

Hayley se redressa pour faire face à la réponse.

— Faire de vous une lady.

La gouvernante en cligna des yeux de surprise.

— Pardon ?

— Ah, j'arrive au bon moment ! J'ai toujours adoré les demandes en mariage ! grinça Sergueï.

Surgi de nulle part et silencieux comme un chat, le Russe s'insinua entre Alistair et Hayley pour s'incliner devant cette dernière, repoussant l'Anglais au passage.

— Bonjour Sergueï, intervint Alistair en se glissant entre le Russe et l'Anglaise. Tout d'abord, même si Miss Fortescue m'épousait, elle ne deviendrait pas une lady, tout au plus, elle serait l'Honorable Hayley Clifford. Ensuite, contrairement à l'aimable supposition de notre ami russe ici présent, il ne s'agit pas d'une proposition, mais d'une obligation. Je souhaite que nous nous séparions pour arriver à Saint-Pétersbourg. Comme vous le savez, nous sommes attendus - et même fort attendus - par tous les espions séjournant à la cour. Aussi, devons-nous ruser. Si je vous envoie en gouvernante de Meredith, nul ne sera trompé. En revanche, si Meredith devient la dame de compagnie d'une lady anglaise en visite à la cour du tsar, les chances de réussite de notre plan s'accroissent considérablement.

— Mais, Monsieur Clifford, comment vais-je faire pour passer pour une lady ! Je ne sais pas… Je ne suis pas…

— Tenez-vous droite, intervint Sergueï.

Hayley se redressa d'instinct. Sergueï l'observa d'un œil critique.

— Je sais ce qu'il vous manque. Relevez le menton et regardez les autres avec morgue. Vous serez parfaite !

Ayant donné son opinion que nul n'avait requise, Sergueï salua Alistair et Hayley et s'éclipsa vers la salle à manger.

— Il n'a pas tort pour le menton. N'ayez pas l'air trop humble. Pour le reste, ma tante va s'occuper de vous et je suis certain que vous serez parfaite.

— Mais, Miss Meredith ne va pas me servir tout de même ?

— Et pourquoi pas ? Cela ne lui a guère posé de difficultés hier, quand je lui ai exposé mon plan.

Hayley sentit sa bouche se refermer, alors que les mots pour exprimer tout son désarroi restaient coincés dans sa gorge.

— Aviez-vous autre chose à me demander ?

Voyant qu'Hayley ne bougeait pas, Alistair fit mine de se diriger vers la salle à manger.

— Oui, apprenez-moi à me battre.

Ce fut au tour d'Alistair d'être surpris.

— Pardon ?

Hayley inspira profondément, se redressa et répéta :

— Apprenez-moi à me battre, Monsieur Clifford. Je ne veux plus être un poids comme à Paris.

— Je vous assure que vous n'étiez pas un poids, Miss

Fortescue. Vous êtes gouvernante, nous vous obligeons déjà à reprendre plus ou moins votre métier d'infirmière, nous n'allons pas en plus exiger de vous…

Alistair fixa le visage d'Hayley. Il n'y vit que détermination et courage.

— Très bien. Ce soir, dans la salle d'armes. Après le dîner, je vous apprendrai quelques rudiments. Toutefois, soyons très clairs. Je ne veux pas que vous preniez des risques excessifs en Russie !

— Oui, Monsieur Clifford.

— Oh… « Monsieur Clifford »… et pourquoi pas « mon général » ou « votre sainteté » !

Alistair continuait à râler, quand il disparut dans la salle à manger.

Hayley souriait. Elle allait jouer une lady, porter toutes les belles tenues qu'elle avait tant admirées au cours de sa vie de domestique et elle allait apprendre à se battre. La vie était vraiment pleine de surprises.

CR◆BO

La salle d'armes était vide quand Hayley arriva. Toutefois, plusieurs lampes à pétrole avaient été installées et procuraient une lumière mouvante d'un jaune pâle. La gouvernante avança dans la salle et constata qu'un matelas avait été placé au milieu de la pièce. Elle se demandait bien en quoi consistaient les entraînements de Benedict… Toutefois, quel que fût l'objet de ces entraînements, ils étaient profitables au jeune homme, dont l'humeur avait retrouvé sa constance habituelle.

Le bruit d'une conversation vive s'insinua du couloir vers la salle d'armes, faisant se retourner Hayley. Alistair arrivait en compagnie de Serguei.

— Pour ma part, je t'assure que je n'ai pas besoin de ton aide pour entraîner Miss Fortescue, trancha Alistair en entrant d'un pas vif.

— Et pourtant, mon cher ami, la décence veut que je ne te laisse pas seul avec Miss Fortescue...

Sergueï s'arrêta à son entrée dans la pièce et reprit :

— De surcroît avec un matelas dans la pièce ? Mais qu'est-ce que...

Alistair avança, défit le nœud papillon qui entourait toujours son cou et déboutonna le bouton de son col.

— Rien d'indécent, je puis te l'assurer. En revanche, tu as raison sur un point : la décence veut que tu restes assister à notre entraînement.

Alistair posa sa veste et son nœud papillon sur un banc et rejoignit Hayley.

— Bien, nous allons commencer, dit Alistair avec contrariété. Tout d'abord, vous êtes-vous déjà battue, Miss Fortescue ?

— Bien sûr que non, répondit-elle choquée.

— C'est ennuyeux. Même enfant... une petite bagarre...

— Certainement pas. J'étais une enfant bien élevée !

L'indignation d'Hayley était palpable et Sergueï se mordit pour ne pas rire.

— Dans ce cas, que voulez-vous que je vous apprenne ? questionna un Alistair quelque peu déstabilisé.

— À me défendre...

— Oui, mais dans quels cas de figure ?

Hayley hésita, se disant que tous les cas de figure lui semblaient utiles.

— Je ne sais pas... Comment les hommes attaquent-ils les femmes le plus souvent ?

Sergueï éclata de rire. Alistair lui lança un regard noir.

— Cela dépend du but de l'attaque, mais vous avez raison, nous allons commencer par cela. Première attaque, je veux vous tuer. Le plus simple pour moi et le moins salissant, c'est l'étranglement.

À ces mots, Alistair passa ses mains autour du cou d'Hayley, qui se contenta de rouler des yeux. Sergueï se rapprocha pour ne pas rater une miette du spectacle.

— Vous êtes supposée vous défendre, Miss Fortescue... insinua-t-il.

— Oui... Je...

Hayley entoura les poignets d'Alistair avec ses mains.

— Mauvaise technique, Miss ! intervint Sergueï. Aucune femme n'a la force de défaire un étranglement ainsi. Non seulement les hommes sont plus forts que les femmes mais, même quand un homme étrangle un autre homme, nous sommes ainsi faits que nous avons plus de force pour serrer que pour desserrer. Pensez différemment !

— Soit dit en passant, vous êtes déjà morte... précisa Alistair.

— Penser différemment... Heu, je... je sais, les doigts dans les yeux !

— Ah, c'est mieux ! s'enthousiasma Sergueï. Mais est-ce suffisant ? Vous qui êtes infirmière, dites-moi...

— Non... Il faudrait vraiment que je...

Hayley posa ses mains sur les tempes d'Alistair et positionna ses pouces devant les yeux d'Alistair, qui ferma les paupières.

— C'est bien, constata Sergueï. En vous agrippant au crâne de votre adversaire, vous pouvez entrer vos pouces dans ses orbites et lui causer une douleur qui lui fera lâcher prise.

Hayley baissa ses mains et Alistair lâcha son cou.

— Deuxième attaque, l'attaque de dos.

— Tu ne devais être que le témoin, Sergueï... rala Alistair.

— Certes, mais c'est ennuyeux et je te connais, mon ami, tu ne vas pas oser faire ce qu'il faut. Donc attaque de dos.

Alistair leva les yeux au ciel, avec quelque énervement. Il prit Hayley par les épaules et la fit pivoter devant lui, puis l'enserra dans ses bras. D'instinct, Hayley se débattit pour desserrer l'étreinte mais, Alistair resserrant ses bras, elle se trouva vite dans l'impossibilité de bouger davantage.

— Ne réagissez pas d'instinct, Miss Fortescue. Réfléchissez. C'est la clé de la survie, professa Sergueï. Un homme vient de vous saisir par l'arrière. Vous ignorez ses intentions, mais vous pouvez supposer qu'elles sont malveillantes. Que faites-vous ?

Hayley cessa de se tortiller et réfléchit à la situation. *Impossible de bouger, Alistair est plus fort que moi. Je ne peux pas me servir de mes bras, ni de mes mains. Reste la tête ou les pieds, voire les deux…* Elle baissa la tête pour regarder où se trouvaient les pieds d'Alistair. Elle décala son propre pied et le positionna pour lui écraser les orteils.

— Bien ! En revanche, cette technique ne fonctionne que si vous frappez sur le bout du pied de toutes vos forces. Très bien. Admettons que vous avez écrasé son pied et qu'il relâche son étreinte. Que faites-vous ?

Alistair laissa un peu d'espace à Hayley, qui se retourna pour lui faire face, visage contre visage.

— Je le pousse.

— Non. Il va vous rattraper et vous entraver de nouveau.

— Je…

Hayley sentait le rouge lui venir aux joues. Elle était vraiment trop près d'Alistair… Elle pouvait sentir son parfum.

— Vous le frappez à l'entrejambe ! Les hommes ont un point faible, utilisez-le ! Bien, vous l'avez frappé, que faites-vous ?

— Je m'enfuis en courant ?

— Oui ! Bien. Troisième attaque, l'atteinte à l'honneur.

— Non ! s'emporta Alistair. Je ne vais certainement pas me prêter à ton jeu vicieux.

— Ose me dire que tu n'as jamais entendu parler d'une femme du monde malmenée par une brute… Miss Fortescue sera seule, veuve, riche, belle comme le jour dans une cour étrangère… Combien de temps va-t-elle tenir à ton avis ?

Alistair voulait répliquer, trouver un argument pour clore le débat, mais rien ne lui vint. Ce diable de Russe avait raison. L'Anglais se passa la main sur le visage. Cette sensation ne lui apporta guère de réconfort.

— Miss Fortescue, je suis au comble de l'embarras et je…

— Faites-le. Il faut que je sache.

Alistair regarda Hayley dans les yeux et n'y vit aucun doute, ni trouble. Il soupira et fit un signe de tête à Sergueï.

— Troisième attaque, reprit Sergueï. Un homme entre dans votre chambre, vous êtes seule. Que faites-vous ?

— Je crie ?

Sergueï ne put retenir un rire, un peu ennuyé tout de même.

— Certes, vous pouvez essayer, mais je pense que vous allez prendre une gifle monumentale. Le problème avec ce genre de gifle est que vous allez être sonnée et, donc, dans l'incapacité de vous défendre. Je pense qu'une autre option serait plus souhaitable.

Alistair s'approcha d'Hayley qui recula d'un pas et se heurta au matelas.

— Je prends un revolver, essaya Hayley.

— Bien ! Où est votre revolver ? s'intéressa Sergueï.

— Dans mon sac ?

— Trop compliqué, trop long. Il va vous sauter dessus. Non, le revolver est sous l'oreiller ou mieux dans votre poche, bien sûr le cran de sûreté est en place, mais nous en parlerons un autre jour… Donc, première option, l'arme à feu. En revanche, la distance vous séparant de votre adversaire doit être suffisante pour éviter qu'il ne vous désarme. Nous verrons ce point aussi un autre jour.

Hayley se détendit, mais l'implacable Sergueï continua :

— Admettons désormais que vous n'avez pas d'arme à feu.

— Je peux vous assurer qu'après ce soir, j'en aurai une !

Sergueï ne put s'empêcher de rire.

— Certes, mais on n'a pas toujours une arme à feu quand on en a besoin. Partons du principe que vous n'en avez pas. Que faites-vous ? Il approche…

Alistair avança, menaçant. Hayley essaya de reculer, mais buta de nouveau sur le matelas. Avant qu'elle n'ait eu le temps de monter dessus, Alistair la poussa et elle bascula en arrière.

— Vous l'avez laissé trop approcher, commenta Serguëi. Que faites-vous ?

Alistair monta sur le matelas. Hayley tenta de s'échapper mais, à peine se fut-elle appuyée sur un coude pour se relever, qu'elle se retrouva clouée au matelas par le poids d'Alistair. Il s'empara de ses poignets.

Serguëi se rapprocha de la scène en râlant.

— Et l'entrejambe ? Pourquoi ne l'avez-vous pas frappé avant qu'il ne se couche sur vous ? Maintenant, cela va être beaucoup plus compliqué ! Que faites-vous ?

Hayley tenta de se dégager en se tordant, essaya de libérer ses poignets, mais elle ne parvenait qu'à se fatiguer.

— Je le frappe à l'entrejambe ? Enfin, avec tout le respect que je vous dois, Monsieur Clifford…

Cette remarque parvint à faire rire Alistair, ce qui le détendit un peu. Toutefois, Serguëi ne riait pas, la situation n'était guère reluisante pour sa nouvelle élève et il entendait bien lui faire comprendre la gravité de sa situation.

— C'est un peu tard, maintenant. Vous ne disposez pas d'assez d'espace pour que votre coup porte. Il faut trouver autre chose. Réfléchissez.

Il est plus lourd, plus fort que moi. Je ne peux pas bouger, mes bras sont pris en tenaille, que puis-je faire ? Le mordre ? Cela risque de se retourner contre moi. Je ne dispose que de mes jambes qui restent plus libres…

Hayley prit appui sur ses pieds et se cabra. Alistair fut surpris et bascula sur le côté. Elle tenta de se relever mais trop tard, Alistair la fit basculer et reprit sa position première.

— Il y a de l'idée, mais il faut finir le mouvement ! Déstabiliser votre adversaire est un bon début, mais vous devez contre-attaquer ! Vous ne pouvez pas vous contenter de parer les coups ou de repousser votre adversaire, il va revenir à l'assaut et toujours plus violemment. Comment pouvez-vous lui rendre la monnaie de sa pièce ?

Mes jambes… Il faut que je le repousse avec mes jambes.

Hayley replia ses jambes et renversa de nouveau Alistair, qui rebascula de bonne grâce sur le côté. Elle en profita pour se tourner vers son adversaire, prête à ruer contre lui.

— Oui ! Très bien, Miss Fortescue. En retrouvant un peu d'espace, vous pouvez effectivement le frapper !

Alistair se releva et tendit la main à Hayley pour l'aider à se remettre debout. Elle accepta son aide avec un grand sourire, fière d'avoir su se défaire de son étreinte.

— Félicitations, Miss Fortescue, dit-il avec un sourire franc. Vous avez appris beaucoup en peu de temps. Demain, nous parlerons des revolvers.

— Et il faudra aussi que nous abordions le problème des couteaux. Les hommes ont toujours horreur de sentir une lame sur leurs parties intimes.

— Sergueï !

— C'est la stricte vérité ! s'indigna le Russe.

Hayley rit de bon cœur et, sentant que des mèches frôlaient sa nuque, elle entreprit de les réintégrer à son chignon. Même si elle était parvenue à repousser Alistair, elle se doutait qu'un homme plus véhément ne se serait pas rendu si facilement. Aussi, adressa-t-elle une petite prière à sainte Zita, la sainte patronne des domestiques, pour que jamais elle ne se retrouvât dans une telle situation.

Chapitre II

U ne semaine plus tard, Alistair, les jumeaux et Serguï attendaient sur le quai de la gare Victoria de Londres devant la première classe du train en direction de Douvres. Celui qui aurait observé les jumeaux, lors de leur premier voyage, se serait peut-être étonné de la sérénité avec laquelle ils abordaient celui-ci. À la différence de leur précédent départ vers Paris, les jumeaux étaient calmes et patientaient avant de pouvoir grimper dans le train.

Dans le chaos de la gare, harcelé par les bruits métalliques et les jets de vapeur incessants des locomotives, Alistair avait bien du mal à rester concentré sur l'imminence du départ. Ses pensées étaient toutes tournées vers Miss Fortescue, qui voyageait seule en direction de Folkestone, puis Boulogne-sur-Mer, alors que sa propre route passait par Douvres et Calais. Même s'ils étaient convenus de se retrouver à Paris, pour prendre le même Nord-Express, Alistair ne pouvait cesser de s'inquiéter pour la femme qu'il laissait seule face au danger.

— S'ils doivent attaquer quelqu'un, ils nous attaqueront nous, pas elle, intervint Serguï.

Comment ce diable de Russe savait-il à quoi il songeait ? Serguï se contenta d'un sourire entendu et reprit sa surveillance du quai. Le chef de gare donna enfin l'ordre aux passagers d'embarquer.

Les craintes de Serguï s'avérèrent infondées. Le voyage jusqu'à Paris se déroula sans incident particulier, dans un calme étonnant, voire déstabilisant.

— C'est bien la première fois que je voyage en ta compagnie sans me faire attaquer. Cela doit cacher quelque chose... constata Sergueï.

Un éclair d'inquiétude traversa le regard d'Alistair, mais il parvint à se dominer et son visage retrouva son impassibilité tout aristocratique. Pour se changer les idées, il observa Sergueï se comporter comme un lion en cage. Le Russe scrutait le plafond, soufflait, observait les paysages par la fenêtre, soupirait, vérifiait son arme, se levait, sautait sur place, se rasseyait, se tournait vers la porte et reconsidérait le plafond d'un œil morne.

— Tu peux aller prendre l'air, si tu le souhaites, observa Alistair.

Un bref espoir apparut sur le visage du Russe et le quitta aussitôt. Il s'enfonça davantage dans son fauteuil.

— Impossible. Ma mission consiste à être plus proche de toi que ta propre ombre.

— Étrange mission. Je ne vois pas en quoi je peux être si précieux pour le tsar.

Sergueï observa l'Anglais avec attention, comme s'il le regardait pour la première fois. Puis, il leva les épaules au ciel et fit une moue d'ignorance.

— Nul n'a songé à me le préciser et, en Russie, il n'est pas de bon ton de poser des questions.

— En Angleterre non plus, il n'est pas de bon ton de poser des questions, mais nous le faisons quand même... Parfois... se reprit Alistair avec honnêteté.

Le silence se réinstalla dans la cabine et Alistair déplia son journal. Sergueï vérifia une nouvelle fois son arme.

Quand la porte s'ouvrit devant eux, Sergueï et Alistair jouèrent des épaules pour sortir le premier. L'air de la gare parisienne n'était pourtant pas si pur pour susciter un tel empressement, mais chacun d'eux avait une bonne raison de vouloir descendre le plus vite possible. Sergueï voulait surveiller les quais de la gare et, il est vrai, se dégourdir les jambes. Alistair voulait vérifier qu'Hayley était bien arrivée.

Sergueï parvient tout de même à passer le premier. Après quelques observations, il conclut :

— Vous pouvez descendre.

Ni Alistair, ni les trop sages jumeaux n'avaient attendu son autorisation et ils s'éloignaient déjà le long des quais pour rejoindre le Nord-Express. Sergueï rattrapa ses compagnons de voyage et aperçut, à quelques dizaines de mètres d'eux, les rutilants wagons bruns du train de légende.

Depuis le 9 mai 1896, le Nord-Express reliait Paris à Saint-Pétersbourg en cinquante-deux heures, via Bruxelles, Cologne, Hanovre, Berlin, Königsberg et Dvinsk. Le voyage se passait dans l'opulence la plus absolue, le Nord-Express étant réputé être le train le plus luxueux du monde. Alistair observa le train d'un œil connaisseur et esthète, approuvant le moindre détail de ce bijou roulant. Formé de quatre wagons-lits, d'un wagon-restaurant et d'un wagon réservé aux bagages, le Nord-Express promettait des heures délicieuses en son sein. Pourtant, son esprit ne put s'enthousiasmer plus longtemps devant tant de merveilles, il était inquiet et attendait de voir Hayley… et Meredith… Il oubliait sa cousine.

Quelques instants plus tard, ils arrivèrent devant leur wagon et les jumeaux disciplinés s'engouffrèrent dans le train sans autre forme de cérémonie. Comme Alistair ne semblait guère pressé de monter, Sergueï patienta à ses côtés. Il observa avec intérêt deux gentlemen, des hommes d'affaires selon toute vraisemblance, qui humaient avec bonheur l'air saturé de poussières de la gare. Soudain, l'un d'eux roula des yeux et montra d'un rapide coup de menton quelque chose dans le dos de son compagnon de route. Sergueï se tourna aussi et un grand sourire bienveillant s'afficha sur son visage.

— Sois rassuré, mon ami, voilà la superbe…

Alistair se retourna et fut saisi par l'image qu'il contemplait. Il ne restait plus rien de la gouvernante aux tristes robes noires ou grises. Une femme ravissante dans une robe cyan à la dernière mode, couverte en partie d'un manteau court de la même couleur, avait pris sa place. Hayley, dont les longs cheveux avaient été réunis en un chignon compliqué orné d'un chapeau à plumes, avait tout de la plus parfaite lady. Derrière elle, une jeune fille en robe grise et pèlerine noire trottait, portant un gros sac. Hayley et Meredith étaient parfaites dans les rôles de la riche veuve et de sa demoiselle de compagnie.

Alistair ne put cacher son admiration pour cette apparition, ce qui n'échappa pas aux deux hommes d'affaires.

— Elle est sublime, conclut l'un d'entre eux. Finalement, ce voyage sera peut-être plus agréable que je ne le pensais.

Les deux hommes échangèrent un regard complice et montèrent dans le train, sous le regard sombre d'Alistair. Hayley passa devant ses alliés, sans leur accorder un regard, et monta dans son propre wagon, accompagnée par Meredith.

— Plutôt que de m'attacher à ta personne, j'aurais préféré recevoir l'ordre de veiller sur Miss Fortescue… conclut Sergueï.

Alistair le sonda de son regard noisette. Pour une fois, ses yeux rieurs n'étaient pas soulignés des petites rides en pattes d'oie, qui les ornaient au moindre sourire.

— C'est précisément ce que tu vas faire. Pour ma part, je n'ai pas besoin d'un garde du corps. En revanche, Lady Hayley Blunt-Lytton va avoir besoin que tu veilles sur elle.

Sergueï le regarda avec stupéfaction.

— Certainement pas, rétorqua le Russe. Ma mission est de veiller sur toi, mon ami, et c'est ce que je vais faire.

— Tu as dit toi-même qu'elle serait une proie tentante.

— Je te le confirme. Quand elle va faire son entrée à la cour en tant que veuve riche et noble, je connais plus d'un noble désargenté qui voudra la mettre dans son lit, mais mon devoir est de veiller sur toi et que tu arrives vivant à la cour du tsar.

— Fort bien, mais une fois que nous serons à la cour, tu veilleras sur Hayley.

— Mon ami, elle a Meredith pour veiller sur elle et n'oublie pas que nous lui avons appris deux ou trois petites choses pour repousser les fâcheux. Miss Fortescue est assez grande pour veiller sur elle-même et tu devrais te reconcentrer sur ta propre mission, car la cour du tsar n'a rien de reposant. Tu connais probablement le proverbe russe…

— Lequel ?

— Près du tsar, près de la mort.

— Encourageant…

Sergueï monta dans le train, bientôt suivi par Alistair. Sur le marchepied, il s'arrêta et lança un dernier regard, là où quelques instants auparavant, la troublante Hayley avait disparu. Sergueï avait pourtant raison, il était la cible privilégiée d'une éventuelle attaque et devait être prêt. Le voyage ne faisait que commencer.

❧ ✦ ☙

B enedict était toujours sous le choc. Il se retrouvait seul, éloigné de sa famille, de son pays et devait gagner Saint-Pétersbourg comme passager d'un cargo, en compagnie de quelques voyageurs plus ou moins recommandables. Faire jouer son rôle et celui de sa sœur par deux acteurs et arriver séparément dans la ville du tsar, voilà le plan extraordinaire qui avait jailli de l'esprit de son cousin. Le pire était que Lord Henry Clifford - dont on pouvait tout de même attendre un minimum de bon sens - avait trouvé ce plan convenable, si ce n'était souhaitable, considérant qu'un long voyage dans l'inconfort permettrait à Benedict de s'endurcir ! Ainsi, pendant qu'Alistair et Sergueï voyageaient dans la richesse, en compagnie d'acteurs, et qu'Hayley et Meredith gagnaient la Russie par le même chemin luxueux, lui, Benedict, l'héritier de la baronnie, se retrouvait depuis une bonne semaine dans un cargo empestant le vieux poisson et la graisse de moteur, en compagnie de vulgaires marins et de quelques étudiants russes regagnant leur pays par le moyen le plus économique !

Et que dire de cette mission ? Infiltrer le milieu universitaire de Saint-Pétersbourg pour surveiller les révolutionnaires ! Il ne parvenait pas lui-même à devenir étudiant et il devait surveiller ceux qui avaient la chance de vivre cette vie paisible et ordonnée ! Benedict se jura de s'inscrire dès son retour à Oxford pour y poursuivre ses études… Mais lesquelles ? Le droit l'avait tenté un moment. Toutefois, après avoir vécu quelques aventures, il ne se voyait plus capable de rester des heures durant assis devant un livre de droit. En revanche, les sciences le passionnaient. Le peu de pavillons, qu'il avait eu le loisir de visiter à Paris lors de l'exposition universelle, l'avaient convaincu de l'importance de la science pour le bonheur futur de l'humanité. À cet égard, il profiterait du temps du voyage pour se former aux explosifs. Son père lui avait bien présenté un homme intéressant, travaillant dans les carrières de la région et utilisant parfois les explosifs dans son métier, mais Benedict savait qu'il voulait en apprendre davantage. Des études d'ingénierie seraient son choix et nul ne saurait l'en dissuader.

Benedict se recala contre la cloison de sa sombre cabine et allongea ses jambes sur la pauvre couchette, qui lui avait été octroyée. Alistair aurait été ravi d'apprendre qu'il devait partager cet espace exigu avec un étudiant russe, dont il n'avait pas retenu le nom, tant son accent était incompréhensible. En outre, son cousin avait oublié un point et non des moindres dans son plan. Si le russe de Meredith était très correct, pour sa part, Benedict baragouinait plus qu'il ne parlait cette langue. De là à infiltrer les milieux estudiantins pétersbourgeois… Le jeune Anglais ne voyait pas comment il pourrait s'y prendre.

Au final, peu importait puisqu'il allait profiter de ce voyage pour tenter d'améliorer ses connaissances scientifiques. Au moins, sa surveillance des étudiants russes aurait-elle une utilité. Fort de cette bonne résolution, Benedict replongea dans la lecture de son « *Traité des sciences appliquées* ».

Le lent roulis du cargo avait fini par avoir raison des bonnes résolutions de Benedict. Il s'était endormi sur le chapitre consacré aux dynamos et ne s'était pas aperçu que son compagnon de cellule avait réintégré les lieux. Un craquement le réveilla en sursaut. Benedict se redressa et referma le livre. Le jeune étudiant russe faisait tenir ses cheveux bruns broussailleux sous une casquette, qu'il ne devait quitter que pour la nuit. Pour le moment, Benedict ne l'avait jamais vu sans son couvre-chef.

— Vous avez bien dormi ? dit le jeune Russe dans un anglais hésitant.

— Vous parlez anglais ? Mais c'est parfait ! s'enthousiasma Benedict.

— Je parle un peu votre langue, mais pas beaucoup…

— Vous parlez déjà mieux l'anglais que je ne parle le russe ! En revanche, je suis désolé, je n'ai pas retenu votre nom tout à l'heure.

— Je m'appelle Vladimir Andreinovitch Morozov, et vous ?

— Benedict Peters. Je suis étudiant et je voudrais m'inscrire dans une des facultés de Saint-Pétersbourg… en science appliquée.

Vladimir le regarda d'un air un peu étonné, mais ne posa pas de question. Benedict continua :

— Vous êtes vous-même étudiant, d'après ce que j'ai compris.

— Oui. Je suis en dernière année d'ingénierie hydraulique. Quelle science vous intéresse le plus ?

— L'électricité ! J'ai eu la chance de visiter le pavillon de l'électricité cet été à l'exposition universelle de Paris et j'y ai rencontré un ingénieur américain avec qui j'ai pu discuter. C'était passionnant et tellement innovant !

L'enthousiasme de Benedict parut détendre le jeune Russe.

— Savez-vous où loger à Saint-Pétersbourg ? Les nuits sont froides, vous ne pouvez pas envisager de dormir dehors…

Benedict se dit que son costume décrépi faisait illusion.

— J'ai trouvé une pension de famille qui a l'air correcte en centre-ville. Je verrai bien si l'établissement me plaît et si c'est pratique pour aller suivre les cours.

— Vous allez vous inscrire dans quelle université ?

— À l'institut Polytechnique de Saint-Pétersbourg. Il paraît que c'est l'école d'ingénieur la plus moderne de Russie…

Benedict fut satisfait d'avoir travaillé le dossier, que lui avait donné Alistair. Prendre une autre identité que la sienne demandait beaucoup d'effort en réalité ! Toutefois, à la mine surprise de Vladimir, Benedict se demanda s'il n'avait pas commis quelque maladresse.

— Et vous avez été accepté ?

Benedict prit l'air un peu ennuyé.

— En fait, mon père est intervenu auprès de certains de ses amis, qui se sont eux-mêmes rapprochés de certains autres de leurs amis… Enfin, vous voyez comment ça marche…

— Trop bien, oui. Mais vous avez l'air sympathique alors tant mieux pour vous.

La conversation retomba et Benedict ne savait pas comment la relancer. Puis, se disant qu'Alistair pesterait s'il pouvait le voir, il continua avec courage :

— Et vous, que faisiez-vous en Angleterre ?

Le regard du Russe se figea un instant et reprit son apparente impassibilité.

— Comme vous, j'étudiais.

— Où ?

— À Londres.

— L'ingénierie ?

— On peut dire cela comme cela… Je vais me reposer un peu maintenant. Bonne nuit.

Vladimir s'allongea sur sa couchette tout habillé et rabattit sa casquette sur son visage. Benedict n'osa pas relancer la conversation. Il avait compris au ton des derniers échanges que, de toute manière, Vladimir ne lui aurait pas confié plus de détails. *Étrange...* Il lui avait pourtant semblé que cette conversation avait tous les aspects de l'innocence.

Benedict reprit son manuel de sciences et continua à lire à la lumière d'une faible lampe à pétrole.

CR◆ℰⅅ

D ans le wagon du Nord-Express, le temps s'égrenait avec lenteur.

— Êtes-vous satisfaits de nos services, Monsieur ? demanda le faux Benedict.

Le jeune homme, d'un châtain plus clair que le vrai Benedict, était de la même corpulence et pouvait passer pour son modèle... Du moins, pour ceux qui ne disposaient que d'une description sommaire de l'original.

— C'est parfait. Soyez un peu plus vivants et enjoués. Mes cousins ont des caractères plus vifs que vos prestations.

— Mais, Monsieur, il nous aurait été plus facile de composer nos personnages, si nous avions pu rencontrer les personnes que nous sommes censés incarner, répliqua la jeune comédienne qui prêtait ses traits à Meredith.

— Je le sais, acquiesça Alistair. Toutefois, le temps nous a manqué. Contentez-vous de prêter vos traits à mes cousins et à vous conformer en toutes choses à mes indications. Ce n'est l'affaire que de quelques jours. Vous pouvez aussi profiter de la voiture restaurant, si vous le souhaitez. Toutefois, soyez toujours prudents et ne vous promenez jamais seuls. Si vous souhaitez aller quelque part, le colonel Pouchkine se fera un plaisir de vous accompagner...

— Certes non, trancha Serguéï.

— Bien, dans ce cas, je vous accompagnerai et le colonel Pouchkine m'accompagnera. Ainsi, serons-nous deux à vous suivre.

Alistair se lassait de la ferme volonté de Sergueï d'obéir, en tous points, aux ordres qu'il avait reçus. D'ailleurs, pourquoi le tsar Nicolas II avait-il ressenti le besoin impérieux de lui adjoindre cette « nurse » plus qu'embarrassante ? Nul ne le savait, pas même la « nurse » en question… Que savait-il en vérité de la mission qu'il était supposé remplir à la cour du tsar ? Pas grand-chose. Il savait que, sur les conseils du prince Mikhaïl Nikolaïevitch Kourakine, le tsar avait demandé à sa Majesté la reine Victoria de bien vouloir lui envoyer les cousins Clifford afin qu'ils résolvent un cas, que ses propres services ne parvenaient pas à résoudre. Néanmoins, à quel genre de problème pouvait être confronté le tsar ? Il l'ignorait. Selon toutes vraisemblances, un embarras qui pouvait subir quelque délai, puisque le tsar n'avait fait aucune difficulté à attendre qu'Alistair soit remis de sa blessure à la jambe avant de prendre le chemin de sa cour. Toutefois, le souci devait avoir tout de même quelque importance, puisque le colonel Pouchkine qui, dans un premier temps, ne devait convoyer Alistair que de Paris à Londres, avait reçu l'ordre exprès de veiller sur l'espion anglais et de le ramener vivant à Saint-Pétersbourg. En outre, Alistair connaissait assez les Russes pour savoir que peu d'énigmes échappaient à leur perspicacité. Dans ce cas, quel mystère pouvait embarrasser les services secrets russes au point de faire appel à des étrangers pour les aider à le résoudre ? Un problème dont la résolution serait difficile, voire impossible, pour un Russe, peut-être ? Une intrigue qu'un regard neuf pourrait envisager sous un angle différent… Une affaire interne à la famille impériale. Dans ce cas, Alistair comprenait mieux les mesures de protection dont il faisait l'objet. S'il avait été appelé pour résoudre une énigme liée à la famille impériale, il allait devoir marcher sur des œufs… de Fabergé.

Alistair rit seul à sa propre plaisanterie, sous le regard perplexe de ses compagnons de route.

Les œufs de Fabergé… Une merveille encore inconnue en Angleterre. Alistair n'avait jamais eu l'occasion de contempler pareils trésors et son âme d'esthète se réjouissait déjà de la possibilité, qui allait lui être offerte, d'admirer ces joyaux. Avec un peu de chance, les vrais jumeaux et Miss Fortescue pourraient eux aussi contempler ces chefs-d'œuvre.

Ses pensées vagabondèrent sur l'image d'Hayley, dont les yeux bleus ressortaient tant dans cette tenue cyan. Sa tante avait bien choisi la tenue de voyage de sa gracieuse gouvernante et nul doute qu'Hayley allait éblouir la cour du tsar avec sa beauté sage et ses bonnes manières… Miss Fortescue ferait des ravages et il devrait veiller sur elle. Heureusement, pour des raisons de commodités, il avait demandé à Mikhaïl de faire retenir des chambres dans le même hôtel à son nom, à celui des faux jumeaux et au nom de Lady Hayley Blunt-Lytton… Ainsi, chaque soir, il pourrait sans trop de difficultés s'enquérir des observations qu'Hayley et Meredith feraient durant la journée. La mission qu'il avait confiée aux deux femmes n'était pas simple : elles devaient intégrer l'entourage de la tsarine Alexandra Feodorovna Romanova.

D'après ce qu'avait bien voulu lui confier Sergueï, des rumeurs persistantes évoquaient la présence d'empoisonneurs autour de la tsarine. Cependant, d'après le Russe, personne n'avait été empoisonné… Et d'après les renseignements qu'avaient pu glaner les services secrets britanniques sur place, aucune mort suspecte n'avait été relevée dans l'entourage de la tsarine. Dans ce cas, pourquoi ces rumeurs d'empoisonneurs persistaient-elles ? Selon l'expérience d'Alistair, il n'y avait jamais de fumée sans feu. Ces rumeurs étaient selon toute vraisemblance fondées sur des faits et il avait demandé à ses deux apprenties espionnes d'en trouver l'origine. Outre le fait que cette tâche pouvait se révéler utile à la compréhension globale d'un mystère plus vaste frappant la cour du tsar, elle avait l'avantage de se dérouler dans les appartements privés de la tsarine ou à la cour, donc dans des espaces peu ouverts au danger.

En revanche, Alistair avait quelques doutes sur le bon déroulement de la mission confiée à son cousin. Le jeune homme semblait si contrarié à leur retour de Paris, qu'il avait jugé bon de lui attribuer une tâche périlleuse. Toutefois, il ignorait si Benedict avait vraiment compris l'importance de ce dont il l'avait chargé. Contrairement à ce que son jeune cousin semblait penser, l'infiltration et la surveillance des milieux estudiantins pétersbourgeois n'avaient rien d'une promenade de santé. Benedict avait envisagé sa besogne d'un œil morne, remarquant simplement qu'il allait voyager dans la pauvreté, pendant que les autres membres de cette nouvelle équipée bénéficieraient du luxe du Nord-Express et du célèbre hôtel Schmidt-Anglia. Alistair devrait aussi veiller sur son jeune cousin… Quelle poisse de ne pas pouvoir bénéficier de l'anonymat cette fois encore ! Les stratagèmes pour brouiller les pistes étaient complexes, dangereux et rendaient la vie infiniment tracassière ! Alistair espérait pourtant retirer un avantage de cette mission russe : sortir toute sa famille, une bonne fois pour toute des affaires d'espionnage… Du moins, était-ce le fol espoir qu'il concevait.

೧◆ಬಿ

Hayley était heureuse. Bien que sa robe de voyage lui parût étonnamment lourde en comparaison de ses propres vêtements, elle était ravie de pouvoir essayer une telle tenue. Meredith l'avait compris et observait avec espièglerie sa gouvernante.

— L'opulence vous va bien, Lady Blunt-Lytton, sourit-elle.

— Je vous en prie, Miss Meredith, ne m'appelez pas ainsi !

— Et pourtant, c'est ainsi que je vous nommerai jusqu'à notre retour en Angleterre, car nous ne savons jamais qui peut écouter à nos portes.

À cette remarque, Hayley se tut et regarda Meredith avec attention. La jeune fille paraissait sérieuse.

— Vous avez raison... Pensez-vous que nous courons quelque danger ?

Meredith parut surprise.

— Maintenant ? Non. Nous sommes dans un train de luxe où seuls des passagers triés sur le volet peuvent espérer voyager. En revanche, une fois à Saint-Pétersbourg, il nous faudra redoubler d'attention, car je pressens de multiples dangers dans cette affaire.

— Lesquels ?

— Tout d'abord, le tsar nous appelle pour une mystérieuse mission ; ensuite, nous devons nous séparer car le danger nous guette dès notre sortie d'Angleterre ; de surcroît, nous sommes toutes deux chargées d'enquêter sur l'entourage de la tsarine et les rumeurs d'empoisonnements l'environnant ; enfin, Benedict part seul enquêter sur les milieux étudiants et révolutionnaires. Trois enquêtes, trois dangers. Sont-ils réunis ou sont-ils distincts, à nous de le découvrir !

Hayley observa Meredith avec attention. Contrairement à elle, la jeune fille semblait très à son aise dans ces histoires d'espionnage.

— Nous avons promis à Monsieur Clifford d'être prudentes et d'éviter le danger autant que nous le pourrons, Miss Meredith.

— C'est certain, Lady Blunt-Lytton. Toutefois, qui peut dire que le métier d'enquêteur est sans danger ?

— Justement, je suis gouvernante, pas enquêtrice !

— Plus maintenant, My Lady, plus maintenant. En outre, vous n'êtes pas gouvernante, vous êtes une riche veuve en visite à la cour du tsar.

— Vous avez raison et, avec un peu de chance, je parviendrai à séduire un élégant gentleman et je pourrai cesser de me préoccuper du sort des jeunes gens sous ma responsabilité !

Meredith sourit de toutes ses dents.

— Vous vous ennuieriez sans nous, My Lady. En outre, si vous cherchez des prétendants, je connais plusieurs volontaires…

— Pardon ?

Contente de son petit effet, Meredith ne répondit pas et se contenta de sourire. Hayley l'observa cherchant à savoir ce que cette infernale petite fouine avait bien pu remarquer. *Infernale petite fouine…* Véritablement, il fallait qu'elle cessât de donner - même en pensée - des petits noms aux membres de la famille Clifford. Cette enquête parisienne avait bouleversé les codes de la bienséance et elle se devait de rétablir, au plus tôt, les hiérarchies habituelles… Alors qu'elle jouait une lady et que Miss Meredith était supposée la servir… Rien n'était évident dans ces histoires.

CR✦ED

U ne paisible nuit avait peu à peu envahi les différents wagons du Nord-Express. L'excitation du voyage avait retenu quelques voyageurs dans le wagon-restaurant plus tard qu'à l'accoutumée mais, désormais, seul le bruit répétitif du roulement du train était encore audible. Les conversations s'étaient toutes tues et l'ambiance somnolente des longs voyages s'était répandue sur l'ensemble des passagers. Quelques domestiques arpentaient encore les couloirs, vérifiant que rien ne pouvait être fait de plus pour le confort des voyageurs.

Dans la cabine des « jumeaux », les lumières étaient éteintes et seuls les quelques rais de lumières s'insinuant sous la porte d'entrée permettaient d'apercevoir les masses endormies dans les couchettes. Soudain, la lumière s'appauvrit et l'ombre d'une silhouette statique dans le couloir s'imposa. Après quelques cliquetis de mauvaise augure, la serrure céda et la porte s'entrouvrit le temps d'un souffle. Une silhouette pénétra dans la cabine.

Inconscients de la présence d'un intrus, les dormeurs ne bougèrent pas. Le tueur se glissa jusqu'au premier lit et frappa. Une. Deux. Trois fois. Puis, il se tourna vers l'autre lit et enfonça sa dague jusqu'à la garde deux nouvelles fois dans le second corps. Alors qu'il levait son arme pour la troisième fois, la lumière l'éblouit.

La porte d'entrée venait de s'ouvrir et la lumière du couloir additionnée à celle d'une lampe-tempête inondait désormais la cabine.

— C'est ce que je soupçonnais. Le voyage était trop tranquille, remarqua Serguëi.

À son côté, Alistair leva la lampe pour éclairer l'assassin piégé. Serguëi pressentit plus qu'il ne vit le mouvement de l'intrus et se jeta hors de portée de la dague, qui se planta dans le couloir. Le Russe répliqua et trois de ses couteaux de jet transpercèrent les cloisons de la luxueuse cabine, sans pour autant toucher l'ombre mouvante et virevoltante du tueur. Alistair ferma la porte et revêtit sa main droite d'un coup-de-poing américain. L'ombre se précipita vers la fenêtre fermée et bondit à travers les deux pieds en avant.

Serguëi et Alistair se ruèrent à sa poursuite et ne virent aucune trace de sang sur les éclats de verre saillants. Avec précaution, Serguëi se pencha à travers les épines tranchantes, mais ne vit rien. Il réintégra avec prudence la cabine.

— Mais qu'est-ce que c'était que ce chat ? demanda-t-il.

Alistair souleva la couverture de l'un des deux lits. Les oreillers, qu'il avait installés plus tôt dans la soirée, étaient transpercés et il se félicita d'avoir anticipé cette attaque. Les deux jeunes acteurs étaient à l'abri dans sa propre cabine.

Observant l'Anglais, Sergueï interrogea :

— Pourquoi attaquer les jumeaux en premier ?

— Je l'ignore… Réduire notre équipe de la façon la plus simple ? Pour m'atteindre ?

— Quelqu'un t'enverrait son bon souvenir… Tu as toujours eu un grand succès dans le milieu, grinça Sergueï. À ton avis, il s'en est sorti ?

Avant de répondre, Alistair se pencha à son tour par la fenêtre et ne remarqua aucune aspérité à laquelle le tueur aurait pu s'accrocher.

— Sait-on jamais… Avec un tel acrobate.

Ils quittèrent la cabine sans prononcer le moindre mot, l'esprit préoccupé par ce nouvel adversaire sorti de l'ombre.

Ils passèrent vérifier que les acteurs se portaient bien et renoncèrent à pousser leurs vérifications jusque dans la cabine de Meredith et d'Hayley. Ils avaient pris tant de précautions pour préserver l'identité des deux femmes, qu'ils ne pouvaient tout compromettre désormais. Pourtant, le doute les assaillait et ni l'un ni l'autre ne purent fermer l'œil pendant leurs heures de repos. Sergueï prit le premier tour de garde et fut relevé au milieu de la nuit par Alistair, qui n'avait guère pu se détendre. Il resta à l'affût du moindre bruit suspect et il lui tardait que l'heure du petit-déjeuner arrivât, afin de pouvoir surveiller l'arrivée de Meredith et d'Hayley dans le wagon-restaurant.

L'aube poignait enfin et Alistair s'étira de toute sa hauteur, afin de délasser ses muscles de la fatigue de la nuit. Sergueï ouvrit les yeux au premier de ses mouvements et s'assit sur sa couchette, le visage encore endormi.

— Les nuits sont longues et tristes en ta compagnie, l'Anglais.

— Et cela ne fait que commencer, le Russe ! répondit Alistair avec un grand sourire. Nous allons réveiller les deux marmottes qui nous servent de doublures et…

— Et rejoindre le wagon-restaurant, car il te tarde de voir Meredith et Hayley, finit Sergueï.

— Suis-je si prévisible ?

— Concernant ces deux dames, je peux t'assurer que oui, tu es prévisible. En revanche, il y a un point qui m'échappe encore…

— Lequel ?

— Pour laquelle des deux ton cœur bat-il le plus fort ?

Alistair leva les yeux au ciel.

— La question ne se pose pas en ces termes. Ma jeune cousine est sous ma responsabilité et Miss Fortescue…

— Oui ? sourit Sergueï.

— Qu'insinues-tu, Sergueï ?

— Je n'insinue pas, mon ami. J'affirme que la gouvernante te plaît au-delà du raisonnable et que tes ennuis ne font que commencer si tu poursuis dans cette voie ! Je te connais l'Anglais. Je t'ai vu aux bras de multiples dames, jongler entre les courtisanes de toutes sortes, sortir du placard d'une dame du monde pour plonger dans le lit d'une danseuse mais jamais, mon ami, jamais je ne t'ai vu regarder une femme avec les yeux que tu as pour Miss Fortescue.

Alistair serrait la mâchoire au point d'avoir mal aux dents. Sergueï choisit de ne pas le remarquer et continua :

— Si tu veux un conseil, mon ami, prends garde. Les tiens ne permettront pas que cette histoire existe. Ils trouveront un moyen de te séparer de cette femme. Soit tu y perdras ta fortune, soit elle sera jetée à la rue comme une moins-que-rien en remerciements de ses bons services. Je sais de quoi je parle et tu le sais parfaitement.

— Je ne suis pas russe, Sergueï.

— Russes ou britanniques, les nobles n'acceptent pas que certains d'entre eux compromettent les lignées avec du sang commun. Maroussia en est morte et je me suis engagé dans la guerre pour oublier. Mais la mort est une gueuse, elle ne m'a jamais autorisé à rejoindre ma bien-aimée. Maintenant, je suis vieux. Beaucoup trop vieux pour elle et quand je la rejoindrai au ciel, elle ne voudra plus de moi.

L'œil bleu de Sergueï brillait d'un éclat gris de tristesse et son visage reflétait une peine si profonde qu'Alistair ne savait plus s'il devait parler ou se taire. Il connaissait le drame de Sergueï, que le Russe avait laissé échapper un soir d'ivresse. Il savait aussi qu'il n'aimait guère évoquer cet épisode de sa vie.

— Merci, dit-il simplement.

Sergueï sortit de son rêve doux-amer.

— Pourquoi ?

— Merci d'être toi. De parler franchement. De me donner un conseil.

— Te voilà prévenu, l'Anglais ! Maintenant, trêve de sentimentalisme, allons voir si la gueuse a du plomb pour nous.

Le grand sourire de Sergueï s'était de nouveau attaché à son visage. Alistair brossa son veston et démêla ses cheveux sous le regard atterré du Russe.

— Tu n'es plus guère pressé de voir tes dames !

— Ma cousine est une grande fille dangereuse et sa gouvernante ne se laissera pas assassiner sans réagir. Aussi, ai-je le temps de me rendre présentable.

— Oublie tout ce que j'ai dit ! Tu as un cœur de pierre et tu mourras riche, entouré de gourgandines !

— Puisses-tu dire la vérité…

Sous son air détaché et souriant, Alistair était pourtant certain d'une chose. Au fond de son cœur, une place lumineuse s'était créée pour Hayley et, pour leur bien à tous deux, il devait étouffer cette lumière. Jusqu'à ce moment, il devait se surveiller, car si l'œil perçant de Sergueï avait vu juste, d'autres pourraient aussi s'en apercevoir et s'en servir contre lui ou, pire, contre elle. Non, il se le jurait en cet instant, Hayley ne connaîtrait pas le triste sort de Maroussia.

L e voyage se poursuivit paisiblement jusqu'à Eydtkuhnen, ville de la Prusse Orientale, où les passagers furent invités à changer de train, l'écartement des voies en Russie étant plus large que dans les autres pays. Le changement se fit dans la bonne humeur. Alistair vit des vitriers s'empresser de changer la fenêtre fracassée par le tueur. Le personnel du train n'avait pas fait de remarques quant à cette casse, mais il sentit leur regard changer à son égard. Pourtant, il ne s'agissait pas de sa cabine, mais de celle des jumeaux ! Cependant, nul ne semblait douter que cette casse était de son fait.

Alistair jeta un coup d'œil autour de lui et s'arrêta sur la splendide silhouette d'Hayley, sublimée par une épaisse robe d'un bleu sombre et d'une cape de la même couleur. Il put continuer son observation sans désagrément, puisque la moitié des hommes présents avaient les yeux fixés sur cette beauté inconnue et discrète. Tous soupçonnaient qu'elle était de haute naissance et voyageait incognito. Le wagon-restaurant avait bruissé de tant de rumeurs à son sujet, que leur petit bris de glace était passé quasi inaperçu, les esprits étant tous préoccupés par une seule question : qui était la beauté du troisième wagon ? Certains avaient entrepris de questionner la jeune fille qui l'accompagnait partout, mais ils s'étaient heurtés à un mur de silence que même l'argent n'avait pas réussi à briser. Les rumeurs avaient donc gagné en fureur, un tel dévouement ne pouvant s'expliquer que pour une personne de haute lignée.

Hayley disparut dans son heureux wagon et la moitié des hommes put enfin respirer. À l'inverse de leurs compagnons, les femmes présentes n'accordaient pas leurs regards les plus aimables à la beauté aux yeux myosotis… Ni à leurs compagnons à cet instant d'ailleurs. Alistair se dit par-devers lui que la tension autour du personnage mystérieux d'Hayley irait encore crescendo à la cour du tsar. Il allait peut-être falloir modifier les plans initiaux…

෬◆෨

Les jours s'écoulaient de façon monotone sur le cargo. Benedict avait fini son ouvrage scientifique et avait entamé une relecture, quand Vladimir s'était montré un peu plus disert. Sans qu'il sache ce qui avait pu rassurer son compagnon de route, Benedict avait soudain pu échanger un peu plus avec le jeune Russe. Toutefois, l'ambiance entre les deux jeunes gens changea du tout au tout, lorsque Benedict avoua se passionner pour les explosifs, mais ne pas savoir où apprendre à s'en servir. Après un long moment de mutisme, Vladimir jaugeant Benedict, le Russe trancha la difficulté s'étant posée à lui au bénéfice du jeune Anglais.

— Pourquoi un jeune Britannique d'honorable famille voudrait apprendre à se servir d'explosifs ?

Benedict hésita un instant.

— Pour une certaine cause…

Cette réponse lui avait paru la plus acceptable, car il ne mentait pas, la raison de l'État britannique nécessitait probablement qu'il sût user d'explosifs.

— La cause ? Quelle cause ?

Il allait falloir ruser davantage.

— Une cause supérieure à ma personne…

— Ne le sont-elles pas toutes ? interrogea Vladimir.

— Probablement, mais seules les meilleures sont sous-tendues par le bonheur du plus grand nombre…

D'où lui était venue cette formule ? Le bonheur du plus grand nombre ? Lui, l'héritier d'une grande baronnie allait-il se préoccuper du peuple ? Benedict réfléchit un instant et se dit que c'était déjà probablement le cas, puisque leur première enquête avait empêché que des tensions apparaissent entre la France, la

Grande-Bretagne et la Russie. Les conflits entre nations frappant toujours le peuple, il avait donc par ricochet contribué à sauver nombre de vies innocentes. À cette pensée, Benedict se redressa, soudain fier d'avoir pris un coup de couteau à la place d'un homme du peuple.

— Le peuple mérite que l'on se batte pour lui, assena-t-il à un Vladimir interloqué.

— Tu es socialiste ?

Benedict eut un doute.

— Cela consiste en quoi ? demanda-t-il.

Vladimir éclata de rire.

— Précisément en ce que tu fais ! Se battre pour la défense des opprimés, lutter contre le pouvoir autocratique, briser les entraves des nations ! Dans mes bras, mon frère !

Vladimir se saisit de Benedict et le serra contre lui, lui administrant force bourrades dans le dos. Benedict aurait bien voulu que Vladimir répétât sa dernière phrase, car il n'était pas certain d'être d'accord avec l'ensemble des notions évoquées, mais l'enthousiasme du jeune Russe s'en serait probablement trouvé diminué… Soit, il voulait bien être socialiste pour quelque temps.

— Le socialisme est-il courant en Russie ?

Vladimir prit un air grave et regarda par-dessus son épaule.

— Non ! Le tsar pourchasse sans merci tous ceux qui appartiennent à notre mouvement. L'Okhrana ne nous laisse jamais en paix. Ils ont des informateurs partout et nous surveillent sans relâche. Au moindre doute, ils s'emparent de nous et, dans le meilleur des cas, nous envoient en prison ou peupler la Sibérie…

— Et dans le pire des cas ?

— Dans le pire des cas, on ne reparaît pas.

Benedict fut choqué par cette réponse.

— Et que font les juges ? Les journalistes ? La police ?

Vladimir eut un sourire triste.

— Tu ne comprends pas, mon frère. L'Okhrana est la police secrète du tsar… Tout ce qu'ils font est toujours couvert par le reste des maillons du pouvoir autocratique.

Benedict se tut conscient d'avoir mis les pieds dans une vaste étendue instable, jalonnée de sables mouvants prêts à l'ensevelir… *Merci beaucoup Alistair !*

— Mais à qui se fier ? finit-il par demander.

— À tes frères. Quand l'un d'entre nous trouve une sœur ou un frère isolé, notre devoir est de l'accompagner vers un groupe dans lequel il trouvera soutien et protection.

— Comment pouvez-vous être certain de ne pas être infiltrés par des agents de cette police secrète ?

Vladimir regarda une nouvelle fois Benedict avec étonnement et curiosité.

— Si l'un d'entre eux infiltre l'un de nos groupes, nous serons aussi dénués de pitié envers lui qu'ils le sont envers nous !

Benedict prit le temps d'évaluer cette information et se demanda si les « frères » et « sœurs » de Vladimir considéreraient d'un mauvais œil son appartenance aux services secrets britanniques. Le Russe prit ce silence pour un acquiescement.

— N'ai aucune crainte, mon frère, je me porterai garant pour toi !

Vladimir repartit dans un grand rire et se ressaisit de Benedict pour le rouer de coups dans le dos… en toute fraternité.

La fin de la traversée se déroula pour le mieux entre les deux nouveaux « frères ». Vladimir partageait avec Benedict toutes ses connaissances en matière d'explosifs, Benedict aidait Vladimir à améliorer son anglais… déjà excellent. Cet échange de compétences semblait déséquilibré au jeune Anglais, mais Vladimir ne s'en formalisait pas. Pour compenser un peu ce déséquilibre, Benedict entreprit de partager avec le jeune Russe toutes ses connaissances en électricité, ce qui lui plut beaucoup.

Le dernier jour de la traversée, Vladimir retrouva une mine plus sombre. Il semblait inquiet de rentrer dans son pays.

— Que se passe-t-il, mon frère ? s'enquit Benedict.

— L'air de Saint-Pétersbourg est chargé de menaces pour moi, mon frère. Je n'ai pas quitté ma ville de mon propre chef. J'ai été obligé de partir pour échapper à l'Okhrana.

— Pourquoi reviens-tu dans ce cas ?

Le visage de Vladimir s'éclaira d'un pâle sourire.

— Mon pays me manque et on ne peut pas mener une révolution de l'étranger.

Ces mots restèrent en suspens, alors que les premiers murs de Saint-Pétersbourg apparaissaient à l'horizon. La ville des tsars plantée entre les bras de la Neva était la preuve que, de la folie d'un homme, l'extraordinaire pouvait surgir. Envers et contre tout, Pierre le Grand avait décidé qu'un marécage insalubre deviendrait la capitale des tsars et il le devint… au prix de bien des sacrifices, mais l'Histoire n'aimait à retenir le nom que des puissants bâtisseurs, pas de ceux qui construisaient leurs folies.

Vladimir était ému par les silhouettes embrumées des bâtiments de sa ville. Il se gorgeait de l'image retrouvée des lieux qu'il avait quittés dans la précipitation et la peur. Le retour était d'autant plus silencieux qu'à l'intérieur, son âme était en proie à la joie et à une douce mélancolie. Saint-Pétersbourg lui avait manqué.

Benedict respecta le silence de son compagnon et contempla le port de Saint-Pétersbourg qui s'approchait peu à peu. Alors que, quelques jours auparavant, lorsqu'il avait découvert la mission qui lui était confiée, il ne se sentait pas prêt à l'assumer seul, sa rencontre avec Vladimir et le grand cœur du jeune homme lui avait fait appréhender la situation d'une tout autre manière. En outre, avant même d'être arrivé sur place, il avait déjà appris beaucoup sur les milieux révolutionnaires étudiants et s'intéressait à leur façon, si différente de la sienne, d'envisager le monde. Pour la première fois, Benedict ressentait un sentiment amical pour un homme issu d'une autre classe sociale que la sienne et il aimait ce sentiment. Vladimir avait ouvert devant lui un monde étranger, où le peuple travaillait avec vaillance, réfléchissait à l'avenir des sociétés et des nations, rêvait d'un monde où seul le mérite déciderait de la place de chacun dans la société. Ces réflexions n'avaient jamais effleuré l'esprit du jeune Anglais, si habitué aux privilèges et à avoir une haute place dans la hiérarchie du seul fait de sa naissance. Le simple fait d'envisager un changement social de quelque sorte qu'il fût lui apparaissait déjà comme sidérant. Benedict se félicitait de la première partie de cette nouvelle aventure qui avait nourri son esprit, bien plus que de nombreux ouvrages lus auparavant.

Dans un mouvement fraternel dont il n'était pas coutumier, Benedict posa sa main sur l'épaule de Vladimir qui souriait. Saint-Pétersbourg approchait.

CR✦EO

M eredith pensait à son frère. Comment se passait la traversée ? Allait-il bien ? Comment envisageait-il sa part de la mission ? Et pourquoi surveiller les étudiants ? Quand Alistair avait exposé son plan, Meredith s'était insurgée contre le rôle dévolu à son jumeau. Benedict ne partirait pas seul dans une ville, qu'il ne connaissait pas, pour infiltrer des groupes révolutionnaires étudiants. Toutefois, loin d'obtenir le résultat escompté, Meredith avait soudain été confrontée à un Benedict en proie à une colère froide qui lui signifia, sans nuance, qu'il n'avait guère besoin d'elle pour mener sa vie. Se voyant reprocher ce qu'elle reprochait à son entourage, Meredith se tut. Elle comprenait enfin la frustration de ceux qui agissaient pour le bien d'autrui et se faisaient rabrouer par celui dont ils ne voulaient pourtant que le bonheur. Après cet épisode, Meredith n'avait guère eu le loisir de s'entretenir avec son frère, tant les entraînements avec Alistair et Sergueï avaient accaparé les journées de Benedict avant son départ anticipé.

Pour sa part, elle s'était enfermée avec Hayley, sa mère et des couturières pour finir leurs gilets d'acier et veiller à ce qu'Hayley ressemblât le plus possible à une lady et qu'elle-même prît l'air modeste et sérieux d'une demoiselle de compagnie.

Ce rôle plaisait à Meredith car, pour une fois, elle passerait inaperçue n'étant plus l'honorable Miss Meredith Clifford. Elle devenait Miss Meredith Spencer, demoiselle de compagnie de Lady Hayley Blunt-Lytton, baronne de Wentworth. Alistair avait choisi un titre de noblesse existant, capable de résister à un examen superficiel. Il y avait peu de risques de croiser à la cour de Nicolas II quelqu'un qui aurait déjà rencontré la baronne de Wentworth. Aussi, avait-il décidé que, pour les quelques jours de leur séjour à Saint-Pétersbourg, Hayley porterait ce titre.

Cette dernière semblait apprécier toutes les belles tenues que Lady Rosalinde avait choisies pour elle, mais Meredith sentait que sa gouvernante - même si elle n'avait plus l'âge d'en avoir une - était préoccupée. Pour être honnête, Hayley était toujours inquiète depuis que l'espionnage s'était imposé dans la vie des jumeaux. Meredith, quant à elle, était un peu soucieuse pour son frère, mais ne s'alarmait guère pour elle-même.

Alors que le Nord-Express avalait les derniers miles les séparant de Saint-Pétersbourg et qu'une première tentative d'assassinat des « jumeaux » avait eu lieu, Meredith sentait le bouillonnement de l'aventure déferler dans ses veines. Malgré les risques, malgré la violence et les coups, la jeune fille se sentait vivre pleinement à l'aube d'une nouvelle aventure. Elle avait le goût du risque et le garderait.

 CҘ✦ʂƆ

Le cargo venait de s'amarrer quand Vladimir et Benedict, pressés de gagner le sol pétersbourgeois dévalèrent la passerelle, leurs sacs de voyage à la main. Les deux jeunes hommes firent claquer leurs semelles avec un plaisir évident sur les pavés du quai et esquissaient quelques pas de danse quand surgirent des hommes en uniformes sombres. Vladimir eut à peine le temps de réaliser ce qu'il se passait que deux d'entre eux s'emparèrent de lui, le saisissant par les bras. Voyant son ami en danger et ne comprenant pas un traître mot de ce qu'il se disait, Benedict bondit sur l'un des deux hommes qui retenait Vladimir. L'un des autres gardes s'approcha et, avec calme, abattit la crosse de son arme sur le crâne du jeune Anglais, qui s'écroula sur le quai la tête en sang.

Vladimir fut emmené, jetant derrière lui un dernier regard à celui qui était devenu son ami.

Chapitre III

L'arrivée du Nord-Express s'était faite sans plus de difficultés et lorsque Alistair, Serguéï et les « jumeaux » descendirent du train, ils s'aperçurent que l'hôtel Schmidt-Anglia, haut lieu de résidence des étrangers fortunés à Saint-Pétersbourg, avait dépêché des voitures avec chauffeur, afin de venir chercher ses clients. Alistair vit Meredith et Hayley monter à bord de la première voiture, alors que lui-même et ses compagnons de route se retrouvaient dans la troisième.

Rien ne vint troubler leur installation dans le superbe bâtiment et Alistair fut satisfait de constater qu'une suite, donnant sur les chambres des « jumeaux » par des portes intérieures, lui avait été réservée. Serguéï s'installa en sifflotant dans la chambre d'Alistair.

— N'as-tu pas un rapport à faire, mon ami ? insinua Alistair.

— Certes non. Tu ne te débarrasseras pas de moi, tant que tu n'auras pas été officiellement présenté à sa Majesté le tsar de toutes les Russies. À ce moment-là, et à ce moment-là seulement, je recevrai de nouveaux ordres que je suivrai aussi scrupuleusement que les précédents.

Alistair songea qu'il allait devoir prendre son mal en patience.

 CR✦EO

Un mal fulgurant s'empara du crâne de Benedict. Quand il ouvrit les yeux, il porta à l'instant même ses mains à ses tempes et eut juste le temps de se dire qu'il ne connaissait pas ce lieu, avant que la face rougeaude d'un bon gros géant n'apparût devant lui. L'homme souriait et lui fit signe de rester tranquille. Benedict se détendit conscient que l'inconnu avait dû le ramasser sur le quai et l'avait emporté à l'abri. Le Russe désigna d'un mouvement de la main l'angle de la pièce, où Benedict aperçut son sac de voyage. L'Anglais sourit et expérimenta son russe :

— Où est Vladimir ?

— Vladimir ? interrogea le géant.

— Ami. Mon ami.

Le visage de l'homme marqua la surprise, puis une grande pitié. Il commença à parler, mais perçut que son jeune invité ne le comprenait pas. Il se contenta d'un seul mot d'explication.

— Okhrana.

— Où Okhrana amener Vladimir ?

L'homme regarda le ciel et se signa pour seule réponse. Benedict comprit que le pauvre bougre avait fait tout ce qu'il pouvait pour l'aider, l'évocation même de la police secrète du tsar lui causant déjà une appréhension palpable. Benedict se leva avec précaution et tâta son crâne. Une bosse phénoménale ornait l'arrière de sa tête mais, selon toute vraisemblance, Meredith n'était pas la seule à avoir la tête dure dans la famille. Benedict sourit en pensant à sa sœur et se demanda ce que l'indomptable Meredith aurait fait en pareille situation… *Fuir*… De peur que les hommes de l'Okhrana pris d'un soudain remords ne reviennent sur leurs pas pour se saisir de lui.

Benedict observa la salle. C'était une sombre masure, humide et sans lumière. L'homme, qui l'avait secouru, devait travailler sur le port, probablement au déchargement des navires au vu de sa carrure. Son hôte s'approcha et lui tendit une tasse de thé. Benedict sourit et se dit qu'il ne pouvait pas refuser ce présent, offert de bon cœur, le géant se privant à coup sûr de son thé du soir pour lui en offrir une tasse. Benedict but le thé et aima le goût amer et fort de ce breuvage très sucré. Les Russes appréciaient le thé d'une façon très différente des Anglais, mais

Benedict pouvait sentir à travers cette tasse que, tout comme ses compatriotes, les Russes avaient une véritable culture du thé, ce qui les lui rendit plus sympathiques. Benedict observa le samovar et le grand Russe, souriant de toutes ses dents, se retourna un instant pour lui montrer en détail son étrange bouilloire. Benedict en profita pour poser la tasse sur la table derrière lui et glissa dessous deux billets de dix roubles. Puis, il rejoignit son sauveur, qui lui montra comment fonctionnait la bouilloire russe.

Après quelques minutes, Benedict prit congé de son nouvel ami, jeta un coup d'œil à travers l'étroite fenêtre, avant de sortir et de s'enfoncer dans Saint-Pétersbourg.

CR ◆ EO

M eredith sautillait de joie, sans qu'Hayley n'y trouvât à redire.

— Ce fut un véritable triomphe, Hayley ! s'enthousiasma Meredith. Invitée à rendre visite à sa Majesté la tsarine en personne ! Et vous qui imaginiez ne pas pouvoir passer pour une véritable lady ! Mais vous êtes l'incarnation même de la Lady !

Les joues d'Hayley rosirent de plaisir. Il fallait dire que la robe de cour toute de soies et de dentelles bleu ciel, que lui avait prêtée Lady Rosalinde, était une merveille. Pour finir sa tenue, une parure d'aigues-marines rehaussait le bleu-violet de ses yeux et ses longs cheveux châtains avaient été noués en un lourd chignon, ceint de rubans et d'une fleur du même tissu que la robe. Hayley avait fait sensation et même un peu plus que cela à la cour du tsar. Selon Meredith, deux ou trois gentilshommes russes s'étaient enquis de son nom, l'un d'entre eux exigeant même d'être présenté sur-le-champ ! Toutefois, Meredith avait été très stricte sur ce point : les présentations se feraient en temps et en heure… Il ne fallait tout de même pas perdre de vue que le but de ce voyage était de mener une enquête. À cet égard, le triomphe d'Hayley à la cour aidait leurs investigations puisque, pour leur part, Meredith et Hayley devaient se renseigner sur les rumeurs de poisons circulant dans l'entourage de la tsarine. Tout se présentait donc pour le mieux.

Un courant d'air fit se retourner Hayley. Alistair venait d'entrer dans la chambre et levait les bras en l'air, sous la menace du revolver de Meredith.

— À force d'entrer comme un voleur en tous lieux, vous finirez par vous faire abattre, cousin ! grogna-t-elle.

— Moi aussi, je suis content de vous voir, Meredith, grinça-t-il.

Son regard se posa sur Hayley et il ne put cacher son admiration. Il s'était pourtant bien juré de rester indifférent, ayant eu l'occasion d'admirer la jeune femme à la cour du tsar l'après-midi même.

— Aux faits, cousin, aux faits ! gronda Meredith, bien consciente de ce qui rendait son cousin muet.

— Certes. Je venais vous voir afin de vous tenir informées de la mission que m'a confiée le tsar, dit Alistair sur le ton de confidence.

Hayley et Meredith se rapprochèrent pour ne pas perdre un mot de cette information primordiale.

— En vérité, je suis un peu décontenancé. Sa Majesté le tsar Nicolas II m'a précisé m'avoir fait venir pour que je retrouve l'œuf à la Rose, qui a disparu des appartements de son épouse. Un simple vol. Voilà ce pourquoi le tsar de toutes les Russies a convoqué quatre espions britanniques.

Les deux femmes prirent le temps de réfléchir à la question. Hayley brisa la première le silence :

— Impossible. Ce vol doit cacher autre chose.

— Si c'est le cas, cela va être à vous de jouer, belles dames. L'œuf à la Rose est le premier œuf offert par le tsar à la tsarine en gage de son amour indéfectible. Pour ma part, je n'aurai pas aisément accès aux appartements de la tsarine, malgré le sauf-conduit que m'a remis le tsar.

— Que vous a-t-il dit précisément ? demanda Meredith.

— Que personne parmi les membres de sa police n'était parvenu à retrouver cet œuf, ni son voleur, et qu'il entendait pourtant que ce crime soit puni… Rien de plus.

Hayley fronça les sourcils et prit son air le plus sérieux.

— Impossible.

— Vous l'avez déjà dit, très chère, remarqua Alistair.

La jeune femme, perdue dans ses pensées, n'avait pas remarqué le qualificatif, dont Alistair l'avait affublée… à la différence de sa « demoiselle de compagnie-garde du corps », qui fusilla son cousin du regard.

— Au commencement, réfléchit Hayley, l'inspecteur principal Brixton nous a informés que le tsar exigeait que nous nous rendions à sa cour pour une enquête particulière et le colonel Pouchkine nous a mis en garde contre les poisons. Puis, l'inspecteur principal nous a prévenus que notre enquête connaissait une extension et que nous devions infiltrer les milieux universitaires révolutionnaires, afin de surveiller les éventuels projets criminels de ces personnes, tout en nous précisant que nous ne devions à aucun moment intervenir. Puis, vous-même, Alistair, vous avez appris, par l'entremise d'un attaché d'ambassade revenant à Londres après un long séjour à Saint-Pétersbourg, que les seules rumeurs de poisons existant à la cour du tsar portaient sur l'entourage de la tsarine. Maintenant, l'enquête principale porterait sur un simple vol ? Je n'y crois pas. La suite poison, attentat et vol n'est pas logique. Votre vol cache forcément quelque chose d'une tout autre ampleur.

Alistair prit le temps de songer au résumé de la situation, que venait de faire Hayley. Qui était la cible ? Le poison autour de la tsarine. Les attentats autour du tsar. Le vol autour de la tsarine.

— La partie va être plus serrée que prévu, conclut-il. La tsarine est environnée des rumeurs de poisons et victime d'un vol. Le tsar est menacé par des révolutionnaires. Mesdames, je vous demande de trouver si les rumeurs de poisons sont fondées ou non, Benedict se charge des éventuels projets d'attentats et, pour ma part, je ferai la liaison entre toutes les pièces du puzzle.

— Avez-vous vu, Benedict ? s'enquit Meredith.

— Pas encore, cousine, mais je vais me rendre dans sa pension de famille cette nuit même.

Alistair salua les deux femmes, puis sortit.

Du poison, des terroristes et un œuf de Fabergé... Un casse-tête russe en quelque sorte.

ଓଡ ♦ ଶ୍ର

Q uand Benedict arriva, enfin, dans la pension de famille où il devait loger, la stricte veuve Nadejda Viktorovna Alekseïeva faillit ne pas lui ouvrir, tant la mise du jeune Anglais était miteuse. Le veston poussiéreux, les cheveux collés au crâne par du sang séché, un hématome violacé derrière l'oreille et le russe hésitant de Benedict n'aidaient en rien la veuve à vouloir le reconnaître comme l'un de ses pensionnaires. Heureusement pour lui, Sergueï lui avait fait une lettre de recommandation et la veuve Alekseïeva hésitait à contrarier le colonel Sergueï Ilitch Pouchkine, qui que soit cet homme. Elle finit par laisser entrer Benedict et eut même la grâce de lui montrer la salle de bains, qu'il allait partager avec un autre gentleman. Un journaliste d'après ce qu'avait compris Benedict.

À peine sa logeuse l'avait-elle laissé seul dans sa chambre, que Benedict se précipita dans la salle de bains et tenta de se rendre une apparence un peu plus présentable. Il était en train d'achever sa toilette, quand la porte s'ouvrit sur un homme d'une quarantaine d'années, brun à la barbe broussailleuse. L'homme parut plus surpris que Benedict et referma la porte d'un air contrit en proférant moultes excuses en russe, dont Benedict ne comprit pas un traître mot. Il devait améliorer son russe toutes affaires cessantes !

Benedict sortit de la salle de bains et fit signe à l'homme, qui rentrait dans sa chambre, que la place était libre. Le Russe s'approcha donc et recommença à parler mais, voyant la mine concentrée de son interlocuteur, il comprit qu'il parlait trop vite.

— Désolé pour tout à l'heure ! J'ai l'habitude d'être seul à l'étage et notre logeuse ne m'a pas prévenu que j'allais avoir un nouveau voisin. D'où venez-vous l'ami ?

— D'Angleterre. Je suis étudiant ingénieur, répondit Benedict dans son russe chaotique.

— Anglais… Malheureusement, je ne parle pas cette langue. Peut-être parlez-vous français ?

— Oui, parfaitement, répondit avec espoir Benedict dans la langue de Molière.

— Parfait ! Nous pourrons parler dans cette langue ! Je suis moi-même un amateur de la France. En revanche, je suis désolé de constater que votre voyage ne s'est pas déroulé sous les meilleurs auspices.

Le Russe contemplait le crâne entaillé et violacé de Benedict.

— Une rencontre malencontreuse avec des malandrins ? interrogea-t-il. Désolé, je suis curieux par nature et journaliste de profession, deux bonnes raisons d'être indiscret.

Benedict sourit.

— J'aurais préféré des malandrins… L'Okhrana est venu arrêter mon compagnon de voyage, à notre arrivée, et l'un de ses agresseurs n'a pas apprécié ma brève résistance.

Le journaliste observa Benedict quelques instants. Puis il sembla parvenir à une conclusion et reprit :

— Vous êtes étudiant… Connaissez-vous du monde à Saint-Pétersbourg ?

— Non, je suis un peu isolé pour le moment.

— Eh bien, vous ne le resterez pas longtemps ! Accordez-moi quelques minutes et nous partirons ensemble pour une réunion qui devrait vous intéresser !

— Fort bien. Merci beaucoup... Je me prénomme Benedict et vous êtes ?

— Fiodor Sergueïevitch Dourov, je suis journaliste au *Journal de Saint-Pétersbourg*. Vous pourrez lire mes œuvres, puisque le journal est édité en français ! Attendez-moi deux minutes et j'arrive !

Fiodor disparut dans la salle de bains, laissant Benedict à ses pensées. Après quelques instants, le jeune Anglais décida de récupérer quelques-uns de ses accessoires avant de se rendre à une quelconque réunion inconnue et retourna dans sa chambre.

Quelques minutes plus tard, Fiodor et Benedict pressaient le pas en direction d'un arrêt d'omnibus. Benedict songea par-devers lui qu'il devrait apprendre la géographie de la ville, en plus de la langue russe, car il n'appréciait guère, tout sympathique que fût Fiodor, de se fier à un parfait étranger pour le guider. Heureusement, Alistair avait pensé à fournir à son cousin une carte de la ville avant leur départ, carte qui se trouvait dans sa besace avec un revolver et des munitions. Le jeune Anglais avait aussi jugé opportun de porter le gilet confectionné par sa mère et ses couturières. Il avait retiré de son expérience parisienne un goût certain pour la prudence. Fiodor accéléra soudain le pas et bondit dans un omnibus hippotracté. Benedict le suivit non sans mal, alourdi par son sac et son gilet aux plaques d'acier. Ils achetèrent leurs billets au receveur et s'installèrent. L'Anglais s'assit du côté de la vitre et en profita pour découvrir la ville.

Saint-Pétersbourg prenait des couleurs flamboyantes au crépuscule. Une fois de plus, Benedict aurait bien aimé disposer d'un peu de temps libre pour visiter la capitale des tsars. Dire que tout était parti de sa volonté d'effectuer son « Grand Tour » avec sa sœur ! Alors que deux mois auparavant, il souhaitait simplement avoir l'opportunité de visiter l'Europe avec Meredith, il se retrouvait à parcourir les plus belles villes du continent, sans pour autant avoir le temps de voir quoi que ce fût de ces merveilles ! C'était tout de même rageant ! Benedict se concentra sur les quelques bâtiments qu'il apercevait désormais, conscient qu'il n'aurait peut-être plus la chance de les contempler en paix.

— Nous sommes au cœur de Saint-Pétersbourg ! Nous n'allons pas tarder à apercevoir le palais d'Hiver, une véritable splendeur !

Benedict dut reconnaître que Fiodor disait vrai. Le superbe palais du tsar déroulait ses bâtiments bleu vert et or devant le regard étonné du jeune touriste. De multiples colonnes blanches ornaient la longue façade du palais s'élevant vers le ciel. Au-dessus du fier bâtiment, le parapet était jalonné de multiples statues toisant les pauvres mortels, qui osaient porter leurs regards vers elles. Hauteur et domination s'affrontaient dans l'esprit de Benedict pour décrire ce qu'il voyait. À la mine éblouie de son compagnon de route, Fiodor ne put s'empêcher de préciser.

— Le palais de Versailles est fort beau, mais rien en ce monde n'équivaut le palais d'Hiver. Quand la lumière du soleil se reflète dans la Neva et illumine de toutes parts les dorures et les fenêtres du palais impérial, on se dit que la grande Russie a une place à part dans le monde !

— Je n'ai jamais eu l'occasion de voir le palais de Versailles, mais les illustrations que j'en ai vues m'ont paru fort belles…

Fiodor se redressa, toisant Benedict de toute sa hauteur.

— Toutefois, je vous accorde que ce palais est magnifique et digne de figurer dans la liste des merveilles du monde moderne ! conclut Benedict, la mine du Russe s'adoucissant aussitôt.

Le jeune Anglais décida que le silence était une bonne option et se tut jusqu'à leur arrivée dans un quartier beaucoup moins reluisant que celui du tsar.

છ✦ড

Sergueï enrageait. C'était la pire mission qu'il ne lui ait jamais été confiée. Lui, le colonel Sergueï Ilitch Pouchkine, vétéran des services secrets russes, se retrouvait à jouer les guides touristiques pour les deux acteurs jouant les jumeaux ! Invraisemblable ! Il se jurait bien qu'il revaudrait ce tour de cochon à l'Anglais ! Comment Alistair avait-il osé demander au tsar en personne, qu'il soit affecté à la protection des deux acteurs ! Dès le lendemain matin, en prenant livraison de ses deux encombrants paquets, il expliquerait le fond de sa pensée à ce judas !

Pour le moment, Sergueï trouvait plus intéressant de suivre le vrai Benedict. Il était quelque peu impressionné par le jeune homme. Loin des siens, Benedict se révélait débrouillard et parvenait sans peine à se faire des « amis ». En revanche, il serait souhaitable que le jeune Anglais soit plus observateur à l'avenir. En effet, Sergueï avait embarqué dans l'omnibus juste après lui, sans qu'il s'en aperçût...

ର✦ଛ

Benedict suivait Fiodor à travers les ruelles sombres d'un quartier inconnu de Saint-Pétersbourg. Il se demandait si son impulsivité ne l'avait pas conduit tout droit dans un piège. En outre, il prit conscience, mais un peu tard, qu'il était parti de sa chambre sans laisser la moindre indication de sa destination à son cousin. En cas de problème, il regretterait cette négligence. À intervalles réguliers, Benedict surveillait Fiodor du coin de l'œil, mais l'attitude de son nouveau voisin n'avait pas changé. Il était toujours souriant et un rien bonhomme.

Fiodor accéléra le pas, puis sembla nerveux. Il regarda à plusieurs reprises par-dessus son épaule et Benedict dut prendre sur lui pour ne pas l'imiter.

— Je crois que nous sommes suivis... finit par dire Fiodor.

Benedict sentit la main glacée de la peur se refermer sur ses entrailles. *Suivis ? Déjà ? Mais par qui ?* Si seulement il pouvait s'agir d'Alistair. Malgré son trouble intérieur, il parvint à conserver une impassibilité toute britannique.

— Suivis ? Pourquoi serions-nous suivis ?

Fiodor jeta un coup d'œil à Benedict, se demandant s'il était niais ou simplement rêveur.

— Si vous ne l'avez pas compris, la réunion où nous nous rendons n'est pas véritablement autorisée…

— Vous voulez dire par le tsar ?

Fiodor acquiesça en silence.

— Tant mieux ! J'ai une dent contre ce tyran !

Fiodor roula des yeux effarés et observa avec panique tout autour de lui, pour s'assurer que nulle oreille humaine n'avait pu entendre ce que venait de dire son voisin.

— Vous devriez être plus prudent… Anglais ou pas, si l'Okhrana vous surprend à tenir de tels propos, vous risquez de vous retrouver en Sibérie en peu de temps !

— Ne vous préoccupez donc pas de moi et amenez-moi à cette réunion. Il me tarde désormais de pouvoir y assister.

L'air crâne de Benedict impressionna le Russe. Ni niais, ni rêveur, l'Anglais était un révolutionnaire et de la pire espèce… Un privilégié se retournant contre son propre camp.

∝◆∾

Alistair se préparait avec sérieux, comme à chaque fois qu'il partait en mission. Il soupesa le lourd gilet aux plaques d'acier et l'observa avec attention. Sa tante et ses couturières avaient fait du bon travail… *De la belle ouvrage en vérité.* Elles avaient confectionné des vestes sans manches recouvertes de petites plaques d'acier et, pour éviter que le bruit des plaques s'entrechoquant n'attirât l'attention sur le porteur, elles avaient recouvert chaque plaque d'une étoffe épaisse étouffant le moindre son. L'ensemble était fort laid, mais semblait assez solide. En revanche, quid des balles qui tenteraient leur chemin à travers le petit espace laissé entre chaque plaque ? Alistair préféra ne pas y songer et enfila le gilet de Casimir Zeglen, acquis à Paris. Certes, cette protection avait déjà connu son baptême du feu et même son re-baptême, mais elle avait justement démontré son efficacité. Alistair avait un peu honte de ne pas porter plus d'intérêt à la création de sa tante, surtout lorsqu'il prenait en considération le travail de fourmi nécessaire à son élaboration. Toutefois, il lui faudrait être mobile et le poids du gilet aux plaques d'acier ne le tentait guère. Aussi enfila-t-il avec satisfaction la veste aux multiples couches de soie du chercheur américain et boucla-t-il son manteau court par-dessus, ses revolvers et couteaux ayant déjà pris leurs places habituelles. Il était prêt.

Un importun choisit ce moment précis pour toquer à la porte. Alistair regarda avec étonnement l'entrée de sa suite luxueuse, se disant qu'aucun de ses compagnons de route ne pouvait être l'auteur de ce bruit, puisqu'ils étaient tous convenus de faire comme s'ils ne se connaissaient pas. Le seul qui était autorisé à rendre visite aux autres était lui-même. Comme il était certain de ne pas avoir le don d'ubiquité, Alistair rouvrit son manteau, laissant à portée de mains couteaux et revolvers.

L'importun insista. Alistair s'approcha de la porte, sans toutefois rester derrière elle.

— À qui ai-je l'honneur ?

— Vous me voyez désolé, Monsieur, mais un Monsieur a exigé de vous rencontrer, osa une voix.

— Alistair, c'est Mikhaïl !

— Mikhaïl ! répéta Alistair avec un grand sourire. Que ne l'avez-vous dit plus tôt !

Alistair ouvrit la porte et tomba sur Mikhaïl, flanqué comme à son habitude de ses deux gardes du corps colossaux, Boris et Yegor. Elancé, grand et blond, le jeune prince fixa son regard bleu acier sur Alistair, qui remarqua une fine moustache ornant la lèvre du jeune Russe. Alistair songea à la catastrophe de ce détail, persuadé qu'ainsi le jeune homme plairait encore davantage à Meredith. Toutefois, il accueillit les nouveaux venus de son mieux.

— Je constate avec plaisir que vous ne boitez presque plus, mon ami !

Mikhaïl sourit.

— J'ai été obligé de me remettre assez vite de ma mésaventure.

Les quatre hommes s'installèrent dans le salon attenant à sa chambre. Alistair, qui ne partait jamais sans whisky de chez lui, put offrir un verre digne de ce nom à ses invités.

— Vous vous apprêtiez à sortir, Alistair, remarqua Mikhaïl les yeux brillants.

Alistair regarda son gilet pare-balles et sourit. Les Russes connaissaient ce gilet et ses particularités.

— Il faut bien que j'aille prendre le pouls de cette ville, mon cher ami.

— Certes mais, avant cela, je souhaiterais vous apporter quelques précisions.

À ces mots, Boris et Yegor se levèrent, inspectèrent le salon, jetèrent un coup d'œil dehors, sortirent et refermèrent la porte derrière eux. Alistair observa leur manège sans parler.

— Ce que je vais vous dire doit rester entre nous, commença Mikhaïl.

Alistair reporta son attention sur le Russe et se tint coi.

— Sa Majesté le tsar vous a confié la mission de retrouver l'œuf à la Rose, qui a été dérobé lorsque nous étions à Paris. L'affaire peut paraître de peu d'importance de prime abord, mais ne vous y trompez pas. Le tsar lui-même est conscient des luttes intestines, qui infectent sa cour, et c'est pourquoi il a sollicité votre aide. En attendant votre arrivée, j'ai eu le privilège peu envié de devoir enquêter, ce qui m'a causé les plus grandes difficultés à la cour.

Alistair s'enfonça dans son fauteuil et observa l'or mouvant de son whisky.

— Le tsar Nicolas II n'est pas aimé, avoua Mikhaïl.

Cet aveu inattendu tira Alistair de sa contemplation.

— C'est la conclusion de mes investigations, poursuivit Mikhaïl. Le tsar n'est pas aimé et la tsarine est détestée.

— Par qui ? demanda Alistair.

— Par le peuple et une partie de la cour.

— Cela fait beaucoup… Continuez, mon ami.

Mikhaïl réfléchit un instant, cherchant par où commencer.

— La première fois que le peuple et la cour ont vu la tsarine, c'était pour l'enterrement du père du tsar Nicolas II, le tsar Alexandre III. *Elle nous arrive derrière un cercueil* a été la phrase la plus répétée. Pour de nombreux sujets, cette fâcheuse entrée dans l'histoire russe a été confirmée par l'accident du jour du couronnement. Ce jour-là, une foule immense s'était massée et une terrible bousculade emporta de vie à trépas un millier de Russes. Les blessés ne pouvaient plus être comptés et, en ce jour de célébration, les hôpitaux débordaient de mourants et d'estropiés. Un bal était donné à l'ambassade de France et les souverains ont décidé de se rendre à l'invitation de la République amie, qui elle-même n'avait pas osé annuler le bal de peur de froisser son alliée… Le tsar et la tsarine ont eu beau se rendre par la suite au chevet des blessés, nombreux sont ceux qui n'ont retenu que le bal et le manque de compassion des souverains. Le peuple se mit à surnommer la tsarine *l'Allemande*, alors que sa Majesté a peu d'intérêt pour le Reich et ne s'exprime pas en allemand mais en anglais, sa langue maternelle…

— La tsarine a été élevée à la cour d'Angleterre par sa grand-mère maternelle, sa Majesté la reine Victoria… songea Alistair.

— Oui mais bien peu s'intéressent à la tsarine. Nombreux

sont ceux qui préfèrent la détester sans réfléchir.

— Elle sert de bouc émissaire, si vous me pardonnez l'expression.

— C'est malheureux, mais c'est vrai, confirma Mikhaïl. Quand j'ai débuté mon enquête ou plutôt votre enquête, je me suis heurté de plein fouet à cette hostilité envers la tsarine. Dans le meilleur des cas, ceux que j'interrogeais gardaient le silence, dans le pire des cas, ils ne craignaient pas d'exprimer leur inimitié et considéraient que la perte par la tsarine d'un joyau, offert par le tsar pour sceller leur amour, n'était qu'un signe de plus de l'inopportunité de ce mariage.

— Je vois…

Alistair prit le temps de boire une gorgée de son whisky.

— Si j'ai bien compris, le coupable du vol est plutôt à chercher au sein même de la cour que parmi les domestiques.

— Je ne peux pas vous l'assurer, mais c'est une possibilité.

— Bien. À qui profite le crime ?

Mikhaïl resta silencieux.

— À personne ? continua Alistair. Il y a forcément quelqu'un qui retire un intérêt de ce vol.

— Certainement mais, pour le moment, j'ignore qui cela peut être.

Alistair prit le temps de boire une autre gorgée. Il regardait le mouvement du whisky tournant dans son verre.

— Qui a perdu de l'influence sur le tsar au profit de la tsarine ? finit-il par demander.

À cette question, le regard de Mikhaïl se figea. Alistair apprécia l'effet de sa demande.

— Impossible, balbutia Mikhaïl.

— À qui pensez-vous, mon cher ami ?

— C'est impossible, Alistair. Nous faisons fausse route.

— Mon cher ami, je préférerais que vous me laissiez en juger. À qui pensez-vous ?

Mikhaïl hésita encore un instant et murmura :

— Son Altesse Maria Feodorovna, la mère de sa Majesté le tsar.

— La reine mère… Une perspective intéressante…

Mikhaïl préféra ne rien ajouter, conscient qu'il venait d'ouvrir la boîte de Pandore.

ଓ✦ଛ

B enedict était agréablement surpris par la qualité de l'assemblée réunie dans cette arrière-salle miteuse. Loin de se retrouver entouré de sombres et sales personnages, il était en présence d'étudiants et d'intellectuels de toutes sortes, qu'ils soient professeurs, journalistes, philosophes ou artistes. Les débats n'avaient pas attendu le début officiel de la réunion pour fuser de toutes parts. Avant même leur entrée, Fiodor et Benedict avaient perçu le brouhaha des discussions, plus ou moins enflammées, mais, une fois dans la salle, le bruit était tel que le tenancier du bar sordide, prêtant ou louant son arrière-salle à cette étrange population, avait exigé en des termes peu choisis un peu plus de discrétion. Les esprits s'étaient un peu calmés. Néanmoins, Benedict sentait que, sous la braise, le feu brûlait encore.

Soudain, le silence s'imposa. Benedict regarda autour de lui, cherchant à comprendre pourquoi les autres s'étaient tus si vite. Une femme était entrée, flanquée de deux gaillards pour le moins antipathiques. Hors la masse de ses deux compagnons, la femme en imposait. De taille moyenne, vêtue d'une robe noire, les cheveux tirés en un strict chignon, elle aurait pu être gouvernante. Toutefois, sans pouvoir se l'expliquer, Benedict n'aurait jamais confié un enfant aux soins de cette femme. À cause de ses yeux peut-être… Elle posait son regard inflexible sur chacun des membres de l'assemblée, créant un malaise palpable au malheureux objet de son examen. Elle transperça de ses yeux Fiodor, qui baissa le regard, et se fixa soudain sur

Benedict. Le jeune Anglais se fit un point d'honneur de ne pas céder devant cette femme. Il ignorait qui elle était, mais il ne l'aimait pas. Tout en elle évoquait la violence et l'indifférence, deux défauts repoussants à ses yeux.

La femme n'apprécia pas ce défi à son autorité. Elle parla fort, clair et dur. Son accent était incompréhensible pour Benedict, mais il comprit qu'elle demandait à l'assemblée qui avait pris la responsabilité d'amener cet étranger. Fiodor affronta la tempête. La seule chose que Benedict comprit dans toute son intervention était le nom de la femme : Véra Nikolaïevna. Benedict ne savait pas assez de russe pour s'exprimer ou même comprendre ce que les Saint-Pétersbourgeois disaient lorsqu'ils parlaient entre eux. En revanche, il savait que les Russes n'employaient guère les mots « Madame » ou « Monsieur » pour marquer leur respect envers une personne, mais utilisaient à la place son prénom et son patronyme sans le nom de famille. L'usage du patronyme avait toujours paru original à Benedict, voire souhaitable. L'idée d'utiliser le substantif féminin pour les femmes ou masculin pour les hommes du prénom de leur père en plus du prénom et du nom habituels plaisait à Benedict. Ainsi, sans connaître la femme qui continuait à le dévisager, il savait que son père se prénommait Nicolas. Véra Nikolaïevna… Il fallait absolument qu'il se souvînt de ce nom afin de pouvoir le rapporter à Alistair et Sergueï. Benedict avait espoir que ce nom évoquerait quelque chose à l'un des deux hommes et que leur aventure pétersbourgeoise trouverait ainsi une fin rapide.

Fiodor enfonça son coude dans les côtes de Benedict, qui fixa son attention sur Véra.

— Que viens-tu faire ici, étranger ? demanda-t-elle lentement.

— Étudier science, répondit Benedict dans son russe décousu.

— Pourquoi en Russie ? L'Angleterre a de grandes

universités.

— Polytechnique Saint-Pétersbourg. Formation nouvelle.

La femme interrogea un jeune homme non loin d'elle et elle acquiesça à sa réponse.

— Que viens-tu faire dans notre réunion ? Les Anglais adorent leur reine Victoria.

— La reine Victoria est vieille folle, dégénérée comme tsar, continua Benedict dans son russe approximatif.

La stupeur saisit l'assemblée, pendant que Benedict présentait en pensée ses excuses les plus plates à sa souveraine… mais non au tsar qu'il n'aimait pas. Véra observa le jeune homme d'un air étonné puis, de façon inattendue, éclata d'un rire cristallin. Ses deux sbires la suivirent dans son hilarité et, bientôt, toute l'assemblée salua le courage du nouveau venu.

— Bien dit, étranger ! conclut-elle. Ce sont tous des parasites que nous devons éliminer !

Un acquiescement solennel traversa l'assistance. Fiodor sembla respirer de nouveau.

Benedict observait cette foule étrange qui, bien que constituée d'êtres dotés d'une pensée autonome, semblait désormais privée de libre arbitre. L'emprise de cette Véra sur ces hommes était impressionnante, voire dangereuse. Benedict n'aimait pas non plus cet ascendant. Il n'aimait ni le tsar autocrate, ni Véra l'impérieuse. À ses yeux, ces deux personnages n'étaient pas si différents. Leurs buts les séparaient, mais leurs volontés et leurs caractères les rapprochaient. Peut-être était-ce pour cela qu'ils se détestaient.

L'atmosphère dans la salle s'était détendue et les conversations du début reprenaient peu à peu. Véra s'approcha de Fiodor et discuta avec lui pendant que l'un de ses deux colosses dévisageait Benedict, comme pour imprimer le visage du jeune homme au fond de son crâne.

Un bruit de fracas de bois explosa et des cris fusèrent dans tous les sens. Un mouvement de panique s'empara de la salle.

Q uand Serguëi avait vu dans quel genre
d'arrière-boutique Benedict et son nouveau compagnon
de route s'étaient aventurés, il avait rebroussé chemin et, depuis
le toit d'une masure située de l'autre côté de la rue, il surveillait
à travers les fenêtres les événements en cours. Il n'eut pas
longtemps à attendre avant de voir arriver une étrange femme
accompagnée de deux colosses, dont l'utilité ne faisait aucun
doute. Compte tenu du nombre de participants à cette
mystérieuse assemblée et du peu d'issues que comptait la salle,
Serguëi se dit par-devers lui que cette réunion était l'occasion
parfaite pour une descente de l'Okhrana. La configuration des
lieux aurait dû alarmer l'organisateur de la réunion, à moins
qu'il ne fît partie des éléments infiltrés par la police secrète du
tsar dans les mouvements révolutionnaires et étudiants.

Quelques minutes à peine après l'entrée de la femme et de
ses deux gardes du corps, Serguëi vit arriver une section de
l'Okhrana. Les policiers prirent sans délai position autour du
bâtiment où avait lieu la réunion et fermèrent, avec méthode,
toutes les issues que les membres de la réunion auraient pu
emprunter dans leur fuite. Serguëi analysa la situation et conclut
qu'il ne pouvait être d'aucune utilité à Benedict dans
l'immédiat.

À peine avait-il formulé cette pensée que les fonctionnaires
donnaient l'assaut, créant une cohue dont seuls quelques-uns des
participants réussirent à s'extirper sans mal. Serguëi avait beau
s'échiner à rechercher la silhouette de Benedict dans la foule, il
l'avait perdu de vue.

D ès que les premiers cris fusèrent, les deux colosses
emportèrent Véra vers une porte dérobée et elle

disparut, abandonnant ses partisans à leur sort.

Fiodor s'empara du bras de Benedict.

— Suis-moi !

Benedict considéra qu'il s'agissait de la meilleure offre du moment et suivit son voisin. Alors que la plupart des participants tentaient de fuir par les fenêtres du rez-de-chaussée ou par la porte menant vers le bar, Fiodor fendait la foule dans le sens inverse et se dirigeait avec vigueur vers l'escalier. À l'instant même où ils atteignaient les premières marches, les uniformes sombres de l'Okhrana surgirent dans la salle. Fiodor et Benedict gravirent l'escalier, comme jamais ils n'en avaient monté un de leurs vies, et débouchèrent à l'étage. Fiodor fonça à travers le couloir et ouvrit une porte sur la gauche, il laissa entrer Benedict dans la pièce et, voyant qu'aucun autre révolutionnaire ne les avait suivis, en verrouilla l'accès.

Avec l'aide de Benedict, il poussa une vieille armoire bancale devant l'entrée et ouvrit la fenêtre. En face, à moins d'un mètre, la fenêtre d'un autre immeuble n'attendait que des visiteurs imprévus. Fiodor passa en premier et aida Benedict à franchir l'obstacle, puis il referma derrière eux. Il entraîna de nouveau l'Anglais à travers tout un étage et descendit un escalier, pour revenir au niveau du sol, avant de se précipiter vers une porte dérobée, qui les attendait. Fiodor ouvrit ce dernier obstacle, jeta un coup d'œil dehors et sortit, marchant d'un pas calme et tranquille.

Benedict suivit son exemple.

— Maintenant, mon ami, prenez votre air le plus jovial, nous nous promenons entre amis en évoquant nos voyages à Paris.

Benedict comprit que le temps des questions viendrait plus tard, à l'abri de l'honnête pension de famille de la veuve Nadejda Viktorovna.

La mine détendue et innocente qu'affichaient Fiodor et Benedict leur permit de rejoindre sans difficulté leurs chambres respectives. Même leur perspicace logeuse ne vit rien de répréhensible à leur comportement, quand elle les observa rentrer dans sa maison derrière le rideau du rez-de-chaussée. Fiodor et Benedict reportèrent à plus tard leur conversation et chacun regagna sa chambre.

Alors que Benedict espérait pouvoir bénéficier d'un repos bien mérité, quelle ne fut pas sa surprise de trouver son cousin Alistair assis sur son lit.

— Que faites-vous là ? s'étrangla de surprise Benedict.

Alistair regarda d'un air un peu choqué son jeune cousin.

— Moi aussi, je suis très satisfait de vous voir en bonne santé, mon cher cousin. J'espère que votre traversée s'est bien passée et que vous avez pu prendre vos marques dans la ville.

À ces mots, Benedict sortit de sa surprise première.

— En réalité, mon interrogation portait plutôt sur le moyen dont vous aviez pu user pour attendrir la stricte veuve, me servant de logeuse, pour qu'elle vous autorise à m'attendre dans ma chambre.

Alistair sourit tranquillement.

— La discrétion, mon cher. Votre logeuse n'aurait pas supporté un homme de plus sous son toit. Aussi, me suis-je dispensé de son assentiment et suis-je passé par la fenêtre. En revanche, afin de me faciliter la tâche, j'avais demandé que l'on vous donnât une chambre au rez-de-chaussée et, comme tel n'est pas le cas, je me suis retrouvé à escalader la façade de cette maison en pleine lumière. Heureusement pour moi, il n'y avait pas foule à l'heure de mes exploits.

Benedict sourit puis, fatigué, s'assit sur une chaise de piètre qualité qu'il alla chercher dans l'angle de la pièce. Une fois installé, il commença le récit de son voyage, détailla sa rencontre avec Vladimir, l'arrestation du jeune homme, son coup sur la tête, son évanouissement, son réveil dans la pauvre maison d'un géant bienveillant, son arrivée dans la pension, sa rencontre avec Fiodor, son départ pour une mystérieuse assemblée, la réunion de révolutionnaires, sa rencontre avec Véra Nikolaïevna (dont il connaissait le patronyme, mais pas le nom de famille), l'arrivée de l'Okhrana, sa fuite avec Fiodor et son retour à la pension.

Alistair laissa parler son cousin et ne se leva qu'une fois pour vérifier l'état du crâne de Benedict, quand celui-ci lui eût décrit le coup reçu. Satisfait par la résistance crânienne de son cousin, l'aîné retourna s'asseoir sur le lit et écouta le reste du récit. Quand Benedict en arriva à la fin, Alistair acquiesça d'un signe de tête, en connaisseur des arcanes de l'espionnage.

— Eh bien mon cousin, vous n'êtes pas resté les bras ballants, si je puis m'exprimer ainsi. Vous êtes celui qui a le plus progressé dans son enquête.

Alistair se fit un devoir de résumer les avancées de Meredith et d'Hayley, puis les siennes propres, ainsi que les renseignements que Mikhaïl venait de lui confier.

— Ainsi, nous voilà confrontés à trois enquêtes différentes… En revanche, je ne vois pas comment les révolutionnaires pourraient être liés au vol de l'œuf à la Rose ou aux rumeurs d'empoisonnement existant dans l'entourage de la tsarine. Pour ma part et jusqu'à preuve du contraire, je considérerai ces trois enquêtes comme indépendantes les unes des autres, trancha Benedict.

Alistair acquiesça.

— Je suis d'accord avec vous, mon cher cousin, mais nous devons tout de même considérer qu'il est possible qu'un lien existât entre ces différentes affaires. Le tout est de garder l'esprit ouvert et d'observer avec acuité tout ce qui vous entoure. Le moindre détail peut faire la différence.

Benedict se demanda à quoi pouvait faire référence son cousin, mais il ne prit pas le temps de le lui demander. Il avait une question plus pressante à lui poser.

— Connaissez-vous cette fameuse Véra Nikolaïevna ?

Alistair resta pensif quelques instants.

— Vous êtes trop jeune pour vous en souvenir. Ce nom est loin d'être inconnu. Véra Nikolaïevna Figner, de son nom complet, était membre du groupe terroriste *Narodnaïa Volia*, qui assassina l'empereur Alexandre II en 1881 ici même, à Saint-Pétersbourg. Alexandre II était le grand-père du tsar actuel et est mort, les deux jambes arrachées par une bombe. La plupart des membres de *Narodnaïa Volia* ont été condamnés à mort et la sentence a été exécutée peu de temps après mais, concernant cette Véra Figner, sa peine a été commuée en prison à vie. Ne me demandez pas pourquoi, je l'ignore. En revanche, connaissant les tribunaux et les prisons russes, je serais fort étonné que la véritable Véra Figner ait pu bénéficier d'une quelconque libération... Nous aurions donc affaire à une usurpatrice...

— Je ne veux pas sous-estimer le danger que peuvent constituer les membres de cette assemblée mais, selon moi, j'étais de très loin le plus vindicatif de tous.

— Le fait de parler ouvertement devant des inconnus n'est pas forcément le signe d'une plus grande volonté, Benedict. Selon moi, au contraire, ceux que vous avez vus aujourd'hui sont dangereux. Je souhaite vivement que vous ne les sous-estimiez pas et que vous demeuriez méfiant et prudent. Vous avez fait ce qu'il fallait pour être accepté dans ce cercle. Désormais, observez plus que vous n'agissez, écoutez plus que vous ne parlez.

Alistair se leva, se prépara à partir, puis se ravisa.

— Je vais renvoyer vos doublures en Angleterre en expliquant au tsar que je n'ai pas besoin de mes cousins pour cette enquête. Cela libérera Serguei de sa surveillance et il pourra veiller sur vous.

— Je n'ai pas besoin que l'on veille sur moi ! s'insurgea Benedict.

— Parce que vous n'avez pas encore pris la mesure du nid de guêpes dans lequel vous avez glissé la main, mon cher cousin.

Les révolutionnaires russes ne sont pas de gentils plaisantins. Si une femme a jugé bon d'usurper l'identité d'une membre de *Narodnaïa Volia*, c'est parce que quelque chose se prépare et ce n'est pas l'assassinat d'un petit Anglais trop curieux qui les fera hésiter. Ne faites confiance à personne, Benedict, pas même à l'homme qui dort à quelques mètres de vous.

D'instinct, Benedict tourna la tête vers la cloison, qui le séparait de Fiodor, et il se demanda si le journaliste avait pu surprendre leur conversation.

— C'est un mur porteur, trop épais pour que l'on puisse écouter au travers, précisa Alistair. Bonne nuit, cousin, et soyez prudent.

Alistair ouvrit la fenêtre, jeta un coup d'œil à l'extérieur, puis disparut dans la nuit. Après quelques instants, Benedict alla refermer la fenêtre et retourna s'asseoir sur sa chaise. Il était perplexe. Dans son souvenir, le tsar Alexandre II était surnommé « le libérateur » car il avait mis fin au servage dans toute la Russie. Dans ces conditions, Benedict ne parvenait pas à comprendre pourquoi les terroristes de ce groupe - dont il ne se rappelait pas le nom - avaient choisi d'assassiner cet homme…

Alistair avait peut-être raison… Les méandres de l'esprit humain pouvaient cacher bien plus de dangers qu'il n'y paraissait au premier regard.

Chapitre IV

Tous les sens d'Hayley étaient en éveil. À la moindre erreur, elle serait confondue, arrêtée et, dans le meilleur des cas, renvoyée dans son pays, dans le pire, jetée en prison en Russie. Certes, elle savait broder. Toutefois, brodait-elle comme une grande dame le ferait ? Cela, elle l'ignorait. Elle jetait par intermittence des coups d'œil à ses compagnes d'ouvrage, afin de vérifier qu'elle ne commettait pas d'impair. Pour le moment, tout semblait bien se passer. Incroyablement bien, à vrai dire. Peut-être, trop bien.

Hayley ne parvenait pas à se défaire de l'impression désagréable de ne pas être à sa place. Tout simplement car elle n'était pas à sa place ! Une gouvernante brodait avec les dames de la cour du tsar de toutes les Russies, en attendant que la tsarine revînt d'un rendez-vous officiel.

Quand Hayley l'avait rencontrée en personne le matin même, après avoir été officiellement présentée la veille au soir à l'initiative de l'ambassadeur de Grande-Bretagne, elle n'aurait jamais imaginé qu'Alexandra Feodorovna Romanova l'inviterait à se joindre au cercle de ses dames. La tsarine brûlait d'obtenir des nouvelles de la cour de la reine Victoria. Heureusement pour l'Anglaise, Lady Rosalinde Clifford n'avait omis aucun détail de ses trois dernières visites à la cour d'Angleterre. Hayley s'était astreinte à retenir le moindre potin et pourrait faire illusion auprès de la tsarine, qui avait quitté la cour de sa grand-mère maternelle un peu plus de cinq ans auparavant. Si tout se passait bien, Hayley pourrait continuer à mentir à la souveraine de l'un des pays les plus puissants du monde… Cette pensée ne la réconforta guère mais, pensant à la mission qu'Alistair lui avait confiée, elle se félicita de la place de choix dont elle bénéficiait pour retrouver l'œuf de Fabergé disparu.

Puisque la tsarine était absente et qu'il n'y avait rien d'autre à faire que discuter ou broder, Hayley entama la conversation avec sa voisine la plus proche. Malheureusement, après deux ou trois mots, elle réalisa que la jeune femme assise à sa droite ne comprenait guère l'anglais. Elle essaya donc son français. Aux premiers mots prononcés dans la langue de Molière, le cercle de brodeuses se remplit d'une énergie nouvelle. Les dames comprenaient qu'elles avaient une langue en commun avec la nouvelle venue.

La conversation fut animée et débuta, comme il se doit, par quelques platitudes sur le temps, la dernière mode de Paris et les artistes à découvrir, avant qu'Hayley ne pût aborder la question qui l'intéressait.

— Hier soir, je n'ai pas pu m'empêcher de surprendre une conversation étrange entre deux Messieurs qui parlaient de la disparition d'un étrange œuf ? Cela évoque-t-il quelque chose pour vous, Mesdames ?

L'atmosphère se glaça un instant. Toutefois, après quelques échanges de regards, les dames durent convenir qu'Hayley pouvait être informée des éléments de cette désastreuse histoire. La duchesse Sophia Alexandrovna Demidova, la plus âgée des brodeuses, prit la parole d'autorité :

— Ma chère, vous venez sans le savoir de poser la question la moins souhaitable dans l'entourage de sa Majesté Alexandra Feodorovna. Toutefois, votre statut d'étrangère vous protège de toute suspicion et je préfère infiniment que vous ayez posé cette question à l'entourage de la tsarine, plutôt qu'à un quelconque membre de la cour.

La voisine de droite prit la parole pour commenter :

— Il faut dire que les gens sont si malveillants envers notre tsarine !

D'un regard, Sophia Alexandrovna intima le silence à la jeune brodeuse, qui retourna à son ouvrage en pinçant les lèvres.

— La tsarine a de nombreux ennemis, y compris ici à la cour de notre tsar bien-aimé. Nombreux sont ceux qui souhaiteraient voir le couple impérial se séparer. L'influence de la tsarine sur le tsar est redoutée et les complots se multiplient...

— C'est comme cette histoire de poisons, c'est d'un ridicule ! ne put s'empêcher de glisser la même jeune dame, qui n'attendit pas le regard foudroyant de l'autre pour retourner à son fil et à son aiguille.

Hayley se dit qu'il fallait qu'elle parlât en tête-à-tête avec cette jeune femme... Sophia Alexandrovna continua :

— Il y a de cela environ deux mois, j'ignore la date exacte, un vol a été commis dans les appartements privés de la tsarine. La seule chose certaine est que le voleur connaissait la place des joyaux, qu'il a dérobés, car rien d'autre n'a été bousculé, rien n'a été abîmé, ni forcé et personne ne s'est aperçu du vol, avant que la tsarine ne demande à contempler une fois de plus son œuf à la Rose. En fait, nous ignorons la date exacte du vol et il est donc d'autant plus difficile de confondre le voleur.

— Mis à part l'œuf à la Rose, rien n'a été volé à la tsarine. C'est curieux... précisa Hayley.

— Exactement, commenta son interlocutrice.

— Donc, on peut en conclure que le but du vol n'était pas l'argent, mais bien la nuisance qu'occasionnerait ce vol à la tsarine, réfléchit à haute voix Hayley.

À l'étrange regard que lui jeta l'auguste dame, Hayley comprit qu'elle ne devait pas pousser sa chance trop loin. Toutefois, l'autre poursuivit :

— Nous en sommes tous arrivés à la même conclusion que vous. Le vol n'a pour seul but que de nuire à notre souveraine. En effet, l'œuf à la Rose a une signification particulière pour le couple impérial. Jusqu'en 1895, seule son Altesse Maria Feodorovna avait reçu ces merveilleux œufs de Fabergé en gage d'amour. Le père de notre tsar, le regretté tsar Alexandre III, a offert pour la première fois l'un de ces joyaux à son épouse en 1885 à l'occasion des fêtes de Pâques. Puis, pendant dix ans, il offrit chaque année, à la même occasion, un œuf différent à son épouse bien-aimée. Lorsque son Altesse Maria Feodorovna eut le malheur de devenir veuve, son fils Nicolas Alexandrovitch décida de poursuivre cette charmante coutume et, chaque année, de faire cadeau d'un nouvel œuf à sa mère à l'occasion des fêtes de Pâques. Toutefois, afin que sa propre épouse ne se sente pas rejetée ou moins aimée, notre souverain lui offrit également un œuf de Fabergé à chaque fête de Pâques. L'œuf à la Rose est le premier œuf offert par sa Majesté Nicolas Alexandrovitch à son épouse sa Majesté Alexandra Feodorovna.

Hayley acquiesça d'un signe de tête. Au vu de ces éléments, il était évident que le vol précis de ce premier œuf offert par le tsar à la tsarine avait pour but de déstabiliser la souveraine, voire de la décrédibiliser aux yeux de son époux. Une question demeurait pourtant entière : pourquoi ? Le tsar n'allait tout de même pas divorcer ! Alors quelle autre raison pouvait-on trouver à ce vol ? L'épouse perdrait-elle un peu de son influence sur son époux ? Était-ce suffisant ? Le risque d'un tel vol était énorme. Voler la tsarine dans ses appartements constituait à n'en pas douter un crime de lèse-majesté puni de mort... À moins que le voleur ne fût à l'abri de ce genre de condamnation... Une personne de haut rang, une personne qui aurait accès aux pièces privées de la tsarine... Une dame de la cour ? Un membre de la famille impériale ? Un ministre ? Hayley songea par-devers elle qu'Alistair était fort sympathique de lui avoir cédé avec tant de grâce cette partie de l'enquête, mais qu'il s'agissait sans doute possible de la plus dangereuse de toutes...

ભ ✦ ᏍᎣ

Meredith regrettait son rôle de demoiselle de compagnie… Ce n'était ni amusant, ni respecté, ni intéressant. Le seul avantage que l'honorable Meredith Clifford avait trouvé à cette nouvelle situation était qu'elle disposait de quelque liberté pour visiter le palais d'Hiver et jeter des coups d'œil indiscrets dans les recoins sombres. En outre, son statut d'étrangère lui permettait de feindre l'incompréhension, lorsqu'un garde furibond venait la déloger d'un espace privé. Elle hochait alors la tête d'un air contrit et obéissait bien gentiment, tactique qui lui avait permis jusqu'à présent d'éviter les ennuis.

Toutefois, son enquête n'avançait guère. Elle avait beau écouter toutes les conversations des membres de la cour qu'elle croisait, des domestiques qu'elle surprenait, des gardes qu'elle espionnait, personne ne parlait de poison. Le seul moment où la mort-aux-rats avait été évoquée dans une conversation, était lors d'une dispute où un jeune commis se faisait conspuer pour avoir estimé judicieux de lutter contre les rongeurs au moyen de ce poison. Le cuisinier, qui lui hurlait dessus, ne pouvait pas comprendre comment une idée aussi saugrenue avait pu surgir dans son esprit malade, puisque empoisonner les rats revenait à empoisonner les chats qui peuplaient le sous-sol du palais d'Hiver ! D'après ce qu'avait compris Meredith, ces petits félins bénéficiaient de l'attention de nombre de domestiques, car leur population permettait de lutter contre les rongeurs destructeurs des réserves de nourriture, mais aussi des soubassements du palais. Dans ses nombreuses excursions à travers le palais d'Hiver, qu'elle trouvait fort beau au demeurant, Meredith avait rencontré beaucoup de chats, attirés comme elle par les endroits calmes d'où l'on pouvait voir sans être vu… Les gracieux félidés ne limitaient pas leur champ d'investigation aux seuls sous-sols du palais. Toutefois, les chats étaient bien acceptés par les humains, y compris par les nobles du plus haut rang. C'était une curiosité qui plaisait à la jeune Anglaise, grande amatrice de chats et de chiens, ainsi que de chevaux. En fait, elle aimait les animaux avec lesquels elle s'accordait fort bien. Constatant qu'elle avait laissé divaguer son esprit, Meredith se reconcentra sur son enquête.

Alors qu'elle reprenait ses déambulations à travers les couloirs sans fin du palais, Meredith stoppa net à la vue de la silhouette d'un homme. Grand, élancé, les cheveux clairs... *Mikhaïl !* Elle s'était déjà lancée au-devant du jeune Russe, quand elle se figea dans son élan. Le prince n'était pas seul. Une jeune fille fine, légère et fraîche comme un bouton de rose discutait avec lui. D'instinct, Meredith se fondit dans l'ombre d'un couloir et observa le duo. La jeune beauté était vêtue d'une élégante robe d'un rose pastel mettant son teint en valeur, ce qui incita Meredith à contempler avec horreur l'affreuse robe grise à laquelle l'avait condamnée son rôle de demoiselle de compagnie...

Quand sa mère, Lady Rosalinde, lui avait expliqué que le rôle d'une demoiselle de compagnie consistait à distraire et à mettre en valeur la dame qu'elle accompagnait, Meredith n'avait pas pris cette formule au pied de la lettre. Elle comprenait désormais toute la subtilité de la garde-robe épouvantable, que lui avait confectionnée sa mère. Elle n'avait pas une seule robe présentable avec elle à Saint-Pétersbourg... Quelque temps auparavant, cette constatation n'aurait pas préoccupé Meredith. Toutefois, alors qu'elle voyait Mikhaïl en compagnie d'une très belle jeune fille, elle souhaitait ardemment - comme jamais au cours de ses dix-sept années d'existence - disposer d'une tenue la mettant en valeur. Hayley aurait beaucoup apprécié l'ironie de la situation, elle qui avait tant bataillé avec la jeune fille pour qu'elle portât des robes dignes de son rang. L'esprit de Meredith s'égarait une fois de plus.

La jeune Anglaise en était à ce point de ses réflexions,

lorsqu'elle sentit que quelqu'un s'emparait fermement de son coude et l'entraînait plus avant dans l'ombre. Elle plongea sa main dans sa poche et la referma sur le manche du poignard, que le colonel Pouchkine lui avait offert. Cousu dans la large poche trouée de sa robe, le fourreau lui donnait accès à sa lame à tout instant.

— Du calme, Meredith, je me remets à peine de ma blessure à la cuisse, je ne souhaite pas en recevoir une nouvelle, dussé-je la devoir à une amie, murmura Mikhaïl.

Meredith sortit la main de sa poche et se laissa guider. Elle observa le visage de Mikhaïl, qui souriait dans la pénombre. Il portait la moustache désormais… et cela lui allait fort bien…

— Pourquoi souriez-vous ? demanda Meredith.

— Je pensais à votre cousin qui aurait beaucoup de choses à dire sur le fait que je vous entraîne ainsi dans l'ombre.

— De toute façon, Alistair trouve toujours quelque chose à dire sur tout ! Comment va votre jambe, Mikhaïl ?

Mikhaïl la regarda quelque peu surpris mais, après un instant, il répondit :

— J'avais oublié à quel point vous étiez directe. Ma blessure se consolide peu à peu, mais je n'ai pas pris assez de repos pour que ma convalescence se passe bien.

— Pourquoi ?

— Parce que, malheureusement, je ne m'appartiens pas et ne suis pas le seul maître de mon temps. Tout comme pour vous, mon souverain dispose de mon existence.

Meredith grogna pour seule réponse. Décidément, elle était de méchante humeur.

Parvenus dans un endroit isolé, Mikhaïl s'arrêta.

— Avez-vous vu votre cousin depuis hier ? demanda-t-il. A-t-il eu le temps de vous faire part de notre conversation ?

— Non. Nous avons prévu de nous rencontrer une seule fois par jour et toujours à son initiative. Alistair devait rendre visite à mon frère quand il nous a quittés.

Le regard bleu de Mikhaïl flotta un moment au-dessus de la tête de Meredith.

— Donc vous ne savez pas…

— Je ne sais pas quoi ? Si vous pouviez aller droit au but, cela m'arrangerait, gronda Meredith.

Mikhaïl parut surpris, mais continua :

— En discutant avec Alistair, nous avons trouvé une hypothèse de recherche… L'œuf a pu être volé par l'entourage de la reine mère. Je me refuse en revanche à croire qu'une si noble personne ait pu se rendre coupable d'une telle vilenie…

— Pourquoi ?

— C'est votre question préférée, plaisanta-t-il sans succès.

— Parce que je veux comprendre.

— C'est très courageux de votre part. Pour vous répondre : le but serait de déstabiliser la tsarine actuelle. Au début du règne de notre tsar, sa mère avait gardé une grande influence sur lui. Cette place privilégiée lui était d'autant plus acquise que la nouvelle tsarine ne parlait pas russe et ne s'exprimait qu'en anglais. Toutefois, peu à peu, l'épouse a concurrencé la mère dans l'esprit de notre tsar et Nicolas Alexandrovitch a commencé à discuter de politique avec son épouse plutôt qu'avec sa mère.

— Donc il ne serait pas impossible que l'entourage de la reine mère ait fomenté et exécuté ce vol, pour décrédibiliser la tsarine aux yeux du tsar, et rendre la place de conseillère à la mère plutôt qu'à l'épouse, conclut Meredith. Qui fait partie de l'entourage de la reine mère ?

— La difficulté est que Maria Feodorovna a concentré autour d'elle tous les mécontents de la politique actuelle. L'alliance franco-russe, par exemple, ne plaît pas à tout le monde et nombreux sont ceux qui souhaiteraient privilégier une alliance avec le Deuxième Reich.

— Ne me dites pas que nous allons nous retrouver, une fois de plus, à affronter des Allemands ! s'indigna Meredith.

Mikhaïl sourit.

— Non, je ne le pense pas. Je crois que ce vol est interne à la cour.

— Tant mieux, souffla Meredith. Qui, selon vous, est le créateur de ce complot ?

— Je l'ignore, mais je dois vous appeler à la plus grande prudence. Les gens dont nous parlons se situent si haut dans l'échelle sociale, qu'ils ne craignent rien, ni personne.

— Ce sera tout ?

— Heu… Oui…

Mikhaïl était déstabilisé par la brusquerie de Meredith. Dans son souvenir, la jeune fille apparaissait plus aimable.

— Vous ai-je offensé d'une quelconque manière, Miss Meredith ?

— Oui, à l'instant, prince Kourakine, en m'appelant Miss !

Meredith partit d'un bon pas, mais ne put s'empêcher de se retourner pour sourire au jeune Russe. Mikhaïl se dit que l'affaire n'était pas si grave et qu'elle avait bien le droit d'être contrariée… surtout au vu du chiffon qu'elle portait.

ଓଷ ✦ ଯ୦

A listair ne pouvait pas dire qu'il appréciait le moment qu'il passait en compagnie de la tsarine, du chef de la police de Saint-Pétersbourg et des deux inspecteurs, qui avaient mené l'enquête en attendant son arrivée. Dans un angle, deux dames de compagnie assistaient à l'entretien en silence. Il ne put s'empêcher de remarquer que, malgré la multiplication des enquêteurs supposés le remplacer, aucun n'avait trouvé le moindre indice susceptible de l'aider dans ses investigations.

Il écoutait sans enthousiasme le récit croisé des deux inspecteurs, qui se bornaient à répéter ce que Mikhaïl lui avait déjà rapporté. Il n'y avait pas eu d'effraction, rien d'autre n'avait été dérobé, personne ne savait quand le vol avait été perpétré… Bref, Alistair débutait une enquête sans indice et sans suspect, du moins en ce qui concernait le côté officiel des enquêteurs. Pour sa part, il savait dans quel cercle porter ses investigations, la difficulté étant simplement de ressortir de Russie vivant et exempt de toute condamnation pour crime de lèse-majesté.

— Je vous ai entendus et écoutés, Messieurs, mais je souhaiterais désormais avoir l'opinion de la principale intéressée dans cette affaire.

Le chef de la police bondit devant la tsarine, comme si les questions d'Alistair allaient porter atteinte à l'intégrité physique de sa souveraine. La tsarine parut surprise, puis hocha la tête.

— En outre, je vous prie de bien vouloir excuser ma requête, ajouta-t-il, mais je souhaiterais que nous nous entretenions en anglais car, malheureusement, la qualité de mon russe est encore perfectible.

Alistair n'en pensait pas un mot, mais il était peu probable que les trois hommes en face de lui parlassent anglais, ce qui lui permettrait de converser plus librement avec la tsarine.

— Impossible ! Nous devons comprendre ce que vous dites à sa Majesté.

La tsarine leva la main, intimant le silence au chef de la police.

— Merci votre Majesté, dit Alistair. Je souhaiterais savoir si vous avez des ennemis, poursuivit-il en anglais.

La tsarine ne put contenir un rire amer.

— Monsieur, je puis vous assurer que cette remarque seule démontre que vous êtes étranger à la cour de mon époux. Oui, j'ai de nombreux ennemis. Le peuple a pris l'habitude de m'appeler l'*Allemande* alors que je ne connais guère cette Nation et que ma langue maternelle est l'anglais. En outre, il me semble que chaque jour qui passe m'apporte un ennemi supplémentaire à la cour. Tous mes faits et gestes sont épiés, scrutés, surveillés, commentés… Vous semblez surpris,

Monsieur.

— C'est que je ne m'attendais pas à tant de franchise…

La tsarine sourit avec bienveillance. C'était une belle femme à la peau de porcelaine et aux yeux clairs. Il émanait d'elle un étrange mélange de fragilité et de volonté. Alexandra Feodorovna avait été blessée par ce vol et voulait savoir à qui elle devait ce nouveau coup.

— Mon époux m'a dit de vous parler en toute franchise, sans retenue, comme si vous étiez un ami de la famille. Il m'a dit que vous m'aideriez et que rien de ce que je vous confierais ne serait divulgué.

— C'est vrai, votre Majesté. Je vais faire tout ce que je pourrai pour vous aider et je vous promets de retrouver le joyau qui vous a été dérobé. En revanche, je vais avoir besoin de votre soutien et peut-être de votre défense…

— À quoi pensez-vous, Monsieur ?

Alistair s'approcha de la tsarine, ce que les policiers n'apprécièrent pas mais, au regard que leur lança leur souveraine, ils laissèrent l'Anglais se pencher vers elle pour lui parler en confidence.

— Je pense que le voleur a agi pour vous nuire en personne. Ce vol n'avait pas pour but l'argent ou la valeur de l'objet volé. Il avait pour but de vous décrédibiliser aux yeux de votre époux et, cela, vous ne pouvez le devoir qu'à un personnage puissant de votre entourage. Aussi, suis-je amené à solliciter dès à présent de votre Majesté un soutien indéfectible, car je vais déranger de hauts personnages avec mes questions et je risque de me retrouver au fond d'une cellule.

La tsarine planta ses yeux clairs dans ceux d'Alistair.

— Cela ne sera pas, Monsieur. Vous avez un sauf-conduit de mon époux et s'il vous arrive quoi que ce soit, je vous protégerai.

Elle prit quelques instants de réflexion, puis reprit.

— Je suis d'accord avec vous, Monsieur. Ce vol ne peut être

le fait d'un domestique ou d'un simple voleur et je sais qui, par-dessus tout autre, veut me nuire.

— Qui, votre Majesté ?

— La reine mère. L'ancienne tsarine me déteste et me méprise. Quand Nicolas Alexandrovitch a déclaré qu'il voulait m'épouser et nulle autre que moi, feu le tsar Alexandre III – paix à son âme – et elle-même ont refusé ce choix estimant que je n'étais pas d'assez haute naissance. C'est seulement sur son lit de mort et en voyant que son fils n'avait pas changé d'opinion et m'épouserait avec ou sans son consentement, que son père a accepté *in extremis* notre union. Cette décision tardive m'a valu deux peines indélébiles : la haine de ma belle-mère, qui n'a jamais accepté ce mariage, et ma réputation mortifère. Mon nouveau peuple m'a vue pour la première fois, en grand deuil, seule derrière la famille impériale qui enterrait le tsar. *Elle nous arrive derrière un cercueil…* Comme si je portais avec moi le malheur et la désolation…

La tsarine ne parlait plus vraiment à Alistair, mais plutôt à elle-même. Plongée dans ses pensées, elle n'entendit pas Alistair prendre congé d'elle en lui assurant de son indéfectible service. Elle était angoissée, frappée une nouvelle fois par la réputation épouvantable dont elle portait le fardeau. Des plaques rouges envahissaient peu à peu son cou et son visage.

Alistair quitta la salle de réunion où il avait été convié et tâta sa poche intérieure. Le sauf-conduit était toujours là. Grâce à ce bout de papier, il pouvait aller où il le souhaitait, questionner qui il voulait, requérir toute force nécessaire et ne pouvait être entravé d'une quelconque manière. Toutefois, serait-ce suffisant pour interroger… non, le mot était trop fort… disons, discuter respectueusement avec Maria Feodorovna, ancienne tsarine de toutes les Russies, mère du souverain actuel ? Il allait le découvrir sous peu mais, avant cela, il devait s'assurer que les doublures de ses cousins avaient bien été renvoyées en

Angleterre par le premier train. Ainsi, Sergueï serait-il libéré de leur protection et pourrait-il veiller sur Benedict, dont la mission avait pris un tour sombre et chargé de menaces. Le nom de la révolutionnaire résonna dans son esprit... *Véra Figner*... Il devrait aussi vérifier que cette femme était toujours prisonnière et qu'elle n'avait pas de moyen de communiquer avec l'extérieur.

Des révolutionnaires, un œuf et du poison... Qu'en était-il de ce dernier point ? Il allait rendre visite à Hayley et Meredith le soir même...

ભ♦ા

D evant son miroir ébréché, Benedict taillait sa moustache châtain clair. À son grand étonnement, quelques reflets roux apportaient un peu d'or à cet ornement pileux. Le jeune homme était très satisfait de l'apparence que prenait sa moustache jour après jour. Il y apportait un grand soin, jugeant que cette marque masculine ôtait à son visage tout aspect juvénile. Benedict se sentait enfin accéder à un statut d'homme à part entière. Il n'était plus le jouvenceau, que l'on pouvait moquer ou chahuter, il était l'honorable Benedict Clifford, héritier de l'illustre baronnie.

On toqua à la porte.

Il se retourna et considéra la porte fermée. L'après-midi touchait à sa fin et il n'attendait pas de visite... *Fiodor peut-être ?* Benedict vérifia que son revolver se trouvait bien à sa place, dans son étui de poitrine, avant d'ouvrir la porte. Le visage radieux du journaliste le surprit.

— Eh bien, mon ami, vous semblez être un homme comblé ! dit Benedict.

Fiodor entra dans la chambre sans attendre d'y être invité, son impatience le privant soudain de tout savoir-vivre. Benedict referma derrière eux, de peur d'une indiscrétion. Il fit signe au journaliste de s'éloigner de la porte avant de parler.

— Que se passe-t-il ?

— J'ai été contacté, alors que j'étais au journal, par nos amis d'hier, afin de vous amener ce soir même à une autre réunion. Qu'en pensez-vous ?

— J'en pense que cette fois-ci, je ne me laisserai pas enfermer dans une arrière-boutique sans vérifier avant par où je puis partir.

— Il est vrai que nous avons joué de malchance hier mais, d'après mes informateurs, quand ils ont vu que le gros gibier leur avait échappé, les hommes de l'Okhrana n'ont pas trop insisté. Ils ont bien secoué un ou deux de nos partisans, mais ils n'avaient rien contre eux, aucun des présents n'ayant été condamné, la police secrète du tsar a rebroussé chemin.

Benedict parut sceptique.

— Il me semble que l'Okhrana était bien renseignée pour ma part. Je serai à peine surpris d'apprendre qu'un traître participait à notre assemblée.

— Vous ne devriez pas dire cela, Benedict. Nous sommes aussi féroces avec les traîtres que l'Okhrana l'est avec nos partisans...

C'était en substance ce que Vladimir lui avait déjà dit... *Étrange...* Il ne savait si c'était le souvenir de Vladimir qui le contrariait ou si un détail, qui lui échappait pour le moment, avait frappé son esprit, mais Benedict se promit de surveiller son voisin d'un peu plus près...

— C'est pratique d'être journaliste et révolutionnaire... Ainsi, pouvez-vous surveiller ceux qui nous surveillent sans vous faire repérer. Il vous suffira de dire que vous agissez pour le compte de votre journal et le tour sera joué.

Fiodor recula d'un pas. Il sentait que l'attitude de Benedict avait changé à son égard et se méfiait du feu sous la glace. Sous son apparence policée, Fiodor soupçonnait Benedict d'être un être violent et torturé. D'ailleurs, ce n'était pas pour rien que

Véra Figner, qui ne lui avait jamais adressé la parole, lui faisait demander d'amener son compagnon à une réunion plus secrète encore.

— L'Okhrana n'est pas si facile à duper. Si mon employeur apprenait que j'assiste à ce genre de réunion, je serai renvoyé et dénoncé sur l'heure. C'est pour cette raison que je ne me rends jamais à une réunion, avant d'avoir trouvé une ou deux voies de repli en cas de descente de la police secrète.

Benedict comprit que sa méfiance avait transparu dans son comportement et il s'assit sur son lit, détendu, montrant son fauteuil à Fiodor. Celui-ci sembla se détendre aussi.

— Excusez-moi pour ma méfiance, dit le Russe.

— C'est moi, répondit Benedict. J'ai tellement l'habitude de vivre sur mes gardes et de soupçonner tout un chacun de trahison, que cela tend à devenir un mode de vie. En revanche, je vous le redis, mon ami, hier, l'Okhrana était trop bien renseignée pour que l'information ne soit pas venue de l'un des participants. À moins que le propriétaire de l'établissement...

— Cela m'étonnerait. Nous nous sommes souvent réunis en ce lieu sans jamais rencontrer la moindre difficulté. Non, je pense que nous avons simplement joué de malchance. L'un d'entre nous aura été vu ou suivi et aura mené l'ennemi jusqu'à nos portes.

L'ennemi... Benedict pensa par-devers lui que ce terme avait de multiples facettes et pouvait habiller de nombreux personnages... Y compris parmi les acteurs d'une même pièce. Pour le tsar, l'ennemi était les révolutionnaires ; pour les révolutionnaires, l'ennemi était le tsar et pour lui-même... Il ne savait pas. Sans doute ceux qui se trouvaient sur sa route.

— Où doit se dérouler la réunion de ce soir ?

— Dans un lieu que je connais et d'où nous pourrons aussi nous enfuir en cas de besoin, répondit Fiodor.

— Vous ne me faites donc pas confiance ? demanda Benedict.

— C'est surtout que je ne vois pas l'intérêt de vous donner un lieu précis alors que vous ne connaissez rien à la géographie de Saint-Pétersbourg. Sachez que le lieu de rencontre est un peu plus éloigné et que nous devrons partir plus tôt.

Fiodor regarda sa montre à gousset.

— Dans une demi-heure, pour être plus précis. Je vous laisse vous préparer, n'hésitez pas à manger un morceau avant de partir, je ne pense pas que nous pourrons dîner ce soir.

Une demi-heure plus tard, Benedict était prêt. Il avait avalé un bout de fromage et de pain, bu un thé et s'était chargé d'assez de couteaux et de revolvers pour tenir en respect les révolutionnaires et l'Okhrana réunis. Fiodor eut à peine le temps de toquer à sa porte que le jeune homme surgit dans le couloir. Ils s'engouffrèrent dans les escaliers pour rejoindre le lieu de rendez-vous.

Comme convenu avec Alistair la veille, Benedict avait laissé à l'intention de son cousin une feuille de papier pliée et glissée entre le mur et l'encadrement de la fenêtre afin de lui laisser des indices sur le lieu ou l'objet de ses investigations, si jamais il ne revenait pas. Alistair aurait au moins quelques éléments pour tenter de le retrouver. Néanmoins, Benedict avait bien conscience qu'il ne laissait pas beaucoup d'indications ce soir-là :

Départ pour destination inconnue (plus loin qu'hier) pour réunion plus secrète qu'hier, à la demande de Véra Figner. A contacté Fiodor dans la journée à son journal. But réunion inconnu...

Il ne restait plus qu'à croiser les doigts pour qu'il revienne sain et sauf de cette deuxième soirée chez les révolutionnaires, sinon il se demandait bien comment Alistair pourrait le retrouver...

Le lieu de rendez-vous était effectivement plus éloigné que le précédent, puisque Benedict avait déjà changé deux fois d'omnibus et se trouvait désormais dans une voiture particulière. Le chauffeur s'était montré réticent quand Fiodor avait annoncé la destination. Son voisin avait dû payer la course d'avance avant de voir sa demande acceptée.

— Je suppose que nous nous enfonçons dans les bas-fonds de Saint-Pétersbourg... dit tout haut Benedict.

— Oui... Malheureusement, c'est le seul moyen d'entraver la surveillance policière. Je trouve répugnant de devoir supporter la proximité de la fange de Saint-Pétersbourg pour pouvoir exprimer librement mes opinions politiques. En outre, pour le retour, nous allons devoir rejoindre à pied un quartier plus convenable, car aucune voiture ne cherche de clients dans le quartier de Vyborg.

Benedict nota dans son esprit ce nom, afin de le préciser à Alistair le soir même.

— Et les truands nous tolèrent ? questionna Benedict.

Fiodor parut surpris. Il ne s'était jamais posé la question en ces termes.

— Je suppose que nous sommes obligés de les payer... Autant d'argent perdu pour la cause.

Fiodor plongea dans un silence de mauvais augure, sa bonne humeur ayant été anéantie par leur destination. Benedict eut ainsi tout loisir de prendre quelques points de repère, tel le pont qu'ils venaient de traverser. Ce repérage ne dura pas bien longtemps puisque, quelques minutes plus tard, ils étaient arrivés.

Fiodor descendit le premier du fiacre et observa avec anxiété l'autre côté de la rue. Benedict le suivit aussitôt et aperçut l'un des colosses de Véra Figner leur faire signe de le rejoindre. Ils traversèrent au pas de course, mais Benedict prit le temps d'observer l'endroit où ils se trouvaient. Sale, grisâtre et piteux, le quartier n'avait rien de résidentiel. Les murs portaient sur eux les stigmates de la pauvreté rejetée loin des beaux quartiers. Contrairement à ce qu'il avait imaginé, personne ne les observa, du moins depuis l'extérieur des masures. La rue étant étroite, Benedict dut terminer là ses observations et s'engouffra dans le repaire des révolutionnaires à la suite de Fiodor. Le garde du corps referma la porte derrière eux.

L'intérieur valait l'extérieur en termes de décoration et de bon goût. Ils n'eurent pas besoin d'un guide pour trouver les autres conspirateurs. En revanche, ils furent tous deux surpris de ne trouver dans cette réunion que Véra Figner, ses deux gardes du corps et deux nouveaux venus. Benedict porta toute son attention sur les deux inconnus et les détailla autant qu'il le pouvait. L'un des deux, manifestement le plus âgé, était athlétique, rapide dans ses mouvements et portait fort opportunément un masque qui recouvrait tout son visage. Benedict ne pourrait pas en dire davantage à Alistair. Le second, en revanche, n'avait pas dissimulé son visage. Il était blond aux yeux d'un bleu presque translucide, jeune, à peine plus âgé que Benedict et, à travers d'épaisses lunettes, il fixait son regard de myope sur le jeune Anglais. La porte claqua. Le colosse, qui les avait accueillis, se posta devant elle pour la condamner.

Véra semblait détendue et presque contente, ce qui détonait avec sa mine haineuse de la veille. Elle observa quelques instants les deux jeunes gens et s'approcha d'eux.

— Benedict, mon frère, je te présente ton frère d'armes, Frans Eklund. Frans, je te présente ton frère d'armes, Benedict... J'ignore ton nom, mon frère...

— Benedict Peters.

Véra parut surprise, mais acquiesça.

— Le comité exécutif a décidé de vous confier une mission commune. Frans travaille sur ce projet depuis plusieurs mois et nous attendions de pouvoir lui adjoindre un homme ou une femme de sa trempe, afin de l'aider dans sa tâche.

— En quoi consiste cette mission ? demanda Benedict.

Fiodor sursauta et l'un des colosses gronda. Nul ne devait interroger la grande Véra Nikolaïevna Figner… Toutefois, elle ne se formalisa pas de cette entorse à l'étiquette révolutionnaire et accepta de bonne grâce de répondre :

— Nous préparons un attentat contre le tsar.

Ce fut au tour de Benedict d'être surpris.

— Le tsar en personne ? Et comment allons-nous pouvoir approcher ce personnage ?

— C'est justement l'objet de ta tâche, mon frère. Frans est l'artificier, tu es l'exécutant. À toi de découvrir où et comment frapper l'autocrate ! Mort au tyran !

Ce cri fut le signal d'un déferlement, chacun reprenant « Mort au tyran » l'un après l'autre dans un écho assourdissant. Benedict songea que le voisinage n'aurait aucun mal à repérer la retraite des révolutionnaires…

L'essentiel ayant été dit, Véra, ses deux gardes du corps et l'inconnu masqué disparurent, laissant à Fiodor le soin de raccompagner les deux jeunes révolutionnaires. Comme son voisin l'avait prévu, il fut impossible de dénicher la moindre voiture dans le quartier et les trois hommes entamèrent une longue marche vers un endroit un peu plus fréquentable.

Benedict pouvait sentir dans son dos le poids des regards derrière les rideaux. L'Okhrana ne devait pas manquer d'informateurs dans le coin.

Après trois bons miles, ils rejoignirent enfin un quartier plus animé et plus respectable, où ils purent dénicher une voiture qui les raccompagna en centre-ville. Benedict constata que son nouveau frère d'armes n'était pas bavard et préférait écouter plutôt que parler. Cette prudence l'honorait et étayait l'impression de danger émanant de lui. Benedict supposa que Frans n'avait pas confiance en Fiodor et qu'il attendait de s'être débarrassé du journaliste, avant d'entamer la conversation. Afin de ne pas dépareiller de son frère révolutionnaire, Benedict conserva lui aussi un mutisme quasi parfait, ne répondant que par de courts borborygmes aux questions de Fiodor. Ce dernier, bientôt lassé de faire seul la conversation pour trois personnes, finit par se taire et la fin du retour en centre-ville s'acheva dans un silence religieux, ce qui était un comble pour des révolutionnaires, remarqua Benedict.

La voiture les déposa à une centaine de mètres de la pension où Fiodor et Benedict logeaient, ce qui permit à ce dernier de rester seul avec Frans, le journaliste regagnant sans délai la pension. Toutefois, loin de devenir bavard, Frans continua à observer Benedict sans vraiment interagir. Il fixait son regard si étrange sur la circulation de la perspective Nevski, où les piétons et les équipages rivalisaient de vitesse. Large, pavée de bois, bordée de toutes parts de riches bâtiments en pierre claire, la célèbre avenue avait fière allure. Toutefois, Benedict était quelque peu décontenancé que sa présence ne retienne pas davantage l'attention de Frans. Le jeune Anglais finit par se demander s'il n'avait pas commis un impair et éveillé les soupçons du jeune Russe.

— Je suis désolé, frère, mais encore améliorer mon russe. Autres langues ?

Frans ne broncha pas.

— Français ? Anglais ? continua Benedict.

— Anglais, ça ira.

Benedict ne put s'empêcher de souffler de soulagement.

— Je croyais les Russes plus bavards, mon frère. Voilà deux heures que nous avons été présentés et c'est à peine si tu as dit dix mots.

— Finlandais.

— Pardon ? demanda Benedict.

— Je ne suis pas Russe, je suis Finlandais.

Frans semblait avoir fourni un effort particulier pour donner cette explication.

— Eh bien, mon frère, les Finlandais ne sont pas bavards !

Frans fixa son regard transparent sur Benedict.

— Je ne te connais pas et ce n'est pas parce que Véra a considéré que nous pourrions faire équipe que je vais te faire confiance sans réfléchir.

Benedict ne put s'empêcher de noter l'hostilité sous-jacente au dialogue naissant.

— T'ai-je offensé d'une quelconque manière, mon frère ?

— Je viens d'une famille de paysans et je sais reconnaître un noble quand j'en vois un.

Benedict encaissa le coup.

— Mon origine ne devrait pas te poser de problème ! Nous sommes frères, nous appartenons à la même famille que cela te plaise ou pas. Je ne suis pas plus responsable de ma naissance que toi de la tienne. En revanche, nous sommes tous les deux responsables de ce que nous faisons de nos vies. Pour ma part, j'ai décidé de me mettre au service d'une cause qui me dépasse et ce ne sont pas tes suspicions qui vont me détourner de ma tâche.

Frans montra pour la première fois une certaine émotion. En revanche, Benedict fut incapable de déterminer s'il s'agissait de colère, de vexation ou d'autre chose. Le brouhaha de la perspective Nevski s'interposa entre les deux jeunes gens. Le jeune Finlandais prit sur lui et articula :

— Tu as raison, mon frère. Je te prie de m'excuser, car je n'avais pas à te juger sur ton origine sociale. Je travaille depuis plusieurs mois à la réalisation de ce projet et j'ai déjà commencé à mettre en exécution deux ou trois plans, qui donneront du fil à retordre à l'Okhrana et aux services de sécurité du tyran. Sois à midi demain sur le pont Saint-Isaac, nous observerons ensemble le palais d'Hiver. L'anglais est une langue bien pratique en Russie, car tu rencontreras moins de Russes parlant l'anglais que le français. Nous pourrons nous exprimer plus librement, y compris en pleine ville.

Frans dut estimer qu'il avait assez parlé pour plusieurs jours et s'éloigna en saluant Benedict d'un simple geste de la main. Le jeune Anglais se félicita de son habileté oratoire et prit le chemin de la pension de famille, en se promettant une bonne nuit de sommeil afin de garder l'esprit affûté pour le lendemain.

Benedict dut pourtant patienter avant de pouvoir sombrer dans les bras de Morphée. Quand il arriva, son cousin Alistair était allongé sur son lit et se reposait, les mains croisées sous la tête. Benedict, qui n'était pas disposé à faire la conversation, entama à l'instant le rapport des événements de la soirée et finit par son rendez-vous avec l'artificier finlandais, le lendemain sur le pont Saint-Isaac.

— Très intéressant. La mauvaise nouvelle, cousin, est que vous allez devoir continuer votre mission, étant de très loin celui qui progresse le plus vite dans ses investigations. La bonne nouvelle est que Sergueï va attacher ses pas aux vôtres dès demain.

— Je ne souhaite pas que le colonel Pouchkine intervienne dans cette affaire.

Alistair regarda son cousin de son regard perçant et, comme à chaque fois qu'il percevait une tension, il sourit de toutes ses dents.

— Sergueï ne fera qu'assurer vos arrières, Benedict. Rien que de très normal, puisque vous êtes le plus exposé d'entre nous. N'y voyez ni défiance, ni doute de ma part, seulement de la sécurité.

Benedict bougonna, mais ne répliqua pas.

— En revanche, votre homme masqué m'intéresse. Votre description correspond au tueur, qui s'est échappé du train, et il serait absolument alarmant qu'il s'agisse du même homme...

Fatigué, Benedict ne parvenait pas à suivre le raisonnement de son cousin.

— Pourquoi ?

— Pourquoi ? Mais parce que s'il s'agit du même homme, ce tueur vous cherche et il a votre signalement. Vous devez redoubler de prudence. Ce n'était pas une très bonne idée de garder votre prénom.

— Si je l'ai conservé, c'est qu'à la réflexion, je me suis dit qu'il était possible que je ne réagisse pas naturellement à un autre prénom, ce qui aurait été encore plus dangereux.

Alistair demeura songeur.

— Oui, je comprends, mais la probabilité pour que deux jeunes hommes anglais, correspondant à la même description physique, arrivent en même temps à Saint-Pétersbourg et portent tous deux le prénom de Benedict est tout de même faible. Il est probable que, sous peu, vous soyez très satisfait que Sergueï vous ait suivi.

— Vous allez finir par me porter la poisse, cousin.

— *Elle nous arrive derrière un cercueil…*

— Pardon ?

Alistair se contenta de sourire et disparut par la fenêtre. Benedict vérifia que sa porte était bien fermée et sombra dans un sommeil peuplé de cauchemars.

Karl Karlovitz BULLA, Winter Palace, St. Petersburg, viewed from Palace Square, before 1917. ©The J. Paul Getty Museum, Los Angeles

Chapitre V

L e lendemain, Meredith était de meilleure humeur alors qu'elle arpentait les couloirs du palais d'Hiver. Elle parvenait même à admirer ce merveilleux bâtiment, tout d'or et de marbre. Certains endroits étaient si beaux que la jeune fille se demandait parfois si elle rêvait. Toutefois, lorsque ce doute la tenaillait, le poids écrasant ses épaules la ramenait à la réalité. Un lourd gilet pare-balles avait cette qualité intrinsèque de vous maintenir fermement les deux pieds sur le sol.

Elle avait revêtu son corset d'acier, ce qui était utile contre les balles et les coups de couteau, mais alourdissait sa démarche et sa silhouette. De plus, Meredith avait fixé son couteau dans la poche de sa robe et son revolver avait trouvé une place discrète sous ses jupons, grâce à une sangle le fixant à sa cuisse. Ainsi harnachée, la jeune fille se sentait plus apte à affronter seule les couloirs d'un palais inconnu, où deux ou trois tueurs professionnels devaient roder... De l'avis d'Alistair, ils étaient même bien plus nombreux, mais son cousin avait une fâcheuse tendance à voir des tueurs partout... Certes, parfois avec raison.

Meredith avait aussi changé de robe et se trouvait plus présentable dans cette tenue bleue que dans l'épouvantable nippe grise, que sa mère avait mise dans ses affaires. Lady Rosalinde Clifford saurait ce que sa fille pensait de son choix détestable, lorsqu'elle retournerait en Angleterre.

Se sentant bien armée et plus jolie, Meredith était donc plus heureuse que la veille, lorsqu'elle avait rencontré Mikhaïl pour la première fois depuis deux mois. Si elle avait su qu'elle allait croiser le jeune Russe, elle aurait apporté un peu plus de soin au choix de sa tenue. Cette réflexion étonna quelque peu Meredith. En effet, avant de rencontrer Alistair - dandy toujours impeccablement vêtu - et Mikhaïl - plus classique dans ses choix vestimentaires, mais tout aussi élégant que son cousin -, Meredith ne s'était jamais intéressée aux vêtements autrement que par l'aspect pratique qu'ils pouvaient revêtir. Pour la jeune fille, une robe devait être peu salissante, solide et la laisser se mouvoir comme elle l'entendait. Elle refusait de porter tout ce qui venait entraver ses déplacements et se battait bec et ongles contre sa mère et Hayley pour conserver le peu de liberté de mouvement, que les vêtements victoriens avaient conservé aux femmes. Désormais, Meredith envisageait ses tenues sous deux aspects : l'élégance et le côté pratique, les deux n'ayant rien d'incompatible. La plupart du temps, il suffisait d'adapter à la marge une tenue élégante pour la rendre plus fonctionnelle, en ajoutant de larges poches par exemple ou en l'élargissant de quelques centimètres pour glisser un gilet pare-balles à la place du corset...

En revanche, Meredith se promit d'être plus attentive aux tissus utilisés la prochaine fois qu'elle devrait se déguiser. Il était hors de question qu'elle reparût dans une quelconque cour d'Europe - quelle que soit l'identité qu'elle devrait alors endosser - dans une mise aussi lamentable que la veille ! Avec ou sans déguisement, elle demeurait l'honorable Meredith Clifford et le resterait ! Meredith ne pouvait pas comprendre comment sa mère, si au fait de la dernière mode parisienne, avait pu porter son choix sur d'aussi pauvres tissus... À moins qu'il ne s'agît d'une manœuvre déloyale de la part de Lady Clifford pour faire prendre conscience à sa fille de l'importance de l'apparence en société... Il faudrait qu'elle discutât avec sa mère à son retour en Angleterre...

Meredith en était à ce point de ses réflexions, lorsqu'elle croisa, au hasard des couloirs du palais d'Hiver, la jeune beauté qui l'avait tant contrariée la veille. Vêtue d'une robe et d'une capeline de la même nuance de bleu que ses yeux, la jeune fille était une nouvelle fois éblouissante de beauté. Toutefois, ses joues et son front étaient rouges de colère et elle semblait essoufflée. En fait, elle courait presque dans le couloir, essayant d'échapper à la conversation vindicative d'un homme brun d'une quarantaine d'années, grand et athlétique. La jeune Russe avait beau accélérer le pas pour lui échapper, elle ne parvenait pas à le distancer. Contrarié que la jeune fille ne l'écoutât pas avec autant d'attention qu'il le souhaitait, l'homme s'empara avec violence de son bras et la fit pivoter sur elle-même pour qu'enfin elle le regardât.

Meredith, qu'aucun des deux protagonistes n'avait remarquée, approcha d'eux et se dissimula derrière une large tenture de velours bleu-vert ornant l'une des grandes fenêtres du palais. Elle tendit l'oreille pour saisir l'objet de leur conversation.

— Je t'ai vu fouiner dans les coulisses, Roza. Qu'est-ce que tu cherchais ? Pour qui d'autre travailles-tu ?

L'homme n'avait pas relâché sa prise sur Roza, qui tentait de se libérer de sa poigne.

— Tu es fou, Luka. Nul ne s'intéresse à toi ou à tes coulisses ! Lâche-moi, sinon je hurle !

Luka éclata d'un rire méchant.

— Et qui viendra aider une pauvre petite danseuse, Roza ? Personne ! Tu n'es rien ! Rien qu'une idiote qui va mourir plus vite qu'à son tour !

Luka leva une main menaçante au-dessus du visage de Roza, qui se recroquevilla en protégeant son visage de son bras libre. Meredith choisit cet instant pour sortir de derrière son rideau.

— Qu'est-ce qu'il se passe, ici ? demanda-t-elle en anglais.

Luka saisit de surprise, se retourna d'un bloc, pour faire face à la menace. Quand il vit Meredith, son regard s'agrandit quelques instants, fixant le visage inflexible de la jeune

Anglaise, qui le toisait les mains dans les poches. Meredith resserra sa prise sur le manche de son couteau. Une belle lame fine et cruelle d'une douzaine de centimètres de long, cadeau de son professeur Sergueï. Le Russe avait préparé l'arme pour sa jeune élève et avait recouvert le manche d'un tissu de lin extrêmement serré... *Ainsi, vous garderez une bonne prise sur votre lame même trempée de sang*, avait-il précisé. Meredith sourit. Elle aimait ces instants qui précédaient la bataille... Le calme avant la tempête... Elle sentait alors son corps se gonfler d'une énergie primale et dévastatrice. Elle avait le goût du sang dans la bouche et Luka le sentait.

Il y avait quelque chose d'inquiétant dans le regard de Meredith, ce qui déplut à son adversaire. Comme tous les prédateurs, Luka n'usait son énergie dans un combat contre un autre prédateur que lorsqu'il n'y avait pas d'autre issue. Il ne servait à rien d'affronter cette Anglaise aux yeux fous, pour donner une correction à cette idiote de Roza. Son tour viendrait bien assez tôt.

— Rien. Nous discutons entre collègues. Désaccord artistique, Miss... dit-il dans un anglais quasi parfait.

— Miss Nobody. Je ne donne jamais mon nom aux hommes qui menacent d'autres femmes.

Le temps du combat était passé. La discussion avait commencé et Luka pressentait qu'il s'agissait d'un nouveau champ de bataille.

— Qu'allez-vous imaginer, jeune fille ? se moqua Luka. Nous, les Russes, avons le sang chaud et les colères homériques. Nous sommes aussi prompts à retrouver notre bonhomie habituelle. Vous vous habituerez à notre caractère et à nos mœurs... Si vous restez parmi nous assez longtemps, Miss... Nobody. Lectrice de l'*Odyssée*, n'est-ce pas ?

Meredith sourit.

— L'homme aux mille ruses ne peut que m'intéresser, Monsieur...

— Monsieur Nikto. Enchanté de faire votre connaissance, Miss Nobody.

Meredith prit sur elle de ne pas sourire. Nikto, Никто en russe, autrement dit « personne »… Monsieur Luka était joueur, toujours un bon point de départ dans une nouvelle relation.

— Ravie de vous rencontrer, Monsieur Nikto. J'espère que nous aurons l'occasion de nous croiser de nouveau dans les couloirs du palais.

— Si vous restez quelque temps, c'est probable.

Luka sourit, fit une révérence majestueuse et partit aussi silencieux qu'un chat. Meredith le regarda s'éloigner, puis reporta son attention sur Roza. Elle était vraiment d'une beauté peu commune. Toutefois, le regard plein de peur qu'elle posait sur elle fit ravaler sa jalousie à la jeune Anglaise.

— Vous n'auriez pas dû… dit Roza dans un anglais hésitant.

— Qu'est-ce que je n'aurais pas dû ? demanda Meredith.

— Affronter Luka. Il est malveillant, rancunier et violent. Nous le craignons tous au théâtre…

— Quel théâtre ?

— Pardon, je ne me suis pas présentée. Je suis Roza Iegorovna Joukov. Je suis danseuse au théâtre Mariinsky et Luka, que vous venez de rencontrer, est danseur étoile dans le même théâtre.

Danseur… ce qui expliquait sa démarche de chat. Fluide, souple, fort et vif… De grandes qualités physiques qui en faisaient un adversaire redoutable. Meredith se demandait comment elle devrait s'y prendre pour affronter un tel adversaire et se promit de prendre conseil auprès d'Alistair ou de Sergueï.

— Je suis Miss Meredith Spencer, demoiselle de compagnie de Lady Hayley Blunt-Lytton, Baronne de Wentworth.

Les yeux de Roza s'illuminèrent.

— Oh ! La très belle dame anglaise aux yeux bleus ? Votre maîtresse a fait très forte impression à la cour ! Il se dit déjà que le comte Ladislas Ivanovitch Mordvinov est fou amoureux d'elle et veut l'épouser.

Meredith leva un sourcil de stupéfaction. Un problème de plus ! Comme si le vol de l'œuf de Fabergé, les révolutionnaires et les empoisonneurs ne suffisaient pas !

— Lady Hayley Blunt-Lytton n'est pas ma maîtresse. Je suis sa demoiselle de compagnie, je n'ai pas le statut de domestique.

Roza sembla confuse.

— Je ne voulais pas vous offenser, Miss Meredith. Je suis désolée, je ne suis pas très savante dans les titres et les rangs.

— Ne vous inquiétez pas, Roza Iegorovna, je suis encore contrariée par cette rencontre, si je puis dire, avec ce Monsieur Luka je ne sais quoi…

— Luka Semyonovitch Belov, précisa Roza.

— Monsieur Luka Semyonovitch Belov… Je vous conseillerais la plus grande prudence face à ce personnage peu recommandable. Quoiqu'il vous ait soupçonnée de faire, soyez assurée qu'il va vous surveiller. Ne restez jamais seule en sa compagnie, Roza, sinon je crois bien qu'il vous en cuira.

À ces mots, Roza blêmit. Elle acquiesça d'un léger signe de tête, prit congé et fila comme une souris. *Un chat et une souris…* L'histoire ne finissait jamais bien pour la souris, il fallait qu'elle parlât à Mikhaïl. Il pourrait peut-être protéger la petite danseuse.

CR❖ED

D ans la voiture qui le conduisait au palais Anitchkov, Alistair se préparait à affronter un adversaire d'une toute autre catégorie qu'un chat ou qu'une souris… La reine mère en personne, l'ancienne tsarine, son Altesse Maria Feodorovna. Comme à chaque fois qu'il rencontrait un haut personnage, Alistair se renseignait avec soin sur la personne autant que sur son histoire et, dans le cas présent, il n'avait pas été déçu… La princesse Dagmar de Danemark, devenue par son mariage avec le tsar Alexandre III, impératrice de Russie sous le nom de Maria Feodorovna, avait un caractère plus que bien trempé. D'un naturel souriant et chaleureux, elle avait ravi le cœur des Russes qui lui avaient fait le meilleur accueil. Elle avait compris que l'attachement du peuple à sa personne passait par un apprentissage rapide de la langue et en fit une priorité. Elle voulait comprendre son peuple et que son peuple la comprît. Très attachée à sa vie de famille, Maria Feodorovna avait consacré la majeure partie de son temps à celle-ci, ce qui ne l'empêchait pas d'assumer son statut de tsarine à chaque fois que l'État le nécessitait. Elle parvenait à être mère de famille et à incarner l'impératrice de toutes les Russies en même temps. Sous son règne, la cour du tsar avait brillé de tous ses feux, l'impératrice aimant danser, organiser de grands bals qui étaient autant d'occasions de déployer la diplomatie russe et d'asseoir le prestige de la dynastie Romanov en Europe. Toutefois, au milieu de toutes les qualités dont la paraît ses sujets et nombre de ceux l'ayant rencontrée, un défaut apparaissait clairement : la jalousie. Maria Feodorovna aimait à briller, mais seule. Elle ne supportait pas qu'une autre femme pût lui faire de l'ombre, ce qui avait créé de grandes tensions au sein même de la famille impériale, quand la tsarine s'était trouvée une rivale dans la personne de la grande-duchesse Maria Pavlovna, épouse du frère cadet du tsar Alexandre III, le grand-duc Vladimir. Les frictions entre les deux femmes avaient atteint un tel point que des tensions étaient apparues entre les deux frères. La tsarine et la grande-duchesse ne craignaient pas de se critiquer en public, voire de se traiter de nombre de noms d'oiseaux.

Ce point de la biographie de la reine mère avait retenu l'attention d'Alistair, car il éclairait d'un jour nouveau la difficile relation existant entre les deux tsarines... Maria Feodorovna s'était opposée de toutes ses forces au mariage de son fils, le futur tsar Nicolas II, avec celle qu'elle considérait comme une princesse de second choix, la princesse Alix de

Hesse-Darmstadt, devenue depuis lors tsarine sous le nom d'Alexandra Feodorovna. Maria Feodorovna n'acceptait pas qu'une petite princesse lui succédât sur le trône de Russie. Toutefois, les difficultés entre les deux femmes avaient encore connu un développement inattendu. Alors que pendant le règne de son époux, Alexandre III, la tsarine Maria Feodorovna n'avait jamais marqué le moindre intérêt pour la politique - sauf lors d'un épisode d'annexion d'une partie du Danemark par la Prusse -, à partir du moment où son fils était devenu tsar, la reine mère avait considéré qu'il était de son devoir d'influencer ses décisions. De caractère faible et peu sûr de lui, Nicolas II aimait à se rassurer, pendant les premières années de son règne, en prenant conseil auprès de sa mère. L'expérience du pouvoir avait dû plaire à Maria Feodorovna puisque, quand elle avait perdu peu à peu son influence au profit de sa belle-fille, elle n'avait guère accepté ce changement. Ce point avait exacerbé les tensions entre les deux femmes.

Alistair avait tourné ces éléments dans son esprit une bonne partie de la nuit et en était arrivé à la conclusion que la jalousie et le dédain d'une belle-mère pour sa belle-fille pouvaient causer bien des ravages, quelle que soit la famille dans laquelle se situait la scène. Il laissa son regard vagabonder par la fenêtre et vit apparaître les superbes colonnades blanches du palais Anitchkov. Situé au croisement de la perspective Nevski et du canal de la Fontanka, ce palais du XVIIIème siècle avait été construit dans le plus pur style baroque. Alistair contempla l'édifice quelques instants, avant que la voiture ne ralentît et ne le déposât devant le palais. Un strict majordome vint l'accueillir et le guida dans le palais jusqu'à l'ancienne tsarine.

Contrairement à ce qu'il avait prévu, Alistair ne fut pas accueilli dans une grande salle où il se serait tenu debout devant une petite estrade sur laquelle Maria Feodorovna aurait siégé pour l'écraser de sa supériorité. En réalité, l'impératrice mère reçut l'enquêteur de son fils dans un petit salon vert, autour d'une table où un thé odorant et gourmand avait été servi. Alistair en fut quelque peu décontenancé. L'entretien commençait déjà à lui échapper.

En saluant l'ancienne tsarine, Alistair marqua bien la différence de statut qui existait entre eux deux et remercia en pensée Sergueï, qui lui avait fait réviser ses formules de politesse russes la veille au soir. Maria Feodorovna sembla contente et Alistair put prendre place à la table. Il cherchait un moyen d'aborder la question d'une façon délicate, quand la tsarine le surprit.

— Monsieur Clifford, je sais que vous êtes, comme nombre de vos compatriotes, un grand amateur de thé. J'ai pensé qu'une tasse de mon thé préféré, accompagnée de nos meilleures pâtisseries russes, vous aiderait à accomplir votre mission. Il faut de la force et de la constance pour rendre visite à l'ancienne tsarine de toutes les Russies et l'accuser de vol.

Alistair ne put s'empêcher de sourire en coin et son regard rieur se posa sur le visage de l'ancienne tsarine. Encore belle, Maria Feodorovna ne retenait pas l'attention par la régularité de ses traits ou la clarté de son teint, mais par l'intelligence qui animait chaque expression de son visage.

— Vous me voyez fort désolé et confus de cette visite, votre Altesse, mais Sa Majesté le tsar m'a chargé d'une mission et je suis dans l'obligation, afin de le servir de mon mieux, de vous poser quelques questions. En revanche, je ne sais qui a pu vous laisser entendre que j'allais vous accuser de vol. Cette information est fausse.

Les yeux de la tsarine s'étrécirent. Tel un joueur d'échecs voyant sa stratégie mise à mal, elle pensait déjà à une autre combinaison de coups pour se défaire de cet adversaire. Dans un mouvement quasi imperceptible, elle hocha la tête. Alistair continua :

— Que savez-vous des rumeurs de poisons entourant la

tsarine Alexandra Feodorovna ?

Maria Feodorovna parut décontenancée.

— Je ne vois pas en quoi cela peut être lié au vol de l'œuf à la Rose.

Alistair ne bougea pas, attendant que la tsarine répondît. Elle réfléchit un moment et finit par dire :

— Comme vous avez dû l'apprendre, j'ai peu d'amitié pour Alexandra Feodorovna. Je n'ai rien contre cette femme à titre personnel, mais elle n'a pas l'étoffe d'une tsarine. J'étais opposée au mariage de mon fils aîné avec elle, car je savais que cette union n'était pas souhaitable pour la Russie. La tsarine actuelle ne se préoccupe que de sa famille et souhaiterait vivre comme une femme de la bourgeoisie, n'ayant d'autre préoccupation dans la vie que le bonheur de sa famille et quelques soucis domestiques. Seulement, elle a épousé l'héritier du trône de toutes les Russies et ne veut pas assumer son rôle d'impératrice. Quand vous épousez le futur tsar, vous savez que votre rôle en tant que tsarine sera d'épauler votre époux dans la défense de la dynastie contre les attaques intérieures et extérieures, que vous devrez assurer la pérennité de la dynastie et contribuer à son prestige. La tsarine Alexandra Feodorovna s'isole de la cour, refuse toutes les festivités, prétextant des maladies et faiblesses diverses. Elle laisse son époux se débattre seul avec le pouvoir. De plus, dans les rares occasions où elle paraît à la cour et tient son rôle, elle ne peut s'empêcher d'être glaciale avec ses sujets ou les visiteurs étrangers et elle se couvre immanquablement de plaques rouges du plus vilain effet à la moindre contrariété. Un Français qui rentrait de notre cour a publié le récit de son voyage et a décrit la tsarine Alexandra de la sorte : *C'est une statue de glace qui répandait le froid autour d'elle.* Cette femme n'a rien d'une tsarine. Je le savais, mon époux le savait, mais Nicolas Alexandrovitch n'a rien voulu entendre. Désormais, la tsarine est détestée et de nombreuses rumeurs courent à son sujet. Parmi ces rumeurs, celle des poisons est récurrente. Fausse mais persistante. À ma connaissance, la rumeur la plus répandue est celle selon laquelle...

La tsarine s'arrêta. Il lui était pénible de continuer. Alistair se demandait ce qui pouvait la retenir au vu de ce que Maria Feodorovna venait déjà de lui confier et qui, pour rester poli et mesuré, constituait la marque claire d'un profond désamour.

— ... la tsarine userait de charmes et de potions pour conserver l'amour du tsar. Selon moi, c'est une légende, car je connais mon fils et je sais qu'il est tombé fou amoureux de la tsarine et que cet attachement perdure sans charmes, ni potions. Le problème avec ces rumeurs est qu'elles rendent mon fils ridicule ! Elles donnent l'image d'un monarque faible et non maître de lui-même, tenu par une femme adepte de la magie ! Un tsar doit être fort pour être respecté !

Alistair comprit ce qui avait fait hésiter la reine mère. Son fils bien-aimé souffrait tout autant que la tsarine des rumeurs, qui frappaient cette dernière. Un mouvement surprit Alistair dans ses réflexions, une femme âgée, qu'il n'avait pas vue jusqu'alors, venait de surgir de derrière la tsarine pour lui servir un thé, puis le servit lui aussi d'autorité.

— Merci Anouchka, dit l'impératrice.

Anouchka retourna dans l'ombre de sa maîtresse et reprit sa pause de statue. Alistair goûta le thé sucré aux agrumes que la tsarine avait fait préparer pour lui. Il huma son arôme profond et subtil et se délecta de son goût fort et revigorant. Il aimait lui aussi ce thé et se promettait d'en rapporter en Angleterre. Maria Feodorovna but ce breuvage et apprécia de partager ce moment avec cet étrange Anglais.

— Vous êtes un terrible confesseur, Monsieur Clifford. Vous vous asseyez, posez une question et vous contentez de laisser parler les autres.

— J'ai toujours été un homme à confidences, votre Altesse, mais, comme tous les grands confesseurs, je ne révèle jamais rien de ce que j'entends. Je m'en sers seulement pour dénouer les mystères que l'on veut bien me confier.

La tsarine sourit et songea que cet espion anglais était fort fréquentable. Ils burent une deuxième tasse de thé et Alistair ayant demandé où il pouvait se procurer ce merveilleux breuvage avant de partir, la tsarine ordonna de faire porter un assortiment complet de ses thés préférés à Monsieur Clifford. Alistair en demeura stupéfait et, après avoir remercié la reine mère comme il se devait, en conclut que l'âme slave était bien généreuse et passionnée.

CR◆ED

B enedict arriva en avance à son rendez-vous avec Frans. Il souhaitait avoir le temps de repérer les lieux seul, avant de devoir soutenir la conversation - ou l'absence de conversation - du jeune Finlandais. De tous ceux qu'il avait rencontrés jusqu'à présent à Saint-Pétersbourg, Frans était celui qui le mettait le plus mal à l'aise. Il ne parvenait pas à comprendre les motivations de ce jeune homme. Frans semblait intelligent, capable de mener une vie convenable, voire avec un peu de chance confortable, alors pourquoi risquer la potence ou la prison à vie pour une cause qui demeurait fort obscure aux yeux du jeune Anglais ?

Benedict parvint au milieu du pont Saint-Isaac, une structure flottante située juste en face du palais d'Hiver et admira la vue. Les flots de la Neva avaient une teinte bleutée mêlée de bruns ce jour-là et cette couleur mettait en valeur les nuances bleu-vert et doré du palais du tsar. Avec ses deux cent cinquante mètres de façade, le palais d'Hiver avait de quoi impressionner les Russes et les visiteurs. À l'instar de Versailles en France, les prédécesseurs du tsar actuel avaient voulu disposer d'un lieu de pouvoir imposant, rappelant à chacun leur puissance et leur rôle dans l'Histoire. Benedict regrettait de n'avoir pas pris davantage de renseignements sur cette ville superbe. Il aurait aimé flâner dans ses rues et découvrir ses palais somptueux. Au lieu de cela, il était relégué dans les bas-fonds de Saint-Pétersbourg, à assister aux réunions de révolutionnaires ne souhaitant qu'instaurer le chaos dans toute cette beauté.

Une main se posa sur l'épaule de Benedict qui se retourna. Frans était arrivé et il souriait. Benedict se demanda s'il devait s'en réjouir ou pas.

— Tu as l'air joyeux, mon frère, dit-il.

— J'ai trouvé.

Benedict regarda le jeune Finlandais avec suspicion.

— Tu as trouvé quoi ?

— Comment détruire le tsar.

Benedict resta impassible, mais se demanda ce qui avait bien pu germer dans l'esprit dérangé son nouvel « ami ».

— Bientôt, mon frère, tout ceci ne sera que cendres brûlantes et hurlements.

Frans montra d'un geste ample de la main toute la façade du palais d'Hiver. Benedict regarda sans plaisir le visage rayonnant du Finlandais.

CR✦ED

L a nuit venait de tomber sur Saint-Pétersbourg. Alistair se félicita que le temps des nuits blanches des mois de juin et juillet, où le soleil refusait de se coucher sur la ville, fût révolu. L'ombre et la nuit avaient toujours eu sa préférence. Alors qu'il s'apprêtait à rendre visite à Meredith et à Hayley, Sergueï surgit de la chambre des acteurs qu'il avait désormais investie.

— Tu ne comptais tout de même pas me fausser compagnie, mon cher ami ?

— Je vais rendre visite à ma cousine et à Miss Fortescue, je n'ai donc pas besoin de mon garde du corps préféré, mon cher ami, grinça Alistair.

— Qui sait ? dit Sergueï un sourire aux lèvres. De toute façon, je m'ennuie, je vais donc te suivre.

Alistair pensa par-devers lui qu'il était déjà inconvenant qu'un homme seul entrât dans la chambre de deux dames, mais que deux hommes y entrassent… dépassait en réalité tout cadre des convenances. Toutefois, il connaissait assez Sergueï pour savoir que lorsqu'il avait ce regard, personne ne pouvait le contraindre à faire ce qu'il ne voulait pas.

— Fort bien, mais sois discret !

— Toujours plus que toi, dit Sergueï en rajustant son veston. Tu empestes le parfum à cent lieues ! Une vraie cocotte !

Alistair inspira pour retrouver le calme dont un gentleman ne devait jamais se départir… même si parfois certaines expériences ou individus mettaient à mal des centaines d'années d'éducation britannique. Sergueï passa devant, laissant le soin à l'Anglais de verrouiller la porte.

Dans leur suite, Meredith et Hayley faisaient le point sur leurs journées respectives. À force de conversations, Hayley avait pu confirmer que l'œuf à la Rose était conservé dans un meuble coffre que seul l'entourage proche de la tsarine savait ouvrir. De plus, elle avait appris auprès de la dame d'honneur bavarde, Anna Aleksandrovna Vyroubova - à laquelle la stricte Sophia Alexandrovna avait intimé le silence -, que les rumeurs de poisons étaient infondées, puisque la tsarine buvait elle-même les potions qu'elle se faisait préparer. En revanche, Hayley n'était pas parvenue à faire dire à la jeune femme à quoi pouvaient servir ces potions. Meredith allait parler de la jeune Roza Iegorovna Joukov, quand la porte s'ouvrit et qu'elle se retourna, un couteau de jet dans la main, prête à clouer au mur l'importun. Sergueï entra d'un pas décidé, l'œil brillant et fier.

— Vous savez recevoir les amis, Miss Meredith ! Je n'ose imaginer l'accueil que vous réservez aux ennemis !

— Ne pouvez-vous donc pas toquer à la porte, colonel Pouchkine ! J'ai failli vous épingler au mur comme un papillon ! répondit Meredith.

— Et c'est pour cela que l'on apprécie tant votre caractère, ma chère élève.

Alistair entra d'un pas rapide et referma derrière lui.

— Sergueï ! Je t'avais demandé d'être discret !

Sergueï se retourna vers lui.

— Mais, mon cher ami, tout l'hôtel a déjà connaissance de tes petites visites nocturnes chez ces dames ! Vous feriez aussi bien de venir loger dans la suite, cela nous simplifierait la tâche.

Alistair s'approcha d'un pas vif de Sergueï et se campa en face de lui.

— J'espère que tu plaisantes !

— Pas le moins du monde, mon ami. Ce matin, je bavardais gentiment avec l'une des lingères de l'hôtel, qui m'a tout naturellement appris qu'Hayley faisait l'objet de toutes les attentions depuis sa présentation à la cour et que, notamment, un certain comte payait des informateurs au sein de l'hôtel pour glaner des renseignements sur sa superbe personne.

Hayley n'aurait pas eu l'air plus ébahie, si la reine Victoria en personne était entrée dans sa chambre à l'instant même.

— Cela doit être le comte Ladislas Ivanovitch Mordvinov, intervint Meredith.

Sergueï parut aux anges.

— Mon élève est la meilleure de toutes les apprenties espionnes d'Europe.

— Pouvons-nous savoir comment vous avez eu cette information, Meredith, intervint Alistair plein de méfiance.

Meredith leur raconta l'agression de Roza, son intervention, l'imminence du combat, le regard de Luka sur elle, puis la conversation qui avait suivi.

— Mon élève est la plus inconséquente de toutes les apprenties espionnes d'Europe, se lamenta Sergueï.

Mais avant qu'il pût continuer, Alistair sortit de ses gonds :

— Un homme d'une quarantaine d'années, violent, vindicatif, malveillant, athlétique et vif, et vous vous trouvez à deux doigts de vous battre avec lui ? Êtes-vous totalement folle, Meredith ?

La jeune fille fut choquée par ces injustes reproches. Elle avait tout de même déniché des renseignements importants et avait évité à cette petite danseuse d'être battue. Que lui reprochait-on encore ?

— Mais, enfin, Alistair, il allait frapper cette jeune fille !

Alistair se calma avant de répondre :

— Que vous soyez venue en aide à cette jeune fille est très bien, Meredith, mais votre attitude de défi est inacceptable. Non seulement cela ne correspond pas à votre rôle de demoiselle de compagnie, mais encore si cet homme est, par exemple, le tueur du train, il sait qui vous êtes et, par conséquent, il sait désormais que vous n'êtes pas rentrée en Angleterre et saura vous retrouver.

Sergueï fit quelques pas dans la chambre.

— Un danseur... Cela expliquerait sa vélocité... dit-il plus pour lui-même que pour les autres.

— Un danseur du théâtre Mariinsky... Il me semble que le couple impérial apprécie particulièrement ce théâtre, compléta Alistair.

— Oui, la tsarine m'a invitée à assister à un spectacle dans quelques jours... intervint Hayley.

Tous portèrent leur attention sur elle.

— Quand ? demanda Alistair.

— Je l'ignore. La tsarine ne savait plus exactement la date du spectacle, mais il s'agit d'un ballet donné au théâtre Mariinsky.

Alistair s'assit dans le fauteuil le plus proche d'Hayley, ce qui fit sourire Sergueï.

— Un tueur dans le train, un œuf de Fabergé, des poisons qui s'avèrent être des philtres d'amour, un théâtre, un danseur étoile, une petite danseuse et des révolutionnaires... Quel est le lien ?

— Des philtres d'amour ? Excusez-moi, Monsieur Clifford, mais je me suis battue une bonne partie de la journée avec les dames de compagnie de la tsarine pour apprendre que les poisons n'en étaient pas, puisque la tsarine buvait elle-même les potions qu'elle faisait préparer et...

— Pardon ? s'étrangla l'Anglais. La tsarine boit elle-même les potions ? Mais ce ne sont pas des philtres d'amour dans ce cas !

Alistair se rejeta dans son fauteuil.

— Bien, reprit-il. Nous n'avons donc pas affaire à des poisons et à des empoisonneurs, mais à des charlatans et à leurs potions. Philtres d'amour, potions de charme... Que sais-je encore ? Si Alexandra Feodorovna boit les potions qu'elle fait préparer, il faut savoir à quoi peuvent lui servir ces mixtures ou, du moins, ce qu'elle imagine en obtenir. Toutefois, je pense que ce point établi, nous pourrons abandonner ce pan de la mission comme inoffensif. Miss Fortescue, Meredith, dès demain vous trouverez à quoi servent ces potions et vous vous concentrerez ensuite sur le vol de l'œuf. Nous savons que ce vol vient de l'entourage de la tsarine, trouvez qui. Pour notre part, Sergueï, nous allons visiter le théâtre Mariinsky et débusquer ce Luka. Il faut que nous sachions s'il s'agit de notre tueur du train... En fait, cet homme-là pourrait bien être le lien entre les différents éléments de cette histoire. Hier soir, Benedict a assisté à une réunion des révolutionnaires et un homme grand et athlétique y assistait, le visage dissimulé sous un masque.

— Les théâtres ne manquent pas de masque... commenta Sergueï. Décidément, Miss Meredith, si vous croisez à nouveau ce Luka, ne vous en approchez pas.

Meredith se leva soudain, l'air très préoccupée et se mit à arpenter la pièce de long en large, en silence, sous le regard des autres.

— Meredith ? demanda Hayley.

La jeune fille regarda Hayley, le front creusé par le souci.

— Si vous avez raison, Alistair, si Luka est le chaînon liant l'attaque du train et les terroristes, s'il m'a reconnu, il va savoir que Benedict…

— Est un traître à la cause, acheva Alistair.

Alistair et Serguéï bondirent ensemble vers la sortie et se précipitèrent hors de la chambre, laissant la porte ouverte derrière eux. Pâle comme un linge, Meredith ferma la porte, s'adossa à elle et s'effondra au sol, les jambes coupées. Hayley vint s'asseoir avec elle, prit la main de la jeune fille et se tut. Meredith lui en sut gré. Elle n'avait pas envie d'écouter quoi que ce fût, elle voulait juste pleurer un peu.

Chapitre VI

F rans était si sûr de lui que Benedict s'interrogea sur la santé mentale du jeune Finlandais. *Détruire le palais d'Hiver ? Rien que cela ? Il est fou.* Pour détruire un tel bâtiment, il aurait fallu placer des tonnes d'explosifs dans le sous-sol et répartir quelques charges dans les étages aussi, comment pouvait-il imaginer réaliser un tel plan à deux ? Benedict se dit que, finalement, ces terroristes étaient de vrais hurluberlus et que le tsar pouvait dormir sur ses deux oreilles. Il suivit donc en confiance le fou, qui lui servait de frère révolutionnaire, jusqu'à son domicile.

La chambre du jeune homme conforta Benedict dans son diagnostic de folie, puisque le peu d'explosifs réunis dans la pièce n'aurait pas dévasté deux salles du palais d'Hiver. Une tout au plus... Avec de la chance. Un détail acheva d'assurer Benedict de la folie de Frans : des morceaux de porcelaine gisaient dans un coin de la pièce. Quand le jeune Anglais s'en empara pour les examiner, il prit conscience qu'il s'agissait de morceaux de têtes de poupées en porcelaine. Frans était rayonnant.

— Astucieux, n'est-ce pas ? claironna-t-il.

— Très ! Je n'y aurais jamais pensé. Félicitations, mon frère ! répondit Benedict, en se disant qu'il ne fallait pas contrarier les fous.

Frans regarda par la fenêtre et jeta un coup d'œil à sa montre.

— Il faut que nous y allions.

Benedict parut surpris.

— À la réunion ! reprit Frans. Tu n'es pas au courant ?

— Non, personne ne m'a prévenu…

Et par conséquent, je n'ai pu prévenir personne, pensa-t-il.

— Véra veut nous voir tous les deux.

— Et où aura lieu ce rendez-vous ?

— En centre-ville, à côté de l'arrière-salle où il y a eu l'opération de l'Okhrana. Ne t'inquiète pas, je connais les lieux, je vais t'y conduire.

Benedict ne se préoccupait pas de ce point, certain que d'une manière ou d'une autre, il atteindrait le lieu de rendez-vous… En revanche, il n'appréciait pas de ne pas avoir été prévenu et d'ignorer pour quelles raisons cette Véra Figner voulait les revoir. Il se décida pourtant à suivre Frans, n'ayant de toute manière pas d'autre choix.

Les deux jeunes gens progressèrent vite à travers les rues de Saint-Pétersbourg. À un moment, il sembla à Benedict qu'ils étaient suivis, mais quand il se retourna, il ne vit rien de suspect. Pourtant, cette impression persista tout au long de la route et le rendit nerveux.

— Il va falloir que tu apprennes à te détendre, mon frère, intervint Frans. Tu es si nerveux que nous allons nous faire repérer !

— Excuse-moi, mon frère, j'ai l'impression que nous sommes suivis.

Frans sourit et secoua la tête.

— Mais mon frère, c'est probablement le cas ! Dans cet Etat autocratique, chaque citoyen est surveillé, épié et examiné constamment. Le tout est de le savoir et de s'en accommoder. Si cela peut te rassurer, je puis t'assurer que nous ne sommes pas plus suivis que les autres. Ni plus, ni moins.

Benedict en resta sans voix. Selon Frans, tout était toujours la faute du tsar, ce qui était pratique d'un certain côté, cela évitait de réfléchir à la complexité du monde et à la responsabilité de chacun… Toutefois, le jeune Anglais était curieux de savoir ce qui se cachait derrière cette obsession.

— Puis-je te poser une question, Frans ?

L'autre se tourna vers lui et acquiesça.

— D'où te vient cette haine ?

— Connais-tu la Finlande ? répondit Frans.

— Je dois avouer que non. J'ai bien aperçu le pavillon de la Finlande à l'exposition de Paris, mais je n'ai même pas eu le temps de le visiter…

Frans parut se perdre quelques instants dans ses pensées.

— La Finlande est une belle Nation, mon frère, mais le grand-duché a eu la malchance de se retrouver pris en étau entre deux adversaires plus puissants que lui, le royaume de Suède et l'empire tsariste. Jusqu'en 1809, nous étions une partie du royaume de Suède, puis nous sommes passés sous le joug russe, en tant que grand-duché autonome. Autonome… Un mot que les tsaristes ne comprennent pas. Les Russes n'ont de cesse que de détruire notre pays, notre passé, notre langue, nos mœurs. Nous mourons sous le joug russe, mon frère, et personne ne nous aide. La situation était déjà grave sous le père du tyran actuel, mais la destruction de la Finlande par Nicolas II est sans précédent. Avec son général Bobrikov, la jeunesse de Finlande se retrouve enrôlée de force dans l'armée russe. De toute notre histoire, jamais nous n'avons connu un tel sort !

Frans avait besoin de reprendre son souffle et fit une courte pause. Benedict ne l'interrompit pas, conscient de l'effort que faisait le jeune homme pour lui expliquer sa situation.

— Il y a encore deux ans, le grand-duché possédait une petite armée qui ne sortait jamais hors de nos frontières. Le service militaire durait trois mois répartis sur trois ans, donc, avec un peu de chance, nous voyions à peine ce service passer dans nos vies. Mais, tout a changé avec Bobrikov. Il a ordonné que les forces armées du grand-duché soient incorporées aux unités russes et placées sous commandement tsariste. Le service militaire est passé à cinq ans, sauf pour les Finlandais capables de parler un russe parfait… mais notre russe n'est jamais assez parfait. Nous en avons appelé à la justice du tsar, persuadés qu'il ignorait ce que son général faisait dans notre pays. Une pétition soutenue par un Finlandais sur six demandait au tsar Nicolas II de respecter notre autonomie et sais-tu ce que le tsar a fait ?

Benedict fit un signe négatif de la tête.

— L'année dernière, ce tyran proclama dans un Manifeste que la loi russe primait en toutes circonstances sur la loi finlandaise. Une résistance passive s'est organisée. Nous refusions tout simplement d'appliquer la loi russe, mais l'autocrate a continué ses attaques : suspension de notre constitution, russification des écoles, instauration de pouvoirs dictatoriaux et remplacement des fonctionnaires… Ainsi, mon père a perdu son emploi après avoir perdu son fils aîné, mort pendant son service militaire en Russie. Quand j'ai reçu mon ordre d'enrôlement, mes parents m'ont demandé de fuir. Tu as en face de toi un déserteur, mon frère, un déserteur prêt à se battre pour son peuple contre un tyran !

Benedict était bouleversé. Il était loin d'imaginer que Frans pût avoir des raisons valables d'en vouloir au tsar. Pour lui, il ne s'agissait que d'un illuminé séduit par des idées généreuses et irréalistes… Quelle erreur ! Quelle terrible erreur ! Allait-il avoir le courage de trahir son frère révolutionnaire maintenant qu'il savait ? Non… Il ne le pouvait pas. Il empêcherait Frans de poser sa bombe, mais il ne le livrerait pas aux services du tsar, hors de question ! S'il était amené à faire une chose pareille, il ne pourrait plus jamais se regarder en face. Espion ou pas, il devait conserver son honneur et la ligne de conduite d'un gentleman.

— Je suis désolé, mon frère, pour tout ce que ta famille a subi et j'espère de tout cœur que la Finlande sera libérée sous peu et retrouvera la paix.

Frans sentit la sincérité de Benedict et en fut touché. Il allait lui répondre quand il s'aperçut qu'ils étaient arrivés. Les deux jeunes gens pénétrèrent ensemble dans cette nouvelle cache révolutionnaire.

Quand Benedict et Frans entrèrent, ils furent surpris par l'obscurité régnant dans la pièce. Soudain, la porte claqua derrière eux. Frans entendit un coup violent, un gémissement à côté de lui, le son lourd du corps de Benedict s'écrasant au sol. Certain d'être tombé dans un piège de l'Okhrana, Frans fonça tête baissée sur l'agresseur de son frère d'armes. Il renversa son opposant et tentait de fuir par la porte derrière lui, quand une lampe à pétrole apporta un peu de lumière dans la pièce. Le jeune homme mit quelques instants à reprendre ses esprits. La salle ne comprenait que Véra, ses deux colosses dont l'un avait fait les frais de sa charge, et l'homme au masque.

— Calme-toi, mon frère, tu es en sécurité maintenant, dit Véra.

— Vous êtes complètement fous ! Vous avez assommé Benedict ! s'indigna Frans.

— Nous avons fait une erreur, mon frère, et nous te présentons nos excuses pour cela, répondit avec calme Véra. Nous t'avons lié à un suppôt du tyran et nous allons réparer notre faute.

À ces mots, l'homme masqué sortit un revolver et visa la tête de Benedict. Frans se jeta devant l'arme.

— Non ! Si c'est un traître, c'est moi qu'il a trahi et je l'abattrai moi-même, hurla-t-il.

— Ne te donne pas plus d'importance que tu n'en as en réalité. Il a trahi la cause, pas toi, intervint Véra.

— Il m'a trahi moi ! Il m'a fait raconter mon histoire, l'histoire de mon pays et m'a même dit qu'il était désolé et souhaitait que mon pays soit libéré ! Il m'a trahi moi et tous les miens.

— Pousse-toi, gamin, que j'en finisse ! intervint l'homme masqué.

Frans se dit que c'était la première fois qu'il entendait le son de sa voix… Une voix étrange, étonnamment aiguë pour la carrure de cet homme.

— Pour ma part, je n'ai pas honte de montrer mon visage à mes frères, répondit Frans.

Le jeune Finlandais se tenait toujours debout, les bras écartés pour protéger Benedict.

— Si tu le laisses s'échapper, c'est de ta tête que tu en répondras, conclut Véra.

— Ma tête ? Mais ma tête appartient déjà au tsar depuis longtemps, ma sœur. Tu peux donc garder tes menaces.

Véra roula des yeux stupéfiés. Comment ce blanc-bec osait-il lui parler de la sorte ? Le caractère froid de la femme reprit pourtant vite le dessus.

— À ta guise ! conclut-elle. Mais que tout soit prêt à temps. Nous passerons chercher tes œuvres comme prévu.

— C'est déjà prêt.

L'homme masqué sursauta.

— Impossible ! Tu mens ! J'ai encore regardé ce matin et il n'y avait rien.

Frans observa avec haine le masque. C'était donc lui et non l'Okhrana qui fouillait ses affaires…

— C'est parce que tu ne sais pas regarder, conclut Frans.

L'assurance du jeune homme convainquit Véra, qui fit signe à ses deux gardes du corps de la suivre. La réunion était finie. L'homme masqué ne semblait pas vouloir bouger mais, quand il vit que les autres partaient, il les suivit.

— Gare à toi, gamin. S'il s'enfuit, je te trouerai la peau…

Frans ne broncha pas, fixant son regard translucide sur le masque. L'autre haussa les épaules et partit en boitant d'un pas étrange. Resté seul avec Benedict, Frans se dirigea vers lui, sortit son revolver et fit tourner le barillet. Puis, il s'approcha de Benedict, tendit le bras, visa la tête, recourba son doigt autour de la gâchette… puis il trembla. *Il avait l'air sincère*, pensa-t-il.

Non, tu sais qu'il était sincère alors donne-lui une chance de s'expliquer... C'est ce qu'on fait entre frères...

Frans rangea son arme, tira les rideaux qui obstruaient une fenêtre et regarda le ciel. Quelques nuages moutonnaient au-dessus des toits, paisibles pelotes dans le ciel. Frans était triste. Pour la première fois depuis deux ans, il avait eu l'impression d'avoir un frère.

ରେ ✦ ଡ଼

A listair et Sergueï avaient vérifié au pas de course tous les lieux déjà utilisés par les révolutionnaires lors de leurs précédentes réunions. Revenus en centre-ville, ils étaient à bout de souffle et, pire, à court d'idées.

— On ne le retrouvera pas ainsi, décréta Alistair.

— Non, acquiesça Sergueï en se passant les mains sur le visage. Mais comment ? Qui pourrait nous guider à travers les différentes caches de cette organisation ?

Alistair se redressa d'un bond.

— Quel imbécile ! Le journaliste !

Sergueï se frappa le front du plat de la main.

— C'est reparti, conclut-il en reprenant la course.

Alistair le devançait de quelques pas dans la nuit pétersbourgeoise.

Fiodor ne s'était jamais considéré comme peureux. Il aimait même à se voir comme un homme plus courageux que la moyenne. Mais se réveiller au milieu de la nuit, le lit cerné par deux individus, le visage recouvert de larges foulards comme les bandits du Far-West qu'il avait vus en photographie dans les rares journaux américains parvenus jusqu'à lui, avait de quoi glacer les sangs de n'importe quel homme. À cette vision, Fiodor se blottit sous sa couverture, comme si ce pauvre morceau de tissu pouvait quelque chose contre les deux revolvers pointés sur son nez.

— Cher ami, vous nous voyez confus de vous tirer ainsi de votre sommeil, mais nous avons besoin de vos connaissances, commença Alistair.

Un brigand avec des manières, pensa Fiodor.

— J'ai toujours aimé tes entrées en matière, ricana Sergueï.

Alistair continua d'un ton égal, comme s'il partageait une tasse de thé avec ce bon vieux Fiodor :

— Mon ami et moi-même sommes ennuyés, car nous avons perdu la trace d'un jeune homme que vous connaissez.

— Benedict ? osa Fiodor.

— Précisément et nous souhaitons vivement le retrouver... vivant de préférence. Auriez-vous l'amabilité de nous fournir tous les renseignements qui pourraient nous être utiles ?

— Mais c'est que je ne sais pas grand-chose.

— Si tu le permets, je vais prendre la suite... proposa Sergueï.

Alistair haussa les épaules dans un mouvement d'impuissance.

— On peut le faire à la manière anglaise ou à la manière russe, dit Sergueï en sortant sa dague de sa ceinture.

Soudain, Fiodor comprit l'importance fondamentale de conserver tous ses doigts quand on était journaliste et que l'on tapait ses reportages à la machine à écrire. Il leur donna donc tous les renseignements qu'il avait : comment il avait infiltré les révolutionnaires pour faire une série d'articles, qui il soupçonnait d'être un membre infiltré de l'Okhrana, pourquoi il n'assisterait pas au ballet du théâtre Mariinsky, quand aurait lieu la prochaine réunion après le ballet, quand il avait vu Benedict et Frans pour la dernière fois, pourquoi il avait suivi les deux jeunes gens jusque dans la ruelle adjacente de la réunion où l'Okhrana avait surgi...

— Je vois où c'est, conclut Sergueï. On y va.

Sergueï rangea ses armes et sortit par la fenêtre. Alistair le suivit mais, avant de partir, lança :

— Nous vous remercions infiniment pour toutes ces informations et nous reviendrons discuter avec vous du théâtre Mariinsky.

Fiodor, assis dans son lit, était pétrifié, mais parvint à articuler :

— Si vous pouviez revenir sans votre ami, cela m'arrangerait beaucoup !

Trop tard, l'Anglais avait disparu. Fiodor se leva, se dirigea vers la fenêtre, vérifia qu'ils étaient bien partis, puis referma. Il cahota vers son samovar et se servit une bonne tasse de thé, le tremblement de sa main versant autant de thé dans la tasse que dans la soucoupe.

— Ils vont revenir pour discuter du théâtre Mariinsky... Mais, mon pauvre Fiodor, quand apprendras-tu à te taire ?

Il but une longue gorgée de thé qui ne lui apporta aucun réconfort. Qui était donc ce Benedict ?

Alistair suivait de près Sergueï. Le Russe avait une foulée d'athlète et l'Anglais se félicitait d'avoir repris l'entraînement trop prématurément abandonné, lorsqu'il avait pensé pouvoir échapper aux services secrets et jouir d'une aimable retraite de dandy londonien.

Sergueï connaissait Saint-Pétersbourg dans le moindre de ses recoins et filait à toute allure sans jamais hésiter. Il ralentit le pas et fit signe à Alistair de faire de même. Le Russe observait une ruelle déserte et s'engouffra dans le passage. À sa suite, Alistair observa la ruelle et vit une fenêtre illuminée, obstruée par un rideau. Sergueï s'était approché et tentait de voir ce qu'il y avait à l'intérieur. Il fit signe à Alistair qu'il n'y parvenait pas. L'Anglais quitta son poste de surveillance et rejoignit le Russe. Alistair s'approcha de la poignée et la tourna sans à-coups. Sergueï sortit ses lames de jet.

M eredith se rongeait les sangs. Depuis la veille au soir, elle n'avait pas eu de nouvelles d'Alistair ou de Sergueï et ignorait ce qu'il était advenu de son frère Benedict. Cependant, comme l'avait dit Hayley, elles devaient continuer leur mission. La tsarine avait une nouvelle fois invité Lady Hayley Blunt-Lytton à partager la journée de ses dames de compagnies ; aussi, était-il impensable de ne pas paraître à la cour. Toute à ses pensées, Meredith préparait du thé pour toutes ces dames, grâce à un samovar... Cet instrument aurait beaucoup plu à sa mère, si elle avait eu l'occasion d'en voir un. Lady Clifford était une grande amatrice de thé et tout ce qui touchait de près ou de loin aux théières la passionnait. Elle se souvenait presque mot pour mot d'une conversation qu'elle avait eue avec un ambassadeur britannique revenant du Japon où l'art du thé était, selon lui, porté à des niveaux inconnus en Europe. Depuis lors, sa mère rêvait de posséder une théière en fonte Mazuqu... Bien que moins exotique, un beau samovar russe pourrait lui faire plaisir. Dire qu'il allait falloir attendre jusqu'au soir pour avoir des nouvelles de Benedict !

Son hésitation devant le samovar fut mal interprétée par le majordome qui se porta à son secours.

— Je vais m'en occuper, Miss Meredith, si vous le voulez. Je sais que ce genre de théière n'est guère usité dans votre pays, dit-il dans un français impeccable.

— Vous parlez bien français, Stépan Guéorguiévitch, répondit Meredith dans la même langue.

— C'est nécessaire dans mon métier, Miss Meredith. Cependant, je dois avouer que je n'ai que peu de connaissances dans votre langue.

— C'est une langue moins difficile que le français d'un point de vue grammatical, mais nous avons un lexique plus étendu. Pourrais-je vous parler en particulier, Stépan Guéorguiévitch,

Lady Hayley Blunt-Lytton m'a posé une question et je dois avouer que je me trouve en difficulté.

— Bien sûr, Miss Meredith, dès que j'aurai servi le thé à ces dames, nous pourrons discuter.

Le digne majordome s'occupa de servir le thé dans un mouvement fluide et précis. Meredith regarda l'homme virevolter à travers la pièce, apportant du thé à l'une, un gâteau à l'autre, du miel à une troisième et, ainsi de suite, jusqu'à ce que chacune des dames présentes ait exactement ce qu'elle souhaitait sans avoir à le demander. Stépan Guéorguiévitch avait déjà remarqué qu'Hayley appréciait son thé avec un baranki moelleux. Son devoir accompli, le majordome revint vers Meredith et lui fit signe de s'approcher de la fenêtre, pour s'éloigner un peu des brodeuses.

— Que souhaitait savoir Lady Blunt-Lytton ? demanda-t-il.

Meredith prit l'air ennuyée.

— C'est un peu délicat, mais Lady Blunt-Lytton a senti qu'il y avait une certaine tension entre sa Majesté Alexandra Feodorovna et son Altesse Maria Feodorovna. Ne souhaitant pas commettre d'impair, elle m'a demandé de me renseigner sur les sujets à éviter à toute force en leur présence.

Stépan Guéorguiévitch parut quelque peu gêné par cette requête. Il ne s'attendait certes pas à devoir discuter de ces points de la plus haute délicatesse avec une jeune étrangère. Il porta son attention sur Hayley et l'observa quelques instants. Il se décida, conscient qu'une dame de cette haute éducation craignait plus que tout au monde de commettre une maladresse au cours d'une conversation de cour.

— Dites à Lady Blunt-Lytton de ne surtout jamais parler des joyaux de la couronne devant sa Majesté ou son Altesse. Ce serait la pire des maladresses.

Meredith sembla surprise par cette réponse. Que venait faire les joyaux de la couronne au milieu de toute cette affaire ?

— Je ne comprends pas... Vous m'en voyez désolée mais,

connaissant Lady Blunt-Lytton, elle va me demander des explications et je vais être incapable de les lui fournir.

Stépan Guéorguiévitch parut encore plus embarrassé qu'auparavant, il se tourna vers les dames et, ayant vérifié qu'elles ne manquaient de rien, il reprit ses explications :

— En Russie, et je suppose qu'il en va de même dans votre empire, les joyaux de la couronne appartiennent de droit à la tsarine régnante. Toutefois, lorsque son Altesse Maria Feodorovna devint veuve et donc reine mère, elle refusa de céder la cassette des joyaux à sa Majesté Alexandra Feodorovna. Il s'en suivit plusieurs mois de tensions au cours desquels notre tsar fut bien en peine de calmer sa mère et son épouse. Son Altesse l'impératrice mère a fini par céder la cassette à sa Majesté l'impératrice régnante mais, depuis lors, une... comment dire cela... inimitié, serait un peu fort, mais je ne trouve pas d'autre mot pour qualifier ce sentiment, donc une inimitié s'est installée entre les deux impératrices.

C'était ainsi... Meredith pensa que rien n'avait été épargné à Alexandra Feodorovna. Elle remercia le majordome pour ses renseignements et le laissa retourner à sa tâche. La jeune Anglaise observa le cercle des brodeuses. À chaque fois qu'elle apprenait un nouvel élément, cet élément était toujours en défaveur de la reine mère. Et si l'impératrice mère avait voulu se venger de sa bru en lui volant son œuf pour remplacer ses joyaux perdus ? À bien y réfléchir, Alexandra Feodorovna n'avait pas pris que la cassette à Maria Feodorovna... Elle lui avait pris son fils, son influence sur son fils, ses joyaux, sa place sur le trône et ses appartements... Bien sûr ! Ses appartements ! Alistair n'allait pas aimer cela...

Pendant ce temps, Hayley luttait avec ennui contre un napperon récalcitrant, qui refusait de se laisser orner. L'Anglaise appréciait le tricot, qui permettait de réaliser des vêtements chauds, mais elle n'avait jamais aimé la broderie et se retrouvait à tirer l'aiguille toute la journée en compagnie des dames de compagnie de l'impératrice, en attendant que celle-ci vînt les rejoindre. Que pouvait faire Alexandra Feodorovna de ses journées ? Hayley avait réussi à s'asseoir à côté de la bavarde Anna Aleksandrovna Vyroubova dans le cercle des brodeuses et essayait de la faire parler.

— Sa Majesté apprécie-t-elle la broderie ? demanda-t-elle.

— Oui, mais… Anna Aleksandrovna se pencha vers Hayley pour lui parler en confidence. Notre tsarine est épuisée. Elle consacre ses journées à prier pour que Dieu lui envoie enfin ce qu'elle souhaite plus que tout au monde…

Hayley la regarda avec une moue d'incompréhension.

— Un héritier mâle, ma chère !

Hayley parut étonnée. À sa connaissance, le couple impérial avait déjà trois filles et, par le passé, la Russie avait été dirigée par de grandes tsarines. Dans ces conditions, pourquoi vouloir à toute force un garçon ?

— Les trois petites princesses ne peuvent-elles donc pas régner ?

Anna Aleksandrovna sembla hésiter.

— Je pense que, en droit, la grande-duchesse Olga pourrait régner si aucun homme de la famille ne se dressait sur son chemin mais, en fait, nous craignons tous qu'en cas de malheur, l'un des oncles ou des frères du tsar actuel ne vienne réclamer la couronne impériale pour lui.

— Et ce serait une guerre civile, conclut Hayley.

Anna Aleksandrovna se contenta d'acquiescer en pinçant la bouche.

— Donc, les potions que la tsarine avale sont des potions de fertilité visant à donner un héritier mâle à la Russie.

Anna Aleksandrovna en resta bouche bée.

— Mais comment ?

— Question de logique, sourit Hayley. Toutes les cours ont leurs secrets et j'ai toujours aimé percer les mystères. Toutefois, ne vous alarmez pas, je garde toujours pour moi ce que je découvre.

Hayley avait le cœur léger. Un mystère en moins ! Pas de poisons ni d'empoisonneurs, mais des charlatans et leurs potions, comme l'avait dit Alistair... Monsieur Clifford ! Hayley avait décidé de se reprendre à chaque fois que, même en pensée, elle appellerait Alistair par son prénom... Enfin Monsieur Clifford. Elle avait abandonné cette lutte concernant les jumeaux, ne parvenant plus à les appeler Miss Meredith ou Monsieur Benedict dans sa tête. Toutefois, elle trouvait inadmissible de céder à cette facilité pour Monsieur Clifford.

Restait désormais à retrouver l'œuf de Fabergé et à connaître les projets des révolutionnaires... Son esprit songea au danger potentiel auquel était exposé Benedict. Hayley déglutit, mal à l'aise. Elle chercha du regard Meredith, debout près de la fenêtre. La jeune fille semblait calme, mais qui pouvait savoir ce qui se passait dans sa tête ?

Pâle à l'extrême, la tsarine surgit dans le boudoir où étaient réunies toutes ces dames. Alexandra Feodorovna, si impénétrable voire froide à l'accoutumée, ne parvenait pas à cacher son mal-être. Surprises dans leurs broderies, les dames de compagnie bondirent sur leurs pieds et, les mains entravées par leurs ouvrages, saluèrent de révérences plus ou moins maladroites l'impératrice, qui traversait le boudoir sans leur accorder la moindre attention. La porte claqua derrière la tsarine, qui avait rejoint son espace privé.

Les dames échangèrent des regards confus et affolés, aucune ne parvenant à comprendre ce qu'il venait de se passer. La porte se rouvrit et l'impératrice ordonna :

— Stépan Guéorguiévitch, venez je vous prie, j'ai besoin de vous !

Le pauvre majordome se précipita à travers le boudoir pour rejoindre la tsarine.

— Oui, votre Majesté, répondit-il en pressant le pas.

Alors que la porte se refermait sur le majordome, les dames de compagnie échangeaient des regards inquiets. Le temps était comme suspendu, aucune des femmes présentes n'osant bouger, s'asseoir et encore moins retourner à son ouvrage. Elles restaient là, debout dans leurs robes élégantes, statues gracieuses au milieu d'un boudoir d'une beauté bouleversante. Meredith observait la scène du coin de la pièce et se surprit à penser qu'un peintre pourrait en faire un tableau superbe intitulé « L'Attente ». Elle sentait en elle l'énergie du combat bouillonner. Elle savait d'instinct quand les événements se précipitaient et plongeaient le monde dans le chaos.

Soudain, un cri retentit. Un hurlement de colère et de dépit. Puis plus rien. Deux gardes surgirent en armes et traversèrent le boudoir en courant, en direction de la porte, qui s'ouvrit devant eux, Stépan Guéorguiévitch surgissant comme un fou des appartements privés de la tsarine.

— Un médecin ! Allez chercher le médecin de la tsarine de toute urgence !

À ces mots, les dames de compagnie se précipitèrent chez la tsarine, se bousculant l'une l'autre pour entrer la première. Quand Meredith entra parmi les dernières, elle vit la tsarine, assise dans un fauteuil, pâle comme un linge, effondrée, la tête tanguant de droite à gauche sans but précis.

— Folle… Je deviens folle…

Agenouillée auprès de la tsarine, Hayley prenait son pouls.

— Calmez-vous votre Majesté, votre cœur bat trop vite, vous allez faire un malaise, dit-elle avec calme. Respirez avec moi. Quand j'inspire, vous inspirez, quand j'expire, vous expirez.

Hayley respirait lentement, regardant Alexandra Feodorovna dans les yeux, pendant qu'elle l'obligeait à se caler sur son rythme. La tsarine eut quelques difficultés à contraindre son souffle mais, après deux ou trois respirations, elle parvint à se calmer et retrouva quelques couleurs. Hayley se tourna vers l'assemblée des femmes, qui formait un cercle autour de la tsarine, et chercha Meredith du regard.

— Miss Meredith, pourriez-vous aller chercher mon sac de secours, s'il vous plaît ?

— Je l'ai apporté, My Lady.

Hayley eut l'air un peu surprise. Meredith disparut dans le boudoir, puis revint chargée d'un gros sac marron en cuir. Hayley conclut en se tournant vers la tsarine :

— Cette jeune lady est une perle.

Hayley souriait et ouvrit son sac. À leur grande stupéfaction, les dames de compagnie virent apparaître des bandes de tissu pour faire des pansements, des fioles de toutes les grosseurs aux multiples étiquettes, du fil et des aiguilles protégés par des sachets bien fermés, des boîtes de thé hermétiquement closes. Hayley chercha parmi ses petites boîtes et en sortit une recouverte d'une large étiquette.

— Valériane, passiflore, tilleul et camomille, un remède souverain contre les crises de nerfs. Je tiens la recette de ma mère, qui la tenait elle-même de sa mère, annonça-t-elle.

— Et comment le prend-t-on ? demanda la tsarine.

— En infusion, précisa Hayley.

Stépan Guéorguiévitch s'approcha et interrogea la tsarine du regard, qui acquiesça d'un geste léger de la tête. Il prit la boîte d'infusion et sortit d'un pas vif avec l'intention de préparer une théière de ce breuvage. Hayley était devenue, une fois de plus, le centre de toutes les attentions.

— Vous avez des connaissances peu communes pour une femme de notre condition, dit la tsarine.

Hayley s'était préparée à cette question. Elle savait que tôt ou tard, elle allait devoir utiliser ses connaissances médicales et devrait en justifier.

— Dans ma famille, votre Majesté, les hommes sont préparés à la guerre, les femmes à les soigner.

Ce qui était vrai, pensa Hayley par-devers elle. Son frère était mort lors des guerres afghanes en simple soldat et elle-même avait été infirmière. Un mensonge n'était jamais aussi convaincant que lorsqu'il était basé sur la vérité.

Un murmure étonné et admiratif serpenta entre les femmes présentes. Décidément, cette lady anglaise était peu commune et apportait bien des nouveautés à la cour. Soudain, Meredith s'approcha d'Hayley et la saisissant par le coude, lui montra d'un coup de menton quelque chose à droite de la tsarine.

Dans le superbe meuble coffre en marqueterie, l'œuf à la Rose, tout de rouge et d'or, trônait à sa place.

St. Petersbourg. Le pont & le palais Anitschkow, Saint Petersburg, Russia, 1890, avec l'aimable autorisation de la Bibliothèque du Congrès (Washington - USA).
https://www.loc.gov/item/2014646337/

Chapitre VII

L a porte s'entrebâilla de quelques centimètres sans aucun bruit. Sergueï jeta un coup d'œil dans la pièce éclairée par une lampe-tempête. Il entrevit une table et les jambes d'un homme, assis sur une chaise. N'ayant vu personne, Sergueï donna un grand coup de pied dans la porte et bondit dans la pièce, couteaux de jet en mains. Alistair le suivit, armé de son revolver, mais ils étaient seuls. Seuls avec Benedict, bâillonné, ligoté à la chaise et assis en face de la table. Le jeune homme ne réagit même pas à leur entrée fracassante, sa tête retombant sans énergie sur sa poitrine. Alistair se précipita sur son cousin et prit son pouls. L'espion ne put respirer de nouveau que lorsqu'il sentit sous son doigt le battement faible du cœur de Benedict. Il retira les liens entravant son corps et enleva le bâillon de sa bouche pour découvrir un énorme hématome sur la mâchoire.

Pendant que Sergueï fouillait la sombre masure à la recherche d'un éventuel ennemi, Alistair tentait de ranimer son cousin, qui grogna après quelques secousses. Benedict ouvrit les yeux et, quand il sentit la douleur traverser son visage, il se dit qu'il aurait préféré rester dans le confort de l'évanouissement plus longtemps. L'image de Frans abattant sa matraque sur sa mâchoire s'imposa à son esprit. *Tu étais comme mon frère !* Les paroles du jeune Finlandais résonnaient encore dans son esprit. Benedict tâta avec précaution son visage et essaya d'ouvrir et de fermer la bouche. Il constata que l'exercice, bien que douloureux, était possible, ce qui devait être bon signe. *Traître !* La tête lui tournait, ses oreilles bourdonnaient, mais il était vivant et Alistair était là. Son cousin lui parlait mais, pour le moment, le bourdonnement dans ses oreilles l'empêchait d'entendre ou plutôt de comprendre ce que disait son cousin. *Tu n'empêcheras rien et tu vivras pour assumer ton échec ! Crois-moi, tu regretteras que j'aie eu pitié de toi !* Du coin de l'œil, Benedict vit Serguéï s'agiter. Soudain, Alistair empoigna le jeune homme pour le remettre sur ses pieds. Il était temps de déguerpir.

L'air frais revigora Benedict. Ses premiers pas furent difficiles mais, soutenu par Alistair, il recouvra vite le sens de l'équilibre. Ils marchaient tous trois dans les rues de Saint-Pétersbourg, d'un pas lent et zigzaguant, comme trois compagnons de beuveries sortant de leur bar préféré. À la nuit tombée, il y avait toujours quelques fêtards pour se promener ainsi dans les rues de la capitale impériale. Heureusement pour eux, les rues étaient tranquilles, ils ne croisèrent guère de policiers et ceux qu'ils rencontrèrent n'eurent pas envie de déranger ces trois hommes fort convenablement vêtus. Au bout de quelques minutes, Benedict recouvra un peu de son énergie et il s'arrêta, ce qui surprit Alistair.

— Que se passe-t-il, cousin ? demanda-t-il.

— Nous devons aller chez Frans, articula Benedict avec difficulté.

— L'étudiant finlandais ? Mais je ne vois p…

— Allons-y, c'est tout, coupa Benedict.

Serguéï marqua un instant de surprise devant la détermination du jeune homme puis, philosophe, haussa les épaules et signifia à Alistair que peu lui importait de le suivre. Alistair acquiesça et ils changèrent de direction.

Quand ils arrivèrent au bas de l'immeuble où Frans habitait, ils se fondirent dans l'ombre pour surveiller de possibles allées et venues mais, au bout d'une demi-heure, ils estimèrent que l'immeuble était tranquille et Alistair força la porte d'entrée. Ils grimpèrent les étages et, parvenus devant chez le Finlandais, prirent quelques instants pour écouter. Rien. Soit l'appartement était vide, soit son occupant dormait.

— Ne lui faites pas de mal, prévint Benedict.

Ses deux compagnons se regardèrent, sans comprendre mais prirent le parti de ne pas tuer à l'instant le jeune révolutionnaire... du moins s'il ne se montrait pas menaçant. Ils tournèrent la poignée qui céda. La porte était ouverte.

Sans laisser le choix à Sergueï ou Alistair d'entrer, Benedict força le passage et trouva la pièce vide. Frans était parti et avait emporté avec lui ses affaires et ses explosifs. Il n'avait laissé derrière lui que les morceaux de tête de porcelaine de quelques poupées.

ᘓ◆ᘔ

Meredith s'approcha de l'œuf à la Rose. Elle n'avait jamais eu l'opportunité de contempler un tel joyau à quelques centimètres de distance. Juché sur quatre pieds en or, un œuf écarlate émaillé, aux fins décors de couronnes dorés, se laissait contempler dans toute sa splendeur. Du haut de son piédestal, l'objet semblait narguer l'assistance. Après avoir été tant recherché, il réapparaissait de lui-même à sa place.

L'autoritaire duchesse Sophia Alexandrovna Demidova ne parvenait pas à cacher sa perplexité.

— Impossible, dit-elle dans un souffle en s'approchant du meuble.

Elle tendait déjà la main vers l'œuf, quand Meredith l'arrêta d'un geste plus brusque qu'elle ne l'aurait voulu.

— Ne le touchez pas. Laissez le temps aux enquêteurs de faire leurs recherches.

La dame la regarda d'un air perplexe et acquiesça.

— Vous avez raison... L'œuf n'est pas reparu par magie. C'est forcément ceux qui l'ont volé, qui l'ont replacé ici.

Comment s'appelle le gentleman anglais chargé de l'enquête…

— Monsieur Alistair Clifford, répondit Hayley sans réfléchir.

À peine avait-elle prononcé cette phrase, qu'elle la regrettait déjà. Les regards de toutes les dames pesèrent sur ses épaules.

— J'ai rencontré ce Monsieur à l'hôtel Schmidt-Anglia, expliqua-t-elle. Lorsque deux compatriotes se rencontrent à l'étranger, il est naturel d'échanger quelques mots.

Hayley s'étonna, une fois de plus, de sa capacité à mentir avec naturel et assurance. Elle eut la satisfaction de se rendre compte que ses dons de menteuse n'étonnaient qu'elle. Les dames semblèrent se satisfaire de son explication. Qui oserait mentir en présence de l'impératrice de toutes les Russies sur un sujet aussi délicat ? *Miss Hayley Fortescue*, pensa-t-elle, à sa grande honte… L'espionnage ne lui valait décidément rien.

Des bruits de pas précipités et nombreux troublèrent ses réflexions. Le tsar Nicolas II surgit dans la chambre, l'ensemble des dames présentes s'affaissant aussitôt en des révérences multiples. Derrière le tsar, des militaires en armes s'engouffrèrent dans la salle, ainsi que trois gentlemen jouant des coudes pour se frayer un chemin. À la surprise générale, avant même que le tsar n'ait eu le temps de parler, l'un des trois inconnus ordonna :

— Sortez immédiatement de la salle, Mesdames.

Tous se tournèrent vers l'importun en qui ils reconnurent Alistair ou le gentleman anglais chargé de l'enquête. Des regards choqués et emplis d'incompréhension se braquèrent sur lui, mais il continua :

— Avec tout le respect que je dois à vos Majestés, vos Altesses et aux Ladies présentes, nul ne sait si l'œuf à la Rose ne contient pas désormais une bombe. Aussi, suis-je amené à réitérer fermement ma demande d'évacuation.

À ces mots, tous blêmirent, les gardes pressèrent le tsar et la tsarine de sortir, les dames de compagnie attendirent avec impatience de pouvoir quitter la pièce à leur suite, puis les gardes se précipitèrent hors de portée de la bombe potentielle. Au moment où Hayley passait devant lui, Alistair cligna des yeux en la regardant, espérant qu'elle comprendrait à ce léger signe que Benedict allait bien. En moins d'une minute, seuls Alistair, Serguéï et l'inspecteur Igor Alexandrovitch Ioussoupov, l'un des deux inspecteurs russes en charge de l'enquête restaient dans la salle.

Alistair sortit une loupe de la poche de sa veste en tweed bleu et examina l'œuf à la Rose. L'esthète qu'il était aurait voulu admirer cette œuvre d'art, mais l'espion qu'il était aussi ne voyait que de mauvais présages au retour inattendu de l'objet volé.

— Quelque chose de suspect ? interrogea Serguéï.

— À première vue, je serais tenté de répondre par la négative, mais je n'ai jamais vu l'œuf à la Rose avant son vol, aussi m'est-il difficile de me prononcer.

L'inspecteur s'approcha et observa le meuble coffre.

— C'est un modèle de coffre sans clé… Ce type de meuble est unique en son genre et celui qui veut l'ouvrir doit connaître la combinaison de mouvements permettant d'accéder à l'intérieur. C'est forcément quelqu'un qui connaît très bien les appartements de la tsarine.

Serguéï observa l'inspecteur. L'homme lui semblait moins idiot désormais que lors de leur première entrevue.

— Domestique ou dame de compagnie, nous tournons en rond dans cette histoire.

Alistair observait le meuble et le mécanisme permettant de l'ouvrir. Aucune pièce de marqueterie ne portait de traces de coups ou d'effort… L'ennemi venait bien de l'intérieur, mais venait-il de l'entourage de l'impératrice actuelle ou de l'impératrice mère ?

— Rien n'a été forcé. Travail minutieux et délicat… Travail féminin, selon moi.

— Certains hommes sont délicats, Monsieur Clifford, intervint Sergueï.

Alistair était toujours surpris que Sergueï l'appelât par son nom, tant il était habitué à être nommé l'« Anglais » ou simplement « Alistair ». Sans rien en laisser paraître, il reprit :

— Je suis d'accord avec vous, colonel Pouchkine, mais regardez la pièce, observez l'objet du vol, la manière d'exécuter le vol et la restitution... Si un homme voulait déstabiliser sa Majesté la tsarine, comment s'y prendrait-il ?

L'inspecteur réfléchit à cette question qu'il jugea fort pertinente. Il n'avait pas envisagé le vol sous cet angle.

— Un homme la ferait chanter, il trouverait un sombre secret et tenterait d'en retirer un certain profit, répondit Sergueï.

— Un homme pourrait aussi tenter de la séparer de son entourage, de l'isoler pour la rendre vulnérable, intervint l'inspecteur.

— Précisément, confirma Alistair. Ce à quoi nous sommes confrontés ici est différent, plus discret, plus manipulateur, plus sournois. La voleuse joue avec la tsarine comme un chat avec une souris. Elle lui donne l'impression d'être libérée de son emprise, mais elle sait que tôt ou tard elle récupérera la main.

L'œil de Sergueï s'illuminait au fur et à mesure qu'il suivait le raisonnement de son compagnon d'armes.

— Elle va revenir pour voler l'œuf à nouveau et ne pas le restituer cette fois-ci... Elle joue avec la santé mentale de la tsarine. C'est personnel.

— Messieurs, nous savons donc ce que nous avons à faire ! intervint l'inspecteur.

— Un piège, conclut Alistair.

Les trois hommes regardèrent l'œuf à la Rose, écarlate et or, symbole de l'amour d'un tsar pour sa tsarine. Objet de toutes les convoitises, il allait désormais se transformer en appât.

CR◆ℰ೧

Dans un salon privé d'une grande richesse, la tsarine et ses dames de compagnie se remettaient de leurs émotions. Plusieurs de ces dames avaient demandé à bénéficier d'une tasse de la tisane calmante d'Hayley et, au bout d'une demi-heure, elles juraient toutes se sentir fort mieux et être moins angoissées.

Malgré les circonstances, la tsarine se sentait assez bien. Elle comprenait que quelqu'un, l'un ou l'autre de ses ennemis, jouait avec ses nerfs, mais elle était heureuse d'avoir retrouvé son précieux œuf à la Rose. Elle n'avait pu le voir que fermé, mais elle espérait que le voleur lui avait restitué le bouton de rose jaune, que son époux avait fait confectionner pour elle. Nicolas Alexandrovitch connaissait son épouse et il savait à quel point elle regrettait les roseraies de Darmstadt. Au cœur de l'œuf à la Rose, ce bouton de rose jaune émaillé avait été caché et contenait lui-même deux surprises : un pendentif en forme de couronne, serti de diamants et de rubis, ainsi qu'un pendant de rubis, poli en cabochon. Si elle avait su ce qu'il allait arriver, la tsarine aurait pris soin de cacher les surprises. Mais comment aurait-elle pu imaginer qu'un voleur viendrait la dépouiller au cœur même du palais d'Hiver ?

Le son d'une conversation ramena la tsarine à la réalité et son attention fut aussitôt accaparée par Lady Hayley Blunt-Lytton. Cette femme l'intriguait. Elle était d'une beauté simple et délicate, peu apprêtée, mais d'une élégance rare, son port de tête surtout en imposait. Elle était aussi humble et attentive aux autres, ce qui était peu courant à la cour. Qu'elle ajoutât à ces qualités des connaissances médicales paraissait désormais étrange à la tsarine. Nulle ne pouvait être si parfaite... Lady Blunt-Lytton avait forcément un défaut ou un secret... Peut-être cet homme, l'enquêteur anglais, bel homme et séduisant. Alexandra Feodorovna avait remarqué la légère rougeur qui avait envahi le visage de l'Anglaise quand, à la surprise générale, elle avait su donner le nom de cet homme. Elle avait certes fourni une explication plausible sur le fait qu'elle le connaissait, mais la tsarine ne parvenait pas à se défaire d'une étrange impression. Cet enquêteur était peut-être le point faible de Lady Hayley Blunt-Lytton, point faible qui la rendait un peu plus humaine aux yeux d'Alexandra Feodorovna.

— Jusqu'où vont vos connaissances médicales, Lady Hayley Blunt-Lytton ? demanda la tsarine.

Cette question figea l'assemblée quelques instants, le temps pour Hayley de se lever et de devenir le centre de l'attention de toutes ces dames.

— J'ai suivi un enseignement d'infirmière pendant trois années, puis j'ai pu bénéficier de cours de médecine d'urgence dans un hôpital durant un peu moins d'un mois.

Un murmure sidéré secoua les dames présentes.

— Et avez-vous eu l'occasion de vous servir de vos connaissances ? demanda la tsarine, de plus en plus curieuse.

— J'ai participé aux soins de nombreux patients pendant l'ensemble de ma formation.

En l'espèce, Hayley préférait s'en tenir à la plus stricte vérité. De toute façon, elle aurait été incapable de mentir, la simple évocation de son expérience médicale lui occasionnant déjà un filet glacé de transpiration le long de la colonne vertébrale.

— C'est très impressionnant... murmura la tsarine. Peut-être pourrez-vous me donner votre avis sur une question délicate.

— Si cela peut vous aider, votre Majesté, je ferai tout ce dont je suis capable...

— Selon vous, existe-t-il un moyen sûr et sans danger de choisir le sexe de son enfant avant la naissance ?

Les yeux d'Hayley s'agrandirent légèrement sous l'effet de l'étonnement. Elle ne s'était pas figurée que l'impératrice pourrait être aussi directe. Hayley se dit que la tsarine devait se sentir en confiance au milieu de ce cercle de dames.

— À ma connaissance, votre Majesté, il n'existe aucun moyen scientifique d'infléchir le cours de la nature sur cette question. La naissance fait toujours partie des grands mystères de la vie.

Hayley fit une révérence par réflexe, attendant le verdict de la tsarine. Alexandra Feodorovna parut déçue par la réponse de l'Anglaise, mais acquiesça d'un signe de tête las.

— C'est aussi ce que me dit mon médecin… La science des hommes a des limites, mais que pensez-vous des remèdes plus spirituels ?

Le filet de sueur reprit de plus belle sa course le long du dos d'Hayley.

— En cette matière, je suis comme n'importe quelle croyante. Je voudrais croire, mais trop de charlatans se mêlent aux saints hommes pour offrir sa foi à n'importe qui.

— Et comment feriez-vous pour différencier les saints hommes des charlatans, Lady Blunt-Lytton ? continua la tsarine.

— Je me donnerais le temps de juger de leurs actions… et de leur foi. Les charlatans ne parviennent pas à vivre une vie de saint pendant de longues périodes. Ils se parent des habits de la vertu juste le temps d'extorquer de fortes sommes d'argent à leurs victimes, puis ils disparaissent.

Hayley remercia en pensée Lady Rosalinde Clifford de l'avoir informée des différentes affaires de la cour de la reine Victoria, où les victimes de tels charlatans étaient aussi nombreuses que dans les autres cours d'Europe.

Un long silence suivit la dernière réponse d'Hayley. Au moment où elle se disait que, finalement, elle allait retourner en Angleterre avant le terme de sa mission, la tsarine sourit.

— La sagesse a parlé. Je vous remercie pour votre sincérité, Lady Blunt-Lytton. Peu de gens osent dire ce qu'ils pensent en ma présence. Nombreux sont ceux me prétendant mystique, mais peu agissent avec moi en personnes raisonnables. Je serai très heureuse de vous trouver à mes côtés après-demain soir au théâtre Mariinsky. La troupe reprend à ma demande *Les Millions d'Arlequin*, un superbe ballet de Marius Petipa sur une musique de Ricardo Drigo. Nous sommes très fiers de cette réussite qui honore l'art russe.

— Je serai très honorée d'assister à cette représentation, votre Majesté.

Hayley sentit le filet glacé dans son dos se tarir et put respirer un peu plus librement, alors qu'elle plongeait en une parfaite révérence.

CR◆ED

Alistair et Serguëi venaient de quitter l'inspecteur et remontaient l'une des grandes galeries du palais d'Hiver. Le regard de l'Anglais glissait sur les œuvres d'art sans parvenir à s'émouvoir de la beauté sublime l'entourant. Son esprit était ailleurs. Il avait conscience que quelque chose se préparait, quelque chose de sombre et de dangereux, mais il ne parvenait pas à l'anticiper. Sa raison se figeait, quand son instinct se tendait.

— Il est tout de même curieux que l'œuf soit restitué juste après ma visite à l'impératrice mère… confia-t-il à Serguëi.

Le Russe fixa son œil unique sur son compagnon d'armes.

— Attention, mon ami, il est des gens de trop haute naissance pour être accusés de quoi que ce soit.

— Ce n'est pas la tsarine que je soupçonne. Même si cette femme méprise sa bru, elle aime son fils et elle a trop conscience de son rang et de ce que le rôle de tsarine implique pour se compromettre dans une telle histoire, mais…

Alistair n'acheva pas sa phrase… Il revoyait cette silhouette sortir de l'ombre et servir le thé. Comment s'appelait-elle déjà ? Lui qui se targuait naguère d'avoir une mémoire encyclopédique, ne parvenait plus à se souvenir du prénom de la domestique dans l'ombre de la tsarine… Anna ? Non, le prénom était plus long. Anouk ? Non, le prénom avait une consonance plus douce…

— Anouchka… murmura-t-il.

— Pardon, interrogea Sergueï.

— La femme de chambre de la reine mère. Anouchka. Je me demande…

— Pour quelle raison la domestique d'une tsarine irait voler une autre tsarine. S'il est une chose que je connais, c'est la fidélité des domestiques à leur maître.

— Justement, si cette femme est maladivement attachée à sa maîtresse, elle fera tout pour que l'impératrice mère retrouve son influence sur le tsar et sa place centrale dans la politique.

— C'est peu probable, mon ami. Nous parlons de haute trahison et de crime de lèse-majesté dans cette affaire. Une domestique ne trahirait jamais la famille du tsar.

— Tu as raison… Sauf si cette domestique a été influencée par…

Avant même qu'Alistair n'ait eu le temps de terminer son raisonnement, des gardes surgirent dans le couloir et entourèrent les deux hommes. Par réflexe, Alistair et Sergueï portèrent leurs mains à leurs armes.

— Monsieur Alistair Clifford, par ordre du tsar, je vous demande de nous suivre à l'instant. Sa Majesté Nicolas II, tsar de toutes les Russies, a demandé à vous voir.

Alistair ôta la main de son étui à revolver et lissa son veston.

— Très bien, Messieurs, je vous suis.

Sergueï allait s'effacer, préférant toujours éviter ce genre de rencontres officielles, quand deux gardes le retinrent.

— Colonel Sergueï Ilitch Pouchkine, le tsar a demandé à vous voir.

Sergueï se contenta d'inspirer profondément et fixa son œil sur Alistair… *Le début des ennuis, mon ami, le début des ennuis*… Les deux hommes suivirent les gardes, sans avoir d'autre choix.

Le tsar Nicolas II attendait Alistair et Sergueï dans une

simple salle de réunion en compagnie de l'un de ses oncles, Vladimir Alexandrovitch Romanov, grand-duc de Russie, frère cadet d'Alexandre III. Connu dans toutes les cours d'Europe pour sa voix de stentor et sa réputation de fin gourmet, Vladimir Alexandrovitch était doté d'un caractère fort et vindicatif, qui l'avait amené à affronter pour des raisons politiques son frère, Alexandre III, avant de ne pas tarir de reproches quant à la politique de son neveu, Nicolas II. Le tsar supportait mal cet oncle envahissant, ne respectant pas la réserve due à son statut impérial. Ne lui en déplaise, Nicolas II était le tsar et le resterait. Toutefois, l'expérience de son aîné pouvant encore lui servir, Nicolas II tolérait ce personnage encombrant... du moins pour le moment.

Quand Alistair et Sergueï entrèrent dans la salle, les deux membres de la famille impériale arrêtèrent une conversation à première vue houleuse. Nicolas II avait la mâchoire serrée et le rouge de la colère au front, mais il fit un effort pour recouvrer le calme seyant à un tsar.

— Monsieur Alistair Clifford, je voulais vous remercier de votre venue et du temps que vous avez octroyé à notre enquête. Je remercierai personnellement votre souveraine et l'assurerai de votre dévouement à nos personnes. Toutefois, comme vous le savez, l'œuf à la Rose a été retrouvé et vérifié à votre demande. À l'exception des deux petits bijoux dissimulés dans le bouton de rose, l'œuf a été restitué intact à la tsarine. Nous ne vous retiendrons donc pas plus longtemps à notre service pour ces deux bibelots manquants. Vous êtes libre de retourner en Grande-Bretagne dès demain matin par le premier train.

Nicolas II se tourna vers Sergueï et continua :

— Colonel Sergueï Ilitch Pouchkine, je vous relève de votre mission d'aide et de protection de Monsieur Alistair Clifford et vous demande de vous mettre à la disposition du prince Mikhaïl Nikolaïevitch Kourakine. Vous le seconderez et veillerez à sa protection.

Alistair et Sergueï eurent à peine le temps de saluer le tsar et le grand-duc qu'ils furent éjectés de la salle de réunion. À l'extérieur, Mikhaïl en grand habit, sa ceinture bleue de l'ordre de Saint Alexandre Nevski barrant sa poitrine, les attendait en compagnie de Yegor, l'un de ses gardes du corps.

Les quatre hommes s'éloignèrent ensemble de la salle de réunion et eurent la satisfaction de constater que les gardes ne s'intéressaient plus à leurs personnes. Ils purent rejoindre un recoin moins fréquenté et entamer une messe basse. Alistair commença :

— À qui dois-je ce retour précipité en Angleterre ? demanda-t-il à Mikhaïl.

— À son Altesse Vladimir Alexandrovitch. L'oncle du tsar estime que toute l'affaire du vol de l'œuf à la Rose a été menée en dépit du bon sens et considère que le tsar a ridiculisé la Russie aux yeux de la Grande-Bretagne. Il a exigé que vous soyez renvoyé chez vous dans les plus brefs délais, afin de minimiser l'affaire.

— Le grand-duc Vladimir fait-il partie de ceux qui souhaiteraient voir l'influence de la reine mère restaurée ? interrogea Alistair.

— À ma connaissance, il appartiendrait à cette faction. Toutefois, rien ne lie son Altesse au vol.

— Pour le moment, dirons-nous… Il est tout de même curieux que le lendemain de ma visite à l'impératrice mère, l'œuf soit restitué et ma personne invitée à quitter le territoire de Russie dans les plus brefs délais. Tout ceci ressemble à un mouvement de panique. À tel point que le voleur a même omis de restituer les deux surprises…

— Pas assez de valeur pour justifier la poursuite de l'enquête, trancha Sergueï. Du moins à l'échelle du tsar.

Alistair prit quelques instants pour réfléchir à la suite à donner aux événements.

— Fort bien, Messieurs, continua-t-il, puisque je dois partir, je vais m'éclipser de la cour du tsar, mais je serai un bien piètre enquêteur si j'abandonnais ici mes investigations. Colonel Pouchkine, puisque vous êtes désormais attaché à la personne du prince Kourakine, vous seriez fort aimable de vous rendre à la forteresse de Chlisselbourg pour vérifier si la vraie Véra Nikolaïevna Figner se trouve toujours enfermée entre ses murs. Prince Kourakine, je vous saurais gré de faire ouvrir les portes de cette forteresse à notre ami le colonel…

— J'avais déjà prévu de m'y rendre. La présence du colonel Pouchkine sera un atout supplémentaire. Il s'est toujours montré très persuasif dans les différents interrogatoires que je l'ai vu mener.

— Parfait. Me concernant, je pars demain matin par le premier train, mais je vous laisse mes cousins et Miss Fortescue, qui est parvenue à intégrer le cercle des dames de compagnie de l'impératrice.

— Effectivement, d'après mes renseignements, Lady Hayley Blunt-Lytton a été invitée par la tsarine à assister à la prochaine représentation des *Millions d'Arlequin*, intervint Mikhaïl.

— Mais comment pouvez-vous savoir…

Alistair était confondu. Lui qui pensait avoir quelques coups d'avance sur Mikhaïl constata avec dépit qu'il n'en était rien.

— C'est que j'ai une informatrice de premier rang, dit Mikhaïl en souriant. Miss Meredith, vous pouvez sortir.

Le rideau derrière Mikhaïl et Yegor se mit à bouger et Meredith apparut, assez fière d'elle. Ni Alistair, ni Sergueï ne s'étaient aperçus qu'elle était cachée et écoutait toute leur conversation. Alistair sembla fort contrarié de découvrir sa jeune cousine, mais Meredith se demandait s'il était vexé ou s'il était en colère…

— Puis-je savoir pourquoi vous ne m'avez pas prévenu de votre lien avec le prince Kourakine, Meredith ? gronda-t-il.

En colère, pensa Meredith.

— Je n'ai aucun lien avec le prince Kourakine. Nous avons simplement échangé quelques réflexions sur l'affaire qui nous préoccupe tous.

Meredith se campa en face de son cousin et soutint son regard. Alistair se dit que l'éducation de Meredith avait souffert de quelques lacunes dont il devrait s'entretenir avec elle puisque, manifestement, personne ne songeait à affronter la demoiselle sur ces quelques points périlleux.

— Fort bien, Meredith, ce n'est ni le lieu, ni le moment d'une mise au point, mais je vous demanderai de nouveau d'être fort prudente dans vos déplacements. Nul doute qu'une jeune fille se promenant seule dans les couloirs du palais d'Hiver n'a pas manqué d'attirer l'attention sur elle.

— J'ai toujours pris grand soin de caresser les chats du palais. Cela donnait un but à mes pérégrinations dans les endroits les plus improbables des bâtiments.

Alistair regarda Meredith d'un œil noir, mais ne répondit pas sur ce point à sa cousine, estimant que tout affrontement direct avec elle était une perte de temps.

— Concernant la représentation au théâtre Mariinsky, il est de la plus extrême nécessité que les coulisses soient fouillées de fond en comble. Cette représentation est l'occasion parfaite pour un attentat d'envergure.

Mikhaïl et Serguei acquiescèrent dans un même mouvement. Ils allaient devoir allier leurs forces pour convaincre en haut-lieu de la nécessité de passer le théâtre au peigne fin avant toute représentation. En outre, le mystère Luka n'avait toujours pas été élucidé et l'absence d'Alistair ne simplifierait pas leurs affaires.

— Combien de temps serez-vous parti ? demanda Mikhaïl.

— Le moins de temps possible, mon ami. Le moins de temps possible...

❧ ◆ ☙

Quand Fiodor entendit craquer le cadre de la fenêtre derrière lui, il sut que son visiteur nocturne venait d'arriver. Il se retourna espérant ne trouver en face de lui que l'Anglais et fut satisfait de constater que l'espion était venu sans son encombrant compagnon russe.

Arrivé dans la chambre, Alistair ne put s'empêcher de sourire à la vue de Fiodor, impeccable dans sa veste d'intérieur, occupé à préparer du thé dans son samovar.

— Vous prendrez bien une tasse de thé, proposa le Russe.

— Avec grand plaisir. Il est rare que je sois si bien reçu lors de mes équipées nocturnes.

— Disons que l'absence de votre ami permet d'avoir une conversation plus détendue.

— Je comprends votre point de vue, acquiesça Alistair. Toutefois, je me suis souvent félicité de l'avoir à mes côtés mais, cette nuit, nos tâches sont multiples et j'ai préféré consacrer son temps à un autre type de mission.

Alistair, qui portait comme de bien entendu un masque, prit place dans le fauteuil, que lui montrait Fiodor, et accepta avec courtoisie la tasse de thé, que lui offrait son hôte.

— Malheureusement, je ne dispose pas de beaucoup de temps et je suis amené à aller à l'essentiel. Bien évidemment, tout ce dont nous parlerons ce soir restera confidentiel et je ne m'en servirai que dans le cadre de mes investigations. Lors de notre dernière entrevue, vous avez évoqué le théâtre Mariinsky. Je souhaiterais avoir un peu plus de détails sur les liens entre ce théâtre et le mouvement révolutionnaire que nous surveillons. À ma connaissance, le théâtre Mariinsky serait plutôt un établissement attaché au tsar et au régime impérial, puisque l'ensemble du corps de ballet de ce théâtre sort de l'Académie de ballet russe Vaganova.

Fiodor acquiesça d'un air intéressé.

— Effectivement, vous êtes très bien renseigné. Je ne vous apprendrai donc pas les liens existant entre l'école Vaganova et le tsar. L'ensemble des élèves de cette école impériale est officiellement adopté par l'empereur et leurs parents doivent renoncer à leurs droits. En contrepartie de ce sacrifice, les élèves sont pris en charge aux frais de l'État. C'est l'assurance pour eux d'une vie honorable, voire confortable et toute entière dédiée à l'art de la danse.

— Vous confirmez ce que j'avais compris ; c'est pourquoi j'ai quelques difficultés à comprendre comment des gens aussi liés à la personne même du tsar pourraient vouloir se retourner contre celui qui leur permet de vivre de leur art.

— La difficulté est que le théâtre Mariinsky n'est pas constitué que des seuls danseurs. Nombre d'employés issus des différents corps de métiers nécessaires à l'élaboration d'un ballet n'ont aucun lien avec le tsar, mais ils ont accès aux coulisses et donc à des lieux permettant de s'approcher du tsar. Pendant mon enquête, je me suis aperçu que les ouvriers travaillant au sein même du théâtre étaient bien moins contrôlés que ceux amenés à intervenir dans les palais impériaux. Pourtant, la distance séparant ces personnes du tsar est la même, voire moindre, que celle séparant le tsar des ouvriers des différents palais. Toutefois, l'Okhrana ne se préoccupe guère de ces gens.

— Avez-vous remarqué quelqu'un en particulier qui aurait éveillé vos soupçons ?

Fiodor prit le temps de réfléchir et but une gorgée de son thé. Alistair porta aussi son attention sur l'odeur délicieuse qui traversait son masque pour venir chatouiller son odorat. Des épices, de l'écorce d'orange et du miel. Ce serait une erreur de partir sans goûter cette merveille et, après tout, il avait vu Fiodor servir les deux tasses.

— Il y a bien deux danseurs dont j'ai trouvé les allées et venues curieuses, voire suspectes. Il s'agit d'un duo assez improbable formé par l'un des danseurs étoiles et une toute jeune danseuse sortant à peine de l'Académie Vaganova.

— Luka Semyonovitch Belov et Roza Iegorovna Joukov, peut-être ?

À ces mots, Fiodor faillit s'étrangler avec son thé. Il reposa sa tasse sur la soucoupe avec précaution, étouffant au même moment une toux malvenue.

— Comment ? Impossible, vous êtes arrivé il y a à peine quatre jours !

Ce fut au tour d'Alistair d'être surpris, puis il haussa les épaules. Après tout, il était venu importuner un journaliste russe jusque dans sa chambre, il fallait bien se douter que l'homme se renseignerait sur son compte. De là à faire le rapprochement avec l'espion anglais appelé par le tsar pour une quelconque mission, Fiodor Sergueïevitch Dourov n'avait pas eu à faire beaucoup d'efforts pour l'identifier. Alistair but une gorgée du thé aux agrumes et s'en délecta.

— Les Russes sont véritablement des orfèvres du thé.

— Nos connaissances culinaires ne se limitent pas au thé ! La gastronomie pétersbourgeoise mériterait d'être aussi connue que la française !

— Arrêtez mon ami, vous parlez à un homme obligé de suivre une diète épouvantable, afin de conserver la sveltesse nécessaire à l'art de l'espionnage. S'il est un point intolérable dans ma vie actuelle, vous venez de le découvrir.

Fiodor eut l'air peiné pour l'espion anglais assis en face de lui.

— Essayez tout de même de dîner au *Dominique* avant de partir, c'est le meilleur restaurant de tout Saint-Pétersbourg. Pour en revenir à nos affaires, je ne comprendrai probablement jamais comment vous avez pu identifier si vite les deux danseurs, qui ont retenu mon attention, mais je vous confirme que je les ai surpris au milieu d'une violente dispute. Ils s'étaient isolés dans un coin des coulisses et Luka Semyonovitch montrait avec insistance une partie du décor d'un ballet, donné en début d'année, intitulé *Les saisons*.

— Qui demandait des comptes à l'autre ? demanda Alistair.

— Luka Semyonovitch. D'après ce que j'ai saisi de leur conversation, Luka Semyonovitch a remarqué que l'un des éléments du décor avait été abîmé de façon à constituer une espèce de niche à l'intérieur, sans pour autant que cela soit visible au premier coup d'œil. Il n'arrêtait pas de répéter à la jeune danseuse : *Si je n'avais pas vu la sciure sur le sol, je n'aurais jamais su ton implication. Vous n'êtes qu'une bande de garces !*

— Et que répondait Roza Iegorovna à cette accusation ?

— Elle se contentait de pleurnicher et de dire qu'elle n'y était pour rien, qu'il se trompait. Mais je peux vous assurer que Luka Semyonovitch était sûr de son fait ! En revanche, cette interprétation ne colle pas avec l'homme masqué que j'ai vu en compagnie de Véra Nikolaïevna Figner.

Alistair réfléchit un instant à ce nouvel élément. Nul doute que Fiodor lui disait la stricte vérité. Se pouvait-il que cet homme masqué n'ait rien à voir avec Luka Semyonovitch ? Cette hypothèse avait pourtant beaucoup d'intérêt et lui permettait d'établir un lien direct entre le groupe révolutionnaire et le théâtre Mariinsky. Quid du tueur du train ? Avait-il voulu voir un homme dans la silhouette tourbillonnante ? Pouvait-il s'agir en réalité de la fine Roza Iegorovna ? Ou se trompait-il du tout au tout et devait-il reprendre ses investigations depuis le commencement ? Alistair prit une dernière gorgée de son thé, remercia Fiodor pour tous ces renseignements et allait partir quand le journaliste interrompit sa fuite :

— En contrepartie de ces informations, je voudrais aussi apprendre quelque chose. Quand le groupe révolutionnaire va-t-il frapper ?

Alistair soupesa le pour et le contre avant de répondre :

— Après-demain soir au théâtre Mariinsky. Toutefois, il ne s'agit que de ma seule opinion.

Fiodor hocha la tête et se dit en voyant Alistair partir par sa fenêtre qu'il n'avait pas gâché sa soirée. Le Russe se servit une nouvelle tasse de thé, s'assit et la dégusta.

CR✦ຮO

P endant qu'Alistair discutait en toute courtoisie avec le journaliste russe, Mikhaïl, Sergueï et l'inspecteur Igor Alexandrovitch Ioussoupov attendaient dans le salon privé de la tsarine que le voleur daignât revenir sur les lieux de ses méfaits. L'attente fut longue, ennuyeuse et infructueuse.

Nul ne vint cette nuit-là récupérer l'œuf à la Rose.

CR✦ຮO

L e lendemain, la journée d'Alistair débuta par un réveil fort matinal, ce qui le mit de fort méchante humeur. Le tsar avait décidé de s'assurer de son départ de Saint-Pétersbourg dans les meilleurs délais et avait envoyé quatre hommes de l'Okhrana vérifier que Monsieur Alistair Clifford partait par le premier Nord-Express en direction de Paris.

Alistair fut escorté avec ses bagages jusque dans sa cabine du train de luxe et eut la désagréable surprise de constater que les policiers de l'Okhrana ne quittaient pas le quai, pas même lorsque le train fut parti et qu'il ne les discernait que comme de petits points sombres à l'horizon.

Le tout était désormais de savoir où il allait pouvoir débarquer sans se rompre le cou et par quel moyen il allait regagner la capitale impériale sans éveiller les soupçons. *Pourvu que Mikhaïl ait pu le contacter…*

On toqua à la porte.

Alistair sourit de toutes ses dents, le coin de ses yeux s'égayant de légères rides en pattes d'oie.

— Les affaires reprennent.

Chapitre VIII

L'île-forteresse de Chlisselbourg portait bien son nom de « forteresse-clé ». Bâtie sur les vestiges d'un fortin en bois du XIVème siècle, ce fort défendait l'accès à la mer Baltique et fut l'objet d'âpres combats entre la Suède et la Russie jusqu'en 1702, quand Pierre le Grand la conquit une dernière fois avant qu'elle ne devînt définitivement russe. Dotée de dix tours et cernée par les eaux glacées de la Baltique, la forteresse de Chlisselbourg était devenue la prison favorite des tsars, où ils oubliaient leurs opposants politiques.

Malgré sa condition de prince et de diplomate, Mikhaïl avait eu quelques difficultés à obtenir l'autorisation de rencontrer la véritable Véra Nikolaïevna Figner, enfermée depuis plus de seize ans dans la forteresse-prison. Les années avaient eu beau s'écouler depuis l'attentat du 1er mars 1881 et l'assassinat du tsar Alexandre II par le groupe *Narodnaïa Volia*, la haine que les quelques survivants inspiraient encore aux autorités était toujours palpable. Nombre de ceux que Mikhaïl avait rencontrés pour obtenir les autorisations nécessaires à cette entrevue, ne comprenaient toujours pas pourquoi la peine de mort prononcée à l'encontre de cette terroriste avait été commuée en emprisonnement à vie. Selon eux, la justice avait été bien trop clémente avec cette mégère encore assoiffée de sang impérial.

Mikhaïl avait été surtout marqué par la mise en garde de l'officier lui ayant accordé cette visite :

— J'ai rencontré cette femme trois fois en seize ans et je peux vous affirmer que le temps n'a pas éteint le bouillonnement haineux de sa pensée révolutionnaire. Jamais elle ne changera, dût-elle rester enfermée une centaine d'années.

Ces paroles résonnaient encore dans l'esprit du jeune prince alors que l'île-forteresse se rapprochait peu à peu. Vue de l'extérieur, la citadelle ne semblait pas si imprenable. Les murs étaient certes hauts et épais, mais l'ensemble architectural était plus petit que l'image que s'en était fait Mikhaïl. En réalité, la difficulté majeure pour attaquer cet édifice était l'étroitesse de la bande de terre entourant le bâtiment. La forteresse s'étendait presque sur toute la surface de l'île. Quand à s'en échapper... Mikhaïl avait beau observer les alentours du fort, nul îlot, nulle terre émergée, nul rocher ne pouvait secourir le fuyard. Si vous étiez enfermé en ces lieux, vous y restiez.

Ballotté par les remous de la Neva, le petit bateau à vapeur avançait vite. À son bord, la relève des gardes et quelques vivres frais laissaient peu de place à Mikhaïl et Sergueï pour s'entretenir de l'affaire, qui les envoyait droit entre les murs de l'une des prisons les plus redoutées de Russie.

Mikhaïl n'avait pu obtenir que deux sauf-conduits et avait dû laisser derrière lui ses deux gardes du corps, Boris et Yegor. Bien qu'ils connussent Sergueï de réputation, les deux hommes n'avaient pas pu cacher leur contrariété. Mikhaïl se retrouvait donc seul, sans ses imposants anges gardiens, pour la première fois depuis la mort de son frère aîné Andreï, trois mois auparavant à Paris. Il appréciait la fidélité de ses hommes, mais leur présence constante était aussi fort embarrassante. Mikhaïl profitait donc de ce moment de liberté en compagnie de Sergueï.

Il avait rarement eu l'occasion de travailler avec le colonel Pouchkine mais, à chaque occasion, il avait trouvé l'homme fascinant. Adaptable à l'extrême, intelligent, polyglotte, imperturbable, Sergueï était aussi un aimable compagnon d'armes et un ennemi mortel. Lors de leurs missions communes, il l'observait avec attention, essayant de comprendre ce que cachait le détachement du colonel. Meredith avait eu bien de la chance d'être entraînée par un tel homme... Mikhaïl enviait la jeune lady sur ce point et se demandait ce qu'il avait pu lui apprendre. Durant le voyage de retour, peut-être seraient-ils plus tranquilles et pourrait-il parler un peu avec Serguei.

Le bateau aborda le quai de débarquement. Un garde lança une corde nouée qu'un autre gardien réceptionna sur le quai et amarra à un poteau. Les hommes débarquèrent en silence, comme on entre dans un tombeau.

À sa grande surprise, Mikhaïl dut une nouvelle fois insister et user de son titre nobiliaire pour se faire obéir. Il avait horreur de ce genre d'intimidation, mais il ne comprenait pas pourquoi il se heurtait à tant de réticences dans cette affaire ! Cette Véra Figner n'était tout de même pas le diable en personne ! Avant d'entrer dans la cellule, il vit Serguei détacher sa veste et replacer la ceinture sur laquelle ses couteaux de jet étaient alignés.

— Évitez de lui dire que vous êtes prince, prévint Serguei.

Et la porte s'ouvrit.

L'odeur fétide d'humidité, de transpiration, de vieille urine rance et de crasse saisit le jeune prince à la gorge. Mikhaïl sentit ses boyaux se tordre légèrement. La pièce était sombre, éclairée par une lucarne barreaudée. Assise sur une paillasse pouacre, une femme aux cheveux gris, tirés en chignon, les foudroya du regard. Son visage émacié était ridé et grisâtre, mais ses yeux flamboyaient de haine et de colère. Mikhaïl entra dans la cellule, suivi par Serguei. La porte claqua derrière eux.

— Dites à votre chien de guerre de rester à l'entrée ! lança Véra à travers la cellule.

Serguei se contenta de sourire et de fixer la femme de son œil bleu. Mikhaïl se dit que l'entretien serait délicat à mener.

— Véra Nikolaïevna Figner, j'ai à vous parler, commença-t-il.

— Et de quoi, mon bon Monsieur ? Voilà une quinzaine d'années que je croupis dans ce cul-de-basse-fosse et nul n'a jamais voulu me parler. Pourquoi cela changerait-il ?

Véra fit un mouvement pour se lever, puis décida qu'elle pouvait bien rester assise là où elle était.

— Je pourrais intercéder en votre faveur…

La femme fut soudain secouée d'un rire hystérique.

— Intercéder en ma faveur ? Soit vous êtes fou, soit vous êtes bête ! Personne ne changera mes conditions de vie, pas même un joli noblaillon comme vous !

Mikhaïl ne se départit pas de son calme. Il comprenait que l'affrontement n'était pas la solution. Il tapa à la porte. Après quelques instants, un garde apparut.

— Apportez une chaise dans cette cellule et une table. Puis vous irez chercher du pain, du fromage, deux pommes et de quoi boire. Et attention, vous prendrez ces vivres dans celles qui viennent d'arriver par le même bateau que nous, pas dans les vieilles pourritures réservées aux prisonniers.

Le gardien le regarda avec des yeux ronds et se retint *in extremis* de frapper sa tempe avec son index. Toutefois, se souvenant du rang de son interlocuteur, il jugea plus sage de s'en référer à son supérieur… qui se débrouillerait. La porte se referma.

Un bon quart d'heure s'écoula. Mikhaïl se tenait coi, debout au milieu de la pièce, attendant que l'on apportât ce qu'il avait demandé. Sergueï attendait, immobile, comme à son habitude, l'œil mi-clos comme un chat surveillant son environnement. Véra, quant à elle, se désintéressait de la situation, grognant parfois sans que ces bougonnements ne soient adressés à quelqu'un en particulier.

Soudain, la porte s'ouvrit et deux gardiens apportèrent une petite table branlante, une chaise poussiéreuse et la nourriture demandée. Avant leur départ, Mikhaïl vérifia la qualité des aliments. Ils étaient frais. D'un geste, il invita Véra à prendre place à table.

La femme le regardait, puis fixait la nourriture, puis son regard revenait sur Mikhaïl pour se planter sur le fromage. Elle déglutissait avec envie, passant son poing fermé sur sa bouche sèche. Depuis combien de temps n'avait-elle pas fait un vrai repas ? Elle hésita un moment, voulant résister, mais la faim était trop forte. Elle se leva avec difficulté et tituba vers la table. Elle surveillait Serguéï du coin de l'œil, se demandant s'il ne s'agissait pas d'une nouvelle traîtrise des tsaristes. Allaient-ils l'empêcher de manger ? Allaient-ils reprendre ce qu'ils avaient apporté ? Elle passa à côté de Mikhaïl qui ne bougea pas. Il ne la craignait pas... Elle ne lui inspirait aucune haine... Étrange noblaillon... Quel âge pouvait-il avoir ? Vingt ans ? Trop jeune pour se souvenir... Véra s'empara du bout de fromage et se jeta dessus. Elle dévorait le plus vite possible. Ce qui était pris, était pris.

— Vous avez le temps, Véra Nikolaïevna. Personne ne viendra vous reprendre cela, j'y veillerai personnellement, précisa Mikhaïl d'une voix calme.

Véra ralentit. Elle s'empara du pichet et découvrit avec délice qu'il s'agissait d'un thé noir aux agrumes, doux et encore chaud malgré la froideur de sa cellule. Elle but de longues gorgées. Puis elle mangea du pain avec son reste de fromage et mordit dans une pomme. Le jus de la pomme emplit sa bouche et elle se souvint de la douceur de l'automne, quand les derniers rayons du soleil chauffaient la peau avant l'hiver. Véra respira avec calme, à peine rassasiée mais curieuse.

— Que veux-tu savoir, noblaillon ?

Mikhaïl sourit. Il était beau ce jeune noblaillon avec ses grands yeux bleus et ses cheveux si clairs qu'ils reflétaient la faible lumière passant dans la cellule.

— Une femme se fait passer pour vous à Saint-Pétersbourg. Savez-vous qui elle peut être ?

Véra hocha la tête, puis but une grande rasade de thé.

— Non, je ne sais pas. Comme tu peux t'en douter, je ne vois pas grand monde ici et mon nom était assez célèbre il y a quelques années, donc cela peut être n'importe qui…

Véra fixa Mikhaïl de son regard perçant.

— Et que prépare-t-elle cette Véra Figner ? Quelque chose d'important, n'est-ce pas ? Sinon un noblaillon comme toi ne serait pas venu me rendre visite…

Mikhaïl détailla Véra d'un air sérieux. Elle ne mentait pas. Elle ignorait tout de ce nouveau complot. Ils n'avaient donc plus rien à faire ici.

— Je vous souhaite une bonne fin de journée, Véra Nikolaïevna.

Mikhaïl tourna les talons et frappa à la porte pour sortir. Le gardien ouvrit aussitôt et les deux hommes partirent, laissant la prisonnière finir son repas.

CR✦EO

A listair faisait déjà les cent pas, quand on toqua à la porte de sa cabine.

— Entrez, cher ami ! C'est toujours une joie de collaborer avec vous !

Alistair s'effaça de la porte pour laisser entrer Youri, le maquilleur de génie, qui l'avait déjà tiré d'affaires à Paris. Ancien danseur formé au Bolchoï, qu'une blessure au pied avait éloigné de la scène, le Russe, toujours aussi apprêté, portait son éternelle valise de maquillage et était suivi d'un homme ayant à peu près la même taille et la même allure qu'Alistair. L'Anglais referma la porte derrière ses visiteurs. Sans perdre une minute, Youri fit signe à Alistair de se mettre à côté de sa doublure et observa les deux hommes quelques instants. Même taille, même corpulence, mêmes épaules, le visage devait être maquillé et légèrement repris par quelques artifices, mais l'essentiel y était. Youri hocha la tête avec satisfaction.

— Ça ira très bien, conclut-il en russe.

Alistair constata que c'était la première fois qu'il entendait le son de la voix du maquilleur. L'homme était encore moins bavard que les gardes du corps du prince Kourakine, ce qui devait constituer une sorte de record. Comme Alistair s'y attendait, Youri travailla en silence et fit asseoir l'acteur à côté de son modèle, afin de pouvoir le maquiller avec précision. Au bout de trois quarts d'heures, la ressemblance était saisissante. Pour parfaire l'illusion, Alistair céda son costume à l'acteur.

— Une question, mon ami : serez-vous capable de tenir une courte conversation en anglais ? demanda Alistair.

— Oui, sans aucune difficulté. J'ai étudié l'art dramatique à Londres au sein de la *London Academy of Music and Dramatic Art*, dit l'acteur en contrefaisant à merveille l'accent si londonien d'Alistair.

L'Anglais sourit de toutes ses dents, se disant que cet acteur pourrait lui être fort utile à l'avenir. Cependant, il n'eut guère le temps de discuter davantage avec lui, puisque Youri avait décidé de s'occuper de lui désormais.

— En quoi allez-vous me grimer aujourd'hui ? demanda-t-il en russe.

— Rien d'exceptionnel. Vous serez un commerçant anglais cherchant de nouveaux partenaires d'affaires à Saint-Pétersbourg.

— Un commerçant ? Pourquoi pas… Et que suis-je supposé vendre ?

— Ce que vous voudrez.

Youri avait, à son sens, assez parlé et s'astreint à modifier l'apparence d'Alistair. De châtain, ses cheveux prirent des nuances blondes, son teint légèrement halé retrouva sa clarté initiale. Une large moustache vint compléter le déguisement. Youri choisit ensuite parmi les affaires d'Alistair son costume le plus tape-à-l'œil et acheva son œuvre par un haut-de-forme.

Alistair considéra avec étonnement ce choix original.

— Êtes-vous absolument certain que je vais passer inaperçu

dans un tel accoutrement, mon ami ?

— Inaperçu, non, mais quelqu'un souhaitant rester discret n'oserait jamais s'habiller de la sorte. Donc vous passerez tous les contrôles avec succès.

Alistair ne semblait pas convaincu, mais il acquiesça.

— Soit. Je vous remercie infiniment pour votre art, mon cher Youri, et j'espère que nous aurons l'occasion de collaborer de nouveau à l'avenir.

Alistair tendit une bourse d'une grosseur fort convenable au maquilleur, qui la fit disparaître dans son bagage, puis le Russe le salua et partit. L'Anglais s'occupa ensuite de régler sa doublure, acheva de s'habiller et se prépara à quitter le train à la gare de Dvinsk, le premier arrêt du Nord-Express en direction de Paris.

Quand le Nord-Express fit halte dans l'imposante gare de Dvinsk, les employés du rail eurent la surprise de voir un étrange personnage descendre sur le quai et réclamer de repartir illico dans l'autre sens vers Saint-Pétersbourg. Ils eurent beau lui expliquer qu'il n'y avait qu'un seul Nord-Express par jour et que le prochain arriverait trois heures plus tard, l'hurluberlu ne semblait pas satisfait. Il se renseigna sur les autres moyens de transport existant, mais le train se révéla être le véhicule le plus rapide pour gagner la capitale impériale. Dvinsk se trouvait tout de même à quelque 550 kilomètres de Saint-Pétersbourg, soit environ 343 miles puisqu'il avait aussi fallu lui traduire les distances. Cet escogriffe fit un tel raffut que l'un des passagers du Nord-Express encore à quai, un Lord d'une grande élégance, le somma de se calmer et de prendre son mal en patience, comme il se devait pour un gentleman britannique. L'intervention de son compatriote sembla le ramener à un peu de raison et il partit attendre le prochain Nord-Express, en direction de Saint-Pétersbourg, dans le restaurant de la gare.

Alistair était assez satisfait de son tour, car les employés de la gare pourraient certifier que Monsieur Alistair Clifford était bien dans le train en direction de Paris et qu'il les avait aidés à contenir un marchand anglais d'une grossièreté rare. Désormais installé dans la salle du restaurant, il dégustait son thé et des biscuits moelleux, en envisageant la suite de son plan. D'abord, retourner à Saint-Pétersbourg. Ensuite, s'installer dans la même pension de famille que Benedict et Fiodor. Il avait remarqué que l'une des chambres du rez-de-chaussée s'était libérée depuis leur arrivée et espérait qu'elle serait toujours disponible le soir même. Enfin, retrouver le voleur, mettre fin au complot contre le tsar et arrêter les révolutionnaires impliqués... Rien que de très habituel, somme toute.

CR♦ED

B enedict avait peu dormi la nuit précédente. Certes, il était heureux qu'Alistair et Sergueï soient venus le secourir, mais il enrageait. Il enrageait littéralement de ne pas avoir été capable de convaincre Frans de l'inutilité de son plan. Rien n'avait su fléchir la détermination du jeune Finlandais à poursuivre son œuvre destructrice. Abattre un autre tsar ? Et alors ? Alexandre II avait bien été assassiné et cela n'avait pas fait chuter le régime tsariste pour autant. Que pouvait-il bien gagner à cette action ? La mort ? L'enfermement à vie dans l'une des pires prisons de Russie ? Qui s'occuperait de ses parents lorsqu'ils seraient âgés ? Benedict avait tout essayé et rien n'avait semblé avoir de prise sur le jeune Finlandais. Il avait pris la ferme résolution de se venger et, avec lui, tout son peuple et il n'en serait pas autrement. Frans était têtu, voire opiniâtre, mais Benedict lui montrerait qu'il ne l'était pas moins. Il le sauverait malgré lui mais, pour cela, il devait d'abord le retrouver.

Benedict avait refusé l'aide de Sergueï, trop inquiet que le

Russe ne tue Frans. En revanche, il s'était armé comme jamais auparavant. Revolver, couteaux, matraque, corde... Benedict portait en outre le gilet fort solide, mais aussi fort lourd que sa mère avait réalisé pour lui. Il se sentait quasi invulnérable... et inquiet. Où allait-il bien pouvoir dénicher le révolutionnaire finlandais, alors qu'il avait perdu toute trace de lui la veille au soir ? Benedict avait profité de la présence d'Alistair et de Sergueï, juste après sa libération, pour visiter les différents lieux où il avait pu rencontrer ou croiser Frans, mais ils avaient fait chou blanc. Le lendemain, Benedict avait passé la journée à errer dans les différents quartiers malfamés de Saint-Pétersbourg, dans l'espoir de retrouver la trace des révolutionnaires sans plus de résultat. Puis il avait interrogé Fiodor qui lui avait décrit la visite désagréable, qu'il avait reçue par sa faute et celle qu'il allait recevoir la nuit prochaine. Benedict ignorait si Alistair était revenu voir Fiodor la nuit précédente et il s'en désintéressait tant il était obsédé par une seule question : où trouver Frans ?

Las de tourner dans la ville et ses bas-fonds sans résultat, Benedict était retourné sur le pont amovible, installé en face du palais d'Hiver, le pont Saint-Isaac. Il surveillait désormais les abords du palais, dans l'espoir de retrouver la trace de Frans ou de l'un des révolutionnaires aperçus lors des différentes réunions auxquelles il avait assisté. L'attente était longue, mais Benedict était patient.

CR❖SO

H ayley et Meredith avaient beaucoup discuté de la suite à donner aux événements, désormais que l'œuf à la Rose avait été retrouvé ou plutôt qu'il avait été restitué. Si Alistair et Sergueï restaient persuadés que le voleur viendrait reprendre l'œuf de Fabergé pour achever de déstabiliser la tsarine, elles ne parvenaient pas à se ranger à leur analyse. Il fallait vraiment que ce malandrin soit d'une essence spéciale pour que le seul avantage qu'il retirât de son acte soit la satisfaction de nuire à la tsarine… et deux pendentifs, dont la valeur n'émouvait guère dans ces sphères impériales. Quant à l'avantage supposé dont bénéficierait l'impératrice mère, Hayley trouvait l'explication étrange et peu convaincante.

En réalité, l'élément qui perturbait le plus Hayley était la prétendue domesticité du cambrioleur. Un domestique pouvait-il nuire à un membre de la famille qu'il servait pour avantager un autre membre de cette famille ? Le fait s'était probablement vu dans l'histoire, mais la morale d'Hayley réprouvait si fort cette hypothèse qu'elle ne parvenait pas à l'envisager avec sérieux. Serait-elle capable de nuire à Lady Rosalinde Clifford pour privilégier Meredith ? Non ! Serait-elle capable de nuire à Benedict pour favoriser Alistair ? Non ! De quelque manière qu'elle envisageât le problème, elle ne pouvait pas se résoudre à léser l'un pour favoriser l'autre. Et pourtant, elle aimait les jumeaux avec sincérité… C'était peut-être cela le problème. Hayley s'aperçut qu'elle aimait vraiment les jumeaux, plus qu'une domestique ne devrait s'attacher aux enfants de ses maîtres. Elle ne les aimait pas comme une mère - elle n'aurait jamais osé - mais elle les aimait comme les neveux qu'elle n'avait pas eus. Ils faisaient partie de sa famille, une espèce de famille idéale qu'elle se choisissait. Hayley dut se rendre à l'évidence, sa conception du problème n'était peut-être pas la bonne.

Au cours de son existence, elle avait rencontré toutes sortes de personnes plus ou moins étranges, mais l'une de celles qui l'avait le plus surprise était l'intendante des Clifford. Madame Martins. Cette femme avait une conception très particulière du service et acceptait la domesticité pour autant que le prestige de la famille rejaillît sur elle et son travail. Madame Martins n'était jamais aussi heureuse que lorsque les Clifford recevaient leur famille et qu'elle devait régner sur les domestiques de toutes les familles invitées. Alors Madame Martins se sentait vivre, elle acceptait sans réserve sa place, car elle servait une grande famille… Hayley se dit qu'elle devait, pour être honnête avec Alistair et Sergueï, envisager leur hypothèse non pas avec ses yeux, mais avec ceux de Madame Martins… Elle dut se rendre à l'évidence. Une Madame Martins serait peut-être capable de voler l'une pour restaurer le faste de l'autre, dont elle dépendait. Envisagé sous l'angle de Madame Martins, le vol ne serait qu'un moyen de restituer à sa maîtresse la place qui lui était due et, par ricochet, la place qu'elle méritait…

Hayley en était à ce point de ses réflexions quand elle remarqua une femme qu'elle voyait chaque jour aller et venir dans le boudoir et le salon privé de la tsarine. Elle se pencha vers Anna Aleksandrovna Vyroubova et lui demanda :

— Qui est cette femme ?

Anna Vyroubova leva la tête et haussa les épaules en signe de désintérêt.

— C'est la vieille Anouchka. La femme de chambre de Maria Feodorovna depuis… une éternité…

— Que vient faire la femme de chambre de l'impératrice mère dans les appartements de l'impératrice régnante ?

Anna regarda avec intérêt Hayley.

— Il ne faut pas croire tous les bruits de palais, ma chère. Les deux impératrices ont certes eu quelques fâcheries mais, pour l'essentiel, elles s'entendent bien.

Hayley fixa la porte du salon privé avec incompréhension.

— Les enfants, l'éclaira Anna.

— Je suis désolée, mais je ne comprends toujours pas… avoua Hayley.

— Le salon privé de la tsarine donne sur la nurserie. Sa Majesté est très attachée à ses enfants et elle refuse d'être séparée de ses filles. Les deux tsarines se retrouvent sur ce point et Alexandra Feodorovna donne des nouvelles quotidiennes des grandes-duchesses Olga, Tatiana et Maria à son Altesse.

D'ailleurs, c'est pour honorer l'impératrice mère que la dernière-née des grandes-duchesses porte son prénom.

Hayley acquiesça d'un signe de tête et remercia sans y penser Anna pour sa patience et ses explications. Alistair avait vu juste une fois de plus. Maria Feodorovna était selon toutes vraisemblances innocente du vol, mais il fallait qu'elle parvînt à discuter avec cette Anouchka... *Impossible.* Lady Hayley Blunt-Lytton ne pouvait pas discuter avec la femme de chambre de l'impératrice mère. En revanche, la demoiselle de compagnie de Lady Blunt-Lytton pouvait fort bien s'acquitter de cette tâche. Elle fit signe à Meredith de s'approcher.

Meredith suivait Anouchka et était surprise par la rapidité de cette femme. Elle marchait vite, d'un pas vif et scandé, se tenant encore plus droite qu'Hayley elle-même. La jeune fille ne voyait pas bien l'intérêt de perdre son temps à suivre cette vieille dame si stricte. Il était impossible que cette femme si sévère soit le voleur qu'elle devait rechercher. Alors que Meredith se souciait de moins en moins d'être repérée par Anouchka, celle-ci se retourna d'un geste brusque et regarda avec fureur dans son dos, puis repartit du même pas pressé. Heureusement, Meredith avait d'excellents réflexes, ce qui lui avait permis d'anticiper le mouvement d'Anouchka. Pourquoi la femme de chambre de l'impératrice mère était-elle à ce point sur ses gardes ? Que risquait-elle au sein même du palais d'Hiver ? Alertée par l'étrange comportement de sa cible, Meredith aiguisa ses sens et continua sa poursuite sur le qui-vive.

La jeune Anglaise connaissait assez bien le palais d'Hiver désormais et elle savait que l'itinéraire emprunté par Anouchka était pour le moins surprenant. Pour sa part, si elle avait dû rejoindre le palais Anitchkov où résidait Maria Feodorovna, elle n'aurait pas pris le même chemin... Anouchka se retourna de nouveau, mais Meredith avait laissé un peu de distance entre elles et put se cacher sans difficultés. Soudain, Anouchka s'engouffra dans des appartements privés, dont la porte était surveillée par deux gardes en armes. La vieille dame devait être une habituée des lieux, puisque les gardes ne bougèrent même pas à son approche.

Meredith poursuivit sa route d'un air affairé, comme si elle recherchait quelque chose. Elle passa une première fois devant la porte, les gardes l'observant d'un œil suspicieux, puis elle s'engouffra dans un couloir perpendiculaire pour disparaître de leur vue. Elle avait espéré qu'une plaque ou un quelconque indice lui préciserait à qui appartenaient ces pièces, mais rien ne le laissait deviner.

Meredith prit donc son mal en patience et surveilla la porte, espérant apercevoir l'occupant des lieux. Pourtant, rien n'y fit. Une vingtaine de minutes après, Anouchka ressortit en saluant d'une profonde révérence l'inconnu qu'elle visitait. Un personnage de haut rang donc... Meredith avait songé à surprendre le mystérieux individu au moment où Anouchka sortirait, mais elle aurait été vue par la femme de chambre. Elle avait donc préféré poursuivre cette épreuve de patience, ce qui ne lui ressemblait guère, et essayer d'identifier celui ou celle qu'Anouchka voyait en secret, hors la présence de la vieille dame.

L'attente fut longue. Le soleil tournait dans le ciel, en projetant sa lumière le long du couloir. Elle pouvait suivre la progression des rayons lumineux le long des murs et des meubles du palais. Bientôt, Hayley allait s'inquiéter. Elle ne pouvait plus rester... La jeune Anglaise était sur le point d'abandonner, quand la porte s'ouvrit enfin. Tapie à l'angle de son couloir, elle se pencha d'un coup pour voir l'inconnu et faillit laisser échapper un cri de surprise. C'était grave... Bien plus grave qu'elle ne l'avait soupçonné...

Vladimir Alexandrovitch Romanov, grand-duc de Russie, oncle du tsar, venait de sortir de ses appartements sous les saluts de ses gardes.

Alistair approchait enfin de Saint-Pétersbourg. Le Nord-Express avait beau être le moyen le plus rapide de regagner la capitale tsariste, il avait passé la journée à se faire un sang d'encre pour ses cousins et à ronger son frein. Autant dire l'une des pires journées de son existence, tant il se faisait un point d'honneur à remplir chacune de ses journées d'un maximum d'actions. Il avait donc passé les quelques heures de voyage, le séparant de sa destination, à envisager son arrivée et ce qu'il devait faire dans l'immédiat pour rejoindre au plus vite la scène du drame, qui se jouait près du tsar. Dès que le train serait arrivé en gare, il bondirait sur le quai et se précipiterait pour trouver une voiture capable de l'emporter, dans les plus brefs délais, vers la pension de la veuve Nadejda Viktorovna Alekseïeva. Là, il contacterait Benedict, puis rejoindrait Meredith et Hayley pour prendre connaissance des derniers développements de leurs différentes affaires. Enfin, il retrouverait Sergueï et Mikhaïl pour en apprendre davantage sur l'énigmatique Véra Figner. Dieu que ce train était lent !

L'épreuve touchait à sa fin. Alistair était parvenu, après force bousculades, à s'octroyer l'une des rares voitures avec chauffeur stationnant près de la gare. S'étant entraperçu dans une vitre près de la voiture, Alistair avait repris conscience de son apparence de blond commerçant. Il avait été bien inspiré de demander à Youri de lui laisser le maquillage nécessaire à la reconstitution de son nouveau visage. En effet, il ne pouvait pas se présenter à la pension de la digne veuve sous sa propre apparence, tant que Fiodor y résidait. Le journaliste saurait, à l'instant même où il franchirait le pas de la porte, que Monsieur Alistair Clifford était revenu à Saint-Pétersbourg. L'Anglais appréciait le journaliste, mais pas au point de lui faire confiance... Il eût fallu être fou pour confier quoi que ce fût d'important à ce genre de personnage.

Le maquillage lui fit songer à une nouvelle difficulté. S'il allait pouvoir conserver son apparence de commerçant anglais pour rendre visite à Hayley et Meredith, le soir même, à l'hôtel Schmidt-Anglia, il devrait trouver un autre déguisement pour s'infiltrer le lendemain au cœur des coulisses du théâtre Mariinsky. Sous quelle apparence pourrait-il se présenter en ce lieu, le jour même d'une grande représentation, en présence de l'empereur et de tous ses proches, sans susciter l'intérêt de l'Okhrana ? La question occupa ses pensées le temps pour la voiture de rejoindre la pension où il allait retrouver Benedict.

Quand il toqua à la porte, Alistair ne put s'empêcher de rire sous cape s'apercevant que, malgré les différentes visites qu'il avait faites dans cette pension, il n'était encore jamais passé par la porte d'entrée. Il reprit son sérieux quand la veuve Nadejda Viktorovna Alekseïeva ouvrit la porte d'un air solennel, signifiant ainsi à ce visiteur la dignité du lieu. En bon commerçant, Alistair parvint à convaincre son interlocutrice de l'intérêt de lui louer, pour quelques jours, l'une de ses chambres. Il aurait été moins fier de lui, s'il avait su que la digne veuve venait de subir deux défections de ses pensionnaires, dont l'honorable journaliste Fiodor Sergueïevitch Dourov, qui estimait que deux visites nocturnes d'un espion anglais suffisaient largement à son bonheur. Alistair se vit donc octroyer l'ancienne chambre du journaliste, ce qui le fit enrager. Seule la présence de Fiodor l'avait fait se présenter à la pension déguisé en commerçant anglais. En outre, une chambre en rez-de-chaussée lui aurait évité l'escalade systématique à laquelle il devrait s'astreindre à chacune de ses sorties. Maintenant que sa logeuse le connaissait sous le physique du commerçant anglais, il ne pouvait plus se présenter devant elle sous son apparence ou celle du manœuvrier qu'il allait incarner pour pénétrer au sein du théâtre Mariinsky. À quelques heures d'une représentation, les salles de spectacle manquaient toujours de main-d'œuvre.

Ayant vérifié son apparence, Alistair rendit visite à Benedict, qui logeait dans la chambre voisine. Toutefois, il eut beau toquer, personne ne répondit. Il força sa chance et appuya sur la poignée sans résultat. Alistair abandonna la partie pour le moment, estimant qu'il était trop tôt pour sortir ses pinces à crochetage. Toujours blond et fort voyant, il se décida à rejoindre l'hôtel Schmidt-Anglia.

CB♦ED

Le soir tombait sur Saint-Pétersbourg. À la fenêtre de leur chambre, Meredith et Hayley contemplaient la beauté de la ville impériale sous les rayons finissants du jour. Hayley avait toujours aimé ce moment où l'ombre et la lumière se disputaient la terre des hommes. Elle profitait du calme de leur résidence pour mieux se préparer au lendemain, qui promettait d'être une fois de plus une journée mémorable. Hayley avait l'impression tenace que les menaces environnantes allaient toutes se concrétiser au même moment. Elle n'aimait pas ce genre d'état d'esprit, ne correspondant pas à son pragmatisme habituel mais, malgré ses efforts, elle ne parvenait pas à étouffer la crainte irrationnelle que lui inspirait cette enquête. Tout se passait trop bien.

Le téléphone sonna. Hayley fut surprise et, par réflexe, elle s'apprêtait à répondre, quand Meredith la devança et saisit le combiné.

— Chambre de Lady Hayley Blunt-Lytton, à qui ai-je l'honneur ? dit-elle avec aplomb.

Hayley ne put réprimer un sourire en voyant Meredith rougir comme une tomate. La gouvernante se dit que cette machine était bien intimidante, si elle parvenait à occasionner une telle gêne à une personne aussi peu timide que Meredith.

— Je ne peux absolument pas vous répondre. Je dois

demander à Lady Hayley Blunt-Lytton en personne. Je vous prie de bien vouloir m'excuser quelques instants.

Meredith appuya la paume de sa main contre le microphone. Elle semblait très embarrassée et ne savait pas par où commencer. Par ricochet, Hayley fut fort surprise, n'ayant jamais vu la jeune fille aux prises avec tant de difficultés.

— Que se passe-t-il ? finit-elle par demander.

— Le comte Ladislas Ivanovitch Mordvinov est à la réception et souhaiterait que vous lui accordiez une entrevue.

Le regard d'Hayley demeura vide quelques instants.

— Je vous demande pardon, mais je ne connais aucun comte…

Puis, soudain, les yeux d'Hayley s'ouvrirent grands et elle comprit le profond embarras de Meredith… *Le soupirant !* Hayley avait trouvé cette histoire si extravagante qu'elle n'y avait pas prêté la moindre attention et se retrouvait désormais avec un comte qui demandait à la voir… du moins à voir Lady Hayley Blunt-Lytton, la riche veuve anglaise… Qu'allait-elle donc faire ?

— Refuser de le recevoir serait trop rude… mais, vraiment, je me serais bien passée de ce genre d'expérience !

— Que suis-je supposée répondre ? demanda Meredith.

— Répondez que Lady Hayley Blunt-Lytton va recevoir Monsieur le comte je ne sais plus son nom. Que voulez-vous que je fasse d'autre ?

Meredith haussa les épaules d'un air indifférent et transmit le message d'Hayley au réceptionniste.

— Suis-je supposée rester ? s'inquiéta Meredith.

Hayley parut choquée qu'elle posât la question.

— Bien évidemment ! Vous n'imaginez tout de même pas que je vais recevoir seule un parfait inconnu ! Les demoiselles de compagnies servent aussi à cela.

Meredith n'eut même pas le temps de signifier son mécontentement que quelqu'un toquait à la porte. Elle se dirigea vers l'entrée et ouvrit.

Un énorme bouquet de fleurs envahit l'encadrement de la porte. Seules les jambes du chasseur transportant l'imposante composition florale apparaissaient. Le bouquet se déplaça jusqu'à l'intérieur de la suite et se déposa à même le sol, le lourd panier dans lequel il avait été apprêté servant de vase. Puis, le jeune domestique repartit, en empochant au passage le billet qui lui était tendu. Meredith, qui tenait toujours la porte ouverte, se pencha par réflexe pour vérifier si leur énigmatique visiteur allait finir par entrer. Elle se heurta presque le nez contre le torse bombé qui franchissait désormais la porte.

Grand, brun, l'œil vif et noir, le comte Ladislas Ivanovitch Mordvinov avait fière allure et le savait. Il se dirigea d'un pas ferme vers Hayley et la salua d'un air martial, la prétendue Lady effectuant une parfaite révérence en retour. Hayley se sentait comme une place forte assiégée, quelques minutes avant l'assaut final, et elle détestait cette sensation.

— Comte Ladislas Ivanovitch Mordvinov, My Lady, pour vous servir.

— Lady Hayley Blunt-Lytton, Baronne de Wentworth, Monsieur le comte, enchantée de vous rencontrer. Puis-je vous offrir un rafraîchissement ?

— Avec plaisir, Madame, encore que je préfère quelques renseignements.

À ces mots, le comte fracassa la tempe de Meredith d'un coup de matraque, sans que la jeune fille ait le temps de faire le moindre mouvement pour l'éviter. Elle s'écroula au sol, assommée. Hayley se précipitait pour lui porter secours, quand elle fut arrêtée net par un revolver en face de son visage.

Hayley porta toute son attention sur l'homme qui la menaçait.

— Vous n'êtes pas le comte.

— Oh si, ma jolie. Mais, toi, tu n'es pas une lady. Tu vas me suivre bien gentiment, j'ai quelques questions à te poser.

— Certainement pas ! dit Hayley d'un ton outré.

— Bonne comédienne. Cela ne m'étonne pas que tu aies pu faire illusion mais, avec moi, cela ne prend pas. Donc, maintenant, tu attrapes ton manteau et tu me suis sans regimber, sinon je prends le joli coussin que tu vois sur le fauteuil, je le mets sur le joli visage de ta jolie demoiselle de compagnie et je tire dedans.

Le comte regardait Hayley avec un sourire mauvais. D'une manière ou d'une autre, elle savait qu'elle serait amenée à le suivre. Elle devait d'abord protéger Meredith et, ensuite, elle verrait ce qu'elle pourrait faire pour elle-même. Hayley s'empara de son manteau, le passa, le ferma avec application et prit son sac à main.

— Pas de sac à main.

— Une femme de ma condition ne sort pas sans sac à main.

Le comte ricana.

— Une femme de ta condition… Et bien pourtant tu vas t'en passer ma jolie.

Le comte fonça sur Hayley, lui arracha le sac des mains, puis il s'empara de son bras et la serra de près, le revolver posé sur ses côtes.

— Maintenant, on va descendre, tu vas rire à tout ce que je dis, on va quitter l'hôtel et tu vas me suivre bien gentiment dans la voiture, qui nous attend.

Hayley voulait se montrer brave, mais elle déglutit, sentant que cet homme ne valait pas mieux que le tueur allemand, qui avait essayé de la poignarder deux mois auparavant. Sa lèvre tremblait légèrement.

— Tiens donc, on a peur ? Ce n'est que le commencement pourtant. Avance et pas de mauvais tour, sinon je te jure que je te crève sur place et que je remonterai achever ta petite compagne. Clair ?

Hayley se reprit, inspirant aussi profondément que son corset d'acier le lui permettait et acquiesça d'un signe de tête.

Ils sortirent, le comte refermant la porte à clé derrière eux. Ils descendirent l'escalier. À travers l'épaisseur de son manteau et de sa robe, Hayley sentait l'arme appuyer contre son torse. Ils traversèrent le hall de l'hôtel Schmidt-Anglia, Hayley tentant de faire bonne figure, et ils se retrouvèrent dans la rue. Une voiture les attendait, le comte poussa Hayley à l'intérieur. Il s'assit en face d'elle, l'arme toujours braquée sur elle. La voiture démarra.

Alistair arrivait devant l'hôtel Schmidt-Anglia, quand une voiture croisa son chemin. Il monta les quatre marches et pénétra dans le bâtiment.

The Nevski Prospect, the main thoroughfare of St. Petersburg, Russia.
Russian Federation Saint Petersburg, ca. 1901, avec l'aimable autorisation
de la Bibliothèque du Congrès (Washington - USA).
https://www.loc.gov/item/90713707/

Chapitre IX

B enedict avait patienté toute la journée. Il était persuadé que s'il devait retrouver la trace de Frans, ce serait aux alentours du palais d'Hiver. Le soir tombait sur Saint-Pétersbourg quand, enfin, la patience du jeune Anglais fut récompensée. Alors qu'il avait surveillé toute la journée ceux qui entraient dans le palais, il vit Frans emprunter le chemin inverse et sortir de la résidence du tsar. Cette apparition était si inattendue, que Benedict hésita quelques instants avant de suivre le jeune Finlandais.

Sachant la méfiance naturelle de Frans, Benedict fut de la plus grande prudence tout au long de sa filature. De peur d'être repéré, il laissait toujours une large distance entre lui et sa cible. Frans avançait vite, marchant vers un but défini, sans jamais dévier de sa direction. Trois fois sur le chemin, il se retourna pour vérifier qu'il n'était pas suivi. Benedict était toujours sur le qui-vive et ne fut jamais surpris par les précautions de son frère révolutionnaire. Ils progressèrent ainsi, à travers les rues de Saint-Pétersbourg, pendant une petite demi-heure. Arrivés dans un quartier plus populaire, Frans sembla se détendre un peu. Son pas était moins précipité et son allure plus décontractée. Le jeune homme devait estimer avoir échappé au pire. Il s'engouffra dans le hall d'un immeuble de bonne facture et disparut du champ de vision de Benedict.

Le jeune Anglais hésita. Devait-il suivre Frans dans l'immeuble ou devait-il prendre le temps de vérifier que le jeune Finlandais était seul ? D'un geste machinal, Benedict massa sa mâchoire encore douloureuse. D'après Alistair, il s'en était fallu de peu que l'os ne fût brisé. La douleur lancinante amena Benedict à plus de prudence et il décida, avant toute autre action, de surveiller les abords de l'immeuble. Si Frans n'était pas seul, il serait d'une hardiesse furieuse de surgir sans plan, ni soutien.

L'attente reprit.

ନ⬥ନ

S ûr de son déguisement, Alistair se présenta à l'accueil de l'hôtel Schmidt-Anglia pour demander à parler à Lady Hayley Blunt-Lytton. Le réceptionniste eut un léger mouvement de surprise avant de reprendre son masque impénétrable et d'appeler la chambre de la Lady si courtisée. Il laissa sonner quelques instants puis raccrocha, signifiant au gentleman en face de lui que ces dames avaient dû sortir sans qu'il s'en aperçoive.

Alistair sentit son sang se glacer dans ses veines.

— Rappelez-les. Je suis attendu, dit-il d'un ton brusque.

Le réceptionniste obtempéra, non sans montrer sa désapprobation face à l'insistance d'Alistair. Toutefois, ce nouvel appel ne reçut pas plus de réponse que le premier.

Sans autres tergiversations, Alistair se jeta à l'assaut des escaliers, bientôt poursuivi dans son ascension par une meute de chasseurs, garçons d'étage et autres réceptionnistes lui intimant de rester là où il était. Arrivé à l'étage où Meredith et Hayley logeaient, il s'engouffra dans le couloir, remonta en courant jusqu'à la porte de la chambre, saisit la poignée qui résista. Prenant un court élan, il fracassa l'élégante porte, se jeta dans la chambre et tomba sur le corps inanimé de Meredith. Ses poursuivants entrèrent juste après lui et furent saisis d'effroi, une partie d'entre eux rebroussant chemin.

Le directeur de l'hôtel surgit dans la chambre, prêt à vouer aux gémonies, cet individu exécrable et s'arrêta net. Alistair prenait le pouls de Meredith. Il ferma les yeux de soulagement, quand il sentit le cœur vaillant de sa cousine battre sous son doigt. Il se retourna d'un bloc et ordonna :

— Elle est vivante ! Un médecin et vite !

Le directeur invectiva ses employés, afin qu'ils aillent chercher le médecin le plus proche. Alistair enleva sa veste et la plaça sous la tête ensanglantée de Meredith. Puis, il regarda autour de lui.

— Où est l'autre femme ?

— Quelle autre femme ? demanda le directeur.

Alistair se leva d'un bond et fit le tour du salon, puis il alla vers la chambre attenante, ouvrit la porte, malgré les récriminations du directeur, et ne trouva pas Hayley.

— Où est Lady Hayley Blunt-Lytton, Baronne de Wentworth ?

Le directeur blêmissait au fur et à mesure que le titre de la disparue s'étalait devant lui.

— Je l'ignore… Peut-être est-elle sortie…

— Sortie ? En laissant sa demoiselle de compagnie le crâne fracassé gisant sur le sol ? Mais rendez-vous à l'évidence ! Elle a été enlevée sous vos yeux ! Où est le réceptionniste ?

L'homme fit un pas timide en avant ou fut poussé par l'un des autres employés. Alistair se planta devant lui.

— Qui avez-vous laissé monter ?

— Je n'ai pas à vous rép…

Alistair attrapa l'homme par le col et le souleva pour que ses yeux soient au même niveau que les siens.

— Qui ?

L'homme regardait ce gentleman, hors de contrôle, et se dit qu'il pourrait toujours trouver un autre poste ailleurs, si le directeur le renvoyait suite à cette indiscrétion.

— Le comte Ladislas Ivanovitch Mordvinov, mais je suis certain que…

Alistair relâcha l'homme qui retomba sur ses pieds avec

bonheur. *Le comte Ladislas Ivanovitch Mordvinov, tu parles…* pensa Alistair. Il se mordait les doigts de ne pas avoir prêté plus d'attention à ce mystérieux prétendant et, maintenant, c'était trop tard. Il tenait Hayley. Alistair sentit ses boyaux se tordre aux premières pensées épouvantables, qui traversèrent son esprit, et repoussa ces images fugaces loin de lui. Il devait réfléchir et vite.

— Miss Meredith ?!!!

Mikhaïl se précipita dans la suite et s'agenouilla auprès de la jeune fille encore inconsciente. Il lui prit la main et se tourna vers Alistair :

— Qui a fait cela ?

— Le faux prétendant de Lady Hayley Blunt-Lytton.

Mikhaïl sursauta au son de la voix et fixa le visage d'Alistair, cherchant à retrouver les traits de son ami sous l'épais maquillage et la perruque blonde.

— Et Hayley ? demanda Sergueï, arrivé quelques secondes en retard.

— Mikhaïl, je vous confie ma cousine.

Mikhaïl resserra ses doigts sur la main inanimée de Meredith. Alistair le salua et sortit de la pièce. Sergueï lui emboîta le pas en rajustant son veston. Ni le directeur, ni aucun des employés ne firent le moindre geste pour les retenir.

ଓ✦ଶ

H ayley pensait avec horreur à l'entraînement qu'Alistair et Sergueï lui avaient fait subir. La situation était alors tolérable, gênante mais tolérable, Monsieur Clifford se conduisant comme un gentleman. Mais, maintenant qu'elle avait en face d'elle cet homme épouvantable au sourire sinistre, elle ne pouvait imaginer se retrouver à sa merci dans un endroit isolé. D'instinct, Hayley resserra les pans de son manteau sur sa gorge, ce qui fit ricaner son ravisseur.

Elle ne pouvait attendre d'aide de personne. La voiture roulait, mais pour combien de temps encore ? Il fallait qu'elle se libérât avant d'arriver à destination. Si elle permettait à cet homme de l'enfermer ou de l'attacher quelque part, elle ne donnait plus cher de sa vie.

Ne réagissez pas d'instinct, Miss Fortescue. Réfléchissez. C'est la clé de la survie... Sortie de ses souvenirs, la voix de Sergueï résonna en elle.

Réfléchissons... Ce bandit l'avait privé de son sac, où elle avait glissé son revolver. Elle aurait dû écouter le colonel Pouchkine, quand il lui avait conseillé d'avoir son arme dans sa poche. Toutefois, elle avait deux choses pour elle : elle portait son gilet d'acier et elle avait une dague de combat attachée à la cheville. Miss Meredith lui avait montré comment l'utiliser... *Meredith...* Cette brute lui avait fracassé le crâne. Cela, il allait le payer...

Hayley regarda autour d'elle. Les rideaux étaient tirés et elle ne voyait rien de la rue. Par conséquent, personne ne pouvait la voir depuis la rue... *Une diversion...* Hayley se mit à tousser comme une perdue. Elle toussait à s'en arracher les poumons. Elle se recroquevilla sur elle-même, saisit sa dague et la dissimula derrière sa jambe. Sa robe était volumineuse et camouflait sa main et l'arme.

— Tu vas te calmer, ma jolie, sinon il va t'en cuire.

Hayley fit semblant de prendre sur elle d'étouffer sa toux. La voiture cahota un instant, prenant un virage plus serré qu'à l'accoutumée. Le mouvement déséquilibra le comte, qui se retourna pour frapper contre la cloison.

— Doucement, imbé...

Hayley avait planté sa dague à travers le cou de son ravisseur. Qu'avait dit Meredith ? *Planter et tourner, Hayley. Vous plantez et vous tournez !* Hayley n'écouta pas l'homme gargouiller, elle raffermit sa prise sur le manche de la dague, tourna la lame dans la gorge du comte, puis la retira d'un coup sec. Le sang gicla, aspergeant Hayley et sa robe bleue. L'homme s'effondra. Hayley se saisit du revolver de son adversaire et recula, s'éloignant le plus possible du cadavre encore frémissant. Elle saisit son fin mouchoir blanc et essuya le sang sur son visage et ses mains. Heureusement pour elle, elle portait sa robe bleu foncé, le sang se verrait moins dessus.

Restait à descendre de la voiture avant d'arriver à destination. Hayley entrouvrit le rideau et constata qu'elle était toujours en ville. Pouvait-elle sauter en marche ? La voiture roulait vite et elle avait peur de se casser une jambe, voire de se rompre le cou. Elle devait attendre que la voiture ralentît assez pour descendre et disparaître le plus vite possible de la vue du chauffeur.

Hayley sentit la voiture freiner. Elle saisit sa chance, ouvrit la porte, sauta et parvint à ne pas tomber au prix de plusieurs pas précipités. Elle rejoignit le trottoir le plus proche et se mit à marcher le plus naturellement du monde au milieu des quelques passants. Quelques-uns l'observèrent avec insistance, mais Hayley se redressa et prit son air de lady, afin de repousser les importuns. À la première rue perpendiculaire, elle bifurqua, puis recommença, s'enfonçant dans des rues de plus en plus petites.

Elle marchait vite, son souffle laissant derrière elle une traînée de buée. Arrivée dans une ruelle sombre, elle finit par s'arrêter. Pas un bruit. Elle s'adossa à un mur, ferma les yeux quelques instants, les mains crispées sur les armes dans ses poches. Elle regarda autour d'elle. *Personne.* Hayley rangea le couteau à sa place et garda le revolver de feu le comte dans la poche de son manteau. La nuit s'installait sur Saint-Pétersbourg et elle sentit enfin la morsure du froid sur sa peau.

— Ce soir, j'ai tué un homme, murmura-t-elle.

Ꮟ✦Ꮝ

S ergueï suivait Alistair sans conviction. L'Anglais s'était précipité, demandant à tous les passants, s'ils n'avaient pas vu une femme obligée de suivre un homme. Vingt minutes après le début de leurs investigations, ils étaient toujours devant l'hôtel, incapables de savoir où le comte avait entraîné Hayley.

— Mon ami, nous ne la retrouverons pas de cette façon, constata Sergueï.

— Et que veux-tu que je fasse ? hurla presque Alistair.

— Me laisser me renseigner sur ce comte. Qui est-il ? Pour qui travaille-t-il ? Où peut-on le trouver ?

— Qu'est-ce que tu attends ? rugit Alistair.

Sergueï ne releva pas et rentra dans l'hôtel. Alistair s'assit sur les marches d'accès au grand hôtel, la perspective de revenir dans le hall sans Hayley lui était insupportable. Il prit son visage dans ses mains et soupira. Qu'allait-il faire s'il arrivait malheur à Hayley ? Il ne lui avait même jamais parlé comme un homme parle à une femme qui lui plaît. Elle ignorait tout de ses pensées, de ses folies et de ses rêves. La savoir aux prises avec un sadique le rendait malade. Non, le pire était d'être là à attendre qu'on lui dise où aller, comment la sauver… Jamais il ne se pardonnerait d'avoir entraîné Hayley dans cette histoire. Il avait beau tenter de se convaincre qu'elle souhaitait autant que lui participer à cette enquête, soutenir Meredith sur qui pesait la plus lourde menace, il ne se pardonnerait pas d'avoir été faible, d'avoir accepté qu'une gouvernante participât à une mission d'espionnage. Bien des années auparavant, il avait choisi cette voie par défi, par ennui aussi, ne se satisfaisant pas de sa vie de noble londonien, mais aujourd'hui qu'il partait avec femme et enfants pour ainsi dire, il ne concevait plus la profession d'espion comme un passe-temps amusant avant la mort.

Et ce maudit Sergueï qui ne revenait pas ! Il allait devenir fou.

— Alistair…

Alistair sortit son visage de ses mains et aperçut une robe bleue à côté de lui. Il leva les yeux et la vit. Il bondit, se remit sur pieds et serra Hayley dans ses bras, comme aucun gentleman ne serre une lady dans la rue. Il la serrait à l'étouffer contre lui, plongeant son visage dans son cou, respirant son odeur, s'enivrant de *Jicky*, le parfum sublime prêté par sa tante et qu'il portait lui aussi, oubliant tout puisqu'elle était là, entre ses bras.

Hayley s'abandonnait à cette étreinte qu'elle aurait jugée scandaleuse quelques heures auparavant. Mais elle en avait besoin. Elle avait besoin de sentir Alistair la serrer dans ses bras. Elle avait besoin de se sentir en sécurité. Elle ferma les yeux, oubliant le meurtre, le sang, l'errance dans les rues de Saint-Pétersbourg jusqu'à tomber par hasard sur le palais d'Hiver et revenir à l'hôtel par le chemin le plus court. Arriver et trouver Alistair, assis sur les marches de l'hôtel, le visage dans ses mains, comme un enfant perdu. Oublier tout, puisqu'il était là.

Quelqu'un se racla la gorge derrière eux.

— La damoiselle en détresse n'a plus besoin d'être sauvée à ce que je vois, conclut Sergueï.

Le Russe soupira, crispant les lèvres en une moue soucieuse, et rentra.

— Alistair… murmura Hayley.

Non, pas tout de suite, encore un instant. Alistair n'avait ni la force, ni l'envie de relâcher Hayley.

— Alistair, dit Hayley plus fort. Comment va Meredith ?

Soudain, Alistair revint à la réalité. *Meredith…* Il avait oublié la pauvre Meredith… Il lâcha Hayley et la regarda dans les yeux, tout le poids du remords retombant en cet instant sur ses épaules. Il s'élança seul dans les escaliers, puis s'arrêta, se retourna, saisit Hayley par la main et l'entraîna derrière lui. Elle avait beau bougonner que cela ne se faisait pas, il avait beau savoir que cela ne se faisait pas, désormais qu'il avait réussi à saisir la main de cette femme, il ne la lâcherait plus.

CR◆ℰꙄ

Meredith était installée sur le plus grand lit, un magnifique lit à baldaquin, pâle au milieu des fanfreluches immaculées, mais éveillée. Elle tenait contre sa tempe une compresse de glace et repoussait de son autre main la tasse que Mikhaïl tentait de lui faire boire.

— Miss Meredith, vous n'êtes pas raisonnable ! Le médecin a dit que vous deviez vous hydrater, par conséquent vous allez boire ce bouillon !

— Mais je n'en veux pas, Mikhaïl, et cessez de m'appeler Miss Meredith, vous me vexez !

Mikhaïl sourit, se disant que si le mauvais caractère de la jeune fille reprenait le dessus, c'est qu'elle allait mieux.

— Très bien, Miss Meredith, je vous appellerai par votre prénom lorsque vous aurez bu cette tasse ! Et en entier, s'il vous plaît !

Meredith bouda, mais but la tasse que lui tendait Mikhaïl. Elle avait horriblement mal à la tête et la poche de glace n'y faisait rien. Le pire était l'angoisse. Où était sa pauvre Hayley ? Que lui faisait ce monstre ? Meredith avait fait l'erreur de traiter par le mépris ce soupirant, une erreur tragique, mais comment imaginer qu'un espion pût être assez pervers pour se dissimuler ainsi sous les habits de l'amoureux ! C'était honteux et inconvenant !

— Meredith, vous n'avez pas tout bu ! gronda Mikhaïl.

— Miss Meredith a toujours été difficile à soigner. Vous avez bien du courage de vous attaquer à cette tâche, dit Hayley.

Meredith et Mikhaïl fixèrent leur attention sur la porte d'entrée. Hayley s'approcha du lit de la blessée, se pencha sur Meredith et lui prit la poche de glace des mains. Un énorme hématome s'était formé à l'endroit de l'impact de la matraque. Hayley observa la petite plaie ouverte que le coup avait laissée et fit une moue. Elle replaça la poche de glace sur le crâne de Meredith.

— Vous avez la tête dure, Miss Meredith. Le coup aurait pu

vous tuer…

— Et vous, Hayley ? Que s'est-il passé ?

Alistair avança dans la chambre.

— Nous parlerons de cela lorsque nous serons plus tranquilles, cousine. Pour le moment, nous devons nous débarrasser de la police pétersbourgeoise et revenir à nos affaires.

Meredith observa l'homme blond qui lui faisait face.

— Le blond ne vous sied pas, cousin. Vous êtes fort laid ainsi.

Alistair ne put étouffer un rire. Meredith le regardait avec un grand sourire, fière de sa pique, dont elle ne pensait pas un mot, mais qui avait eu l'avantage de détendre un peu son cousin. Désormais qu'Hayley était rentrée, que Meredith était réveillée, il allait préparer la contre-attaque. Ceux qui les avaient attaqués allaient comprendre l'importance de leur erreur.

Alistair et Mikhaïl repoussèrent la police de Saint-Pétersbourg, arguant que Lady Hayley Blunt-Lytton était parvenue à échapper à son ravisseur et qu'elle ne resterait plus seule à l'avenir. Ils expliquèrent que la dame ne pouvait pas leur parler, puisqu'elle avait pris du laudanum. Puis, Mikhaïl usa de son statut pour expédier les policiers récalcitrants et leur signifier que cette affaire serait confiée à l'Okhrana, puisque Lady Blunt-Lytton était une amie de la tsarine. Les agents eurent beau soutenir que le crime d'enlèvement ne relevait pas des pouvoirs de l'Okhrana, Mikhaïl leur répondit avec aplomb que nul ne pouvait dire pour le moment si ce rapt ne relevait pas d'un objectif politique et, par définition, des pouvoirs de l'Okhrana. Après quelques explications supplémentaires, Mikhaïl parvint à se défaire des derniers fonctionnaires et put rejoindre le groupe en pleine élaboration d'un plan de bataille.

Malgré la douleur lancinante, Meredith voulait participer aux combats, alors même qu'Hayley était en train de lui bander la tête pour retenir un cataplasme de sa préparation et qu'Alistair lui préparait une tisane améliorée de laudanum. La jeune fille but le tout et s'endormit dans le quart d'heure qui suivit, libérant Hayley qui vint se joindre aux préparatifs. Tout semblait prendre forme et, après une dernière mise au point, chacun regagna son logement, sauf Sergueï qui s'installa dans le salon d'Hayley et de Meredith.

CR♦ED

B enedict avait froid et en avait assez d'attendre. La rue était désormais déserte et il désespérait de voir qui que ce fût arriver. Il avait trouvé une cache assez habile derrière la vieille porte ne fermant plus d'un immeuble, situé en face de celui où Frans avait disparu, et se félicitait de sa trouvaille, qui l'abritait d'une bonne partie du vent. Toutefois, bien qu'à l'abri et peu visible, Benedict s'ennuyait et sentait son corps s'engourdir. Les nuits étaient fraîches et humides à Saint-Pétersbourg, ce qui ne l'aidait pas à se concentrer sur sa surveillance. Benedict regarda sa montre gousset pour la centième fois depuis son arrivée. Il était presque une heure du matin. Si Véra Figner et ses acolytes avaient dû rendre visite à Frans, ils l'auraient déjà fait. Pourtant, Benedict ne parvenait pas à se convaincre de bouger. Quelque chose d'irrationnel lui intimait de rester là où il était. Il prit son mal en patience et décida d'attendre jusqu'à une heure et demie puis, si rien n'avait changé, il rentrerait se reposer quelques heures à la pension et reviendrait tôt le lendemain.

Benedict n'eut pas à attendre jusque-là, puisque quelques minutes à peine après sa décision, la porte de la bâtisse s'ouvrit. Véra Figner, l'homme masqué et les deux colosses habituels sortirent sans précaution particulière dans la rue. Benedict se renfonça dans l'ombre et se demanda comment des gens aussi voyants pouvaient échapper depuis si longtemps à l'Okhrana. Benedict les observa pendant qu'ils s'éloignaient et remarqua un sac imposant que portait l'homme masqué. Le jeune Anglais reporta son attention sur le bâtiment et ne vit rien de plus. Il sortit de sa cachette et traversa avec toutes les précautions possibles la rue qui le séparait de l'immeuble.

Arrivé devant la porte, il pria pour qu'elle ne soit pas verrouillée, n'ayant pas envie d'étrenner ses connaissances toutes fraîches de forceur de serrures, au vu et au su des noctambules. Il sentit avec soulagement la poignée céder sous sa pression, plongea sa main sous sa veste, empoigna son revolver et entra.

La façade donnait une idée plus flatteuse du bâtiment qu'il ne l'était en réalité. Dès que Benedict entra dans le hall, il comprit qu'il était dans une semi-ruine, occupée par quelques miséreux, n'ayant d'autre solution que de vivre dans ce tas de déchets. L'humidité de la ville n'aidait pas la bâtisse à se maintenir dans un état convenable et la crasse, accumulée par des générations de locataires plus ou moins délicats, achevait de ruiner le bâtiment. L'odeur âcre de la saleté sauta au nez du jeune lord, qui découvrit une nouvelle gamme de senteurs. Jamais l'odorat de Benedict n'avait été confronté à un tel défi. Il porta sa main devant son nez pour tenter de contenir les effluves nauséabondes, mais il dut se rendre à l'évidence : il ne pourrait pas progresser dans l'immeuble en toute sécurité, la main collée sur le visage. Benedict prit donc son parti d'ignorer les horreurs qu'il respirait et de rechercher au plus vite où était Frans.

La visite du rez-de-chaussée fut vaine. Tout était vide d'habitants... du moins humains, la population de rats étant quant à elle fort florissante. Les pièces étaient jonchées de détritus, pourritures et autres scories prisées par les rongeurs. Benedict s'attaqua à l'escalier branlant, en tentant de ne pas passer au travers, ni de le faire grincer. Malgré ses précautions et le fait qu'il marchait sur le côté des marches et non en leur centre, Benedict ne put atteindre le premier étage sans avoir provoqué moults craquements sinistres. Parvenu sur le palier, il tendit l'oreille, mais ne put saisir aucun son particulier.

Benedict resserra sa prise sur la crosse de son revolver et entreprit de fouiller le premier étage. Il observa la lumière qui sourdait sous les différentes portes qu'il voyait et remarqua que, sous l'une d'entre elles, la lueur semblait un peu plus vive. Benedict s'approcha de la porte, écouta avec attention tout son qui pouvait lui parvenir et empoigna la poignée. Il exerça une légère pression dessus et parvint à la déverrouiller sans bruit. Il fit pivoter la porte d'un centimètre, afin de jeter un coup d'œil à l'intérieur, et vit sur le mur en face de lui la projection de l'auréole lumineuse d'une lampe à huile. Benedict adressa une courte prière à ses ancêtres et entra. La porte se rabattit sur lui avec violence, mais il parvint à absorber la majeure partie du choc avec son épaule. Benedict renvoya la porte dans le sens inverse d'une rude bourrade et pivota pour faire face au danger. Frans le menaçait d'un revolver.

Face à face, arme contre arme, Benedict et Frans ne bougeaient plus, se tenant l'un l'autre en joue. Ils s'observaient, chacun se demandant si l'autre savait se servir d'une arme et, surtout, s'il allait avoir le cran de s'en servir contre lui.

— Tu n'es pas obligé de continuer, Frans, commença Benedict.

— C'est trop tard, Benedict ou quel que soit ton prénom.

— Je m'appelle vraiment Benedict et je suis anglais, comme je te l'ai dit.

— Oui et tu n'es pas révolutionnaire, mais à la solde du tsar.

— Non. Je suis comme toi. Je ne m'appartiens plus. La reine Victoria a jugé que ma sœur et moi-même étions trop doués pour l'espionnage et elle a piégé ma sœur pour nous obliger à continuer. Soit nous obéissons, soit ma sœur sera condamnée pour meurtre.

Un léger tremblement parcourut le visage de Frans, puis il se reprit.

— Tu mens.

Benedict sourit. Il regarda Frans avec sincérité et tristesse.

— J'aimerais bien. En fait, je voulais faire des études de droit. Mon père trouvait que j'avais quelques dispositions pour ce genre de profession. Je pense que j'aurais détesté chaque minute passée à étudier le droit mais, maintenant, je crois que j'apprécierais de m'asseoir dans une bibliothèque et de n'avoir d'autre souci que de réussir mon prochain examen. Malheureusement, cela n'arrivera jamais.

Benedict pensait chaque mot qu'il disait et Frans le comprit.

— Alors, rejoins-nous ! Ta reine et mon tsar nous ont trahis ! Faisons-leur payer leur traîtrise !

Benedict réfléchit à la proposition. La reine Victoria et ses ministres avaient effectivement trahi leur confiance en les soumettant à ce chantage ignoble. Ils faudrait trouver une solution à cette question, car il était hors de question qu'ils restassent toutes leurs vies avec cette épée de Damoclès au-dessus de leurs têtes. Mais, de là à devenir révolutionnaire, il y avait un pas que Benedict refusait de franchir.

— Non, parce que ton combat est peut-être juste, mais les moyens que tu utilises font que tu ne vaux pas mieux que celui que tu combats.

Frans encaissa le coup.

— Comment oses-tu dire cela ! se révolta-t-il.

— Parce que c'est vrai ! Parce qu'en posant des bombes, tu vas tuer des innocents et tu seras alors aussi monstrueux que ton ennemi.

— Innocents ? Ils m'ont juré qu'en dehors de la famille impériale, personne ne serait blessé par les bombes.

— Foutaises.

Benedict regarda avec incompréhension Frans. Il resserra la prise sur son arme, son bras tendu commençant à le faire souffrir.

— Que faisons-nous, mon frère ? Devons-nous nous

entre-tuer ici et maintenant ou souhaites-tu avoir la chance de poursuivre ta vie ? À ma connaissance, tu n'as encore tué personne, n'est-ce pas ?

Frans observa Benedict quelques instants. Un instant de trop.

— Oui, je le savais. Tu n'as pas plus envie de mourir que moi, mon frère. Alors trouvons une solution.

— Tu n'es qu'un pion, tu ne peux rien me proposer.

Benedict sourit.

— Je ne suis pas le pion. Dans cette partie d'échecs, j'ai choisi d'être la tour et je ne rendrai de compte à personne. Frans, sommes-nous toujours alliés ?

Frans ne parvenait pas à savoir si Benedict était sérieux ou pas. Toutefois, l'Anglais avait vu juste. Il n'était pas sûr de vouloir sacrifier des innocents sur l'autel de sa vengeance. Frans baissa son arme et la rangea dans sa sacoche. Benedict s'autorisa à respirer à pleins poumons et remit son revolver dans son étui. La nuit était encore loin d'être finie.

CR✦ℰꙊ

Quand Hayley arriva dans le boudoir où les dames de compagnie de la tsarine étaient réunies, le froufrou des robes se mêlait aux chuchotements excités des duchesses et comtesses pour créer un bruissement de ruche dans la pièce. L'entrée d'Hayley amena un silence instantané, aussitôt suivi de cris et d'exclamations aigus.

— Que s'est-il passé, ma chère ? Nous venons d'apprendre que vous aviez été enlevée ? commença Anna.

— Dans votre chambre d'hôtel, m'a-t-on précisé… continua Sophia Alexandrovna.

Hayley inspira profondément. Elle avait répété la scène avec Meredith le matin même et ne voulait pas être prise en défaut.

— Il est vrai que ma demoiselle de compagnie et moi-même avons été agressées hier soir. Miss Meredith a été violemment frappée à la tête et ne peut pas être présente dès ce matin…

À ces paroles, un mouvement d'horreur secoua les dames, qui se rapprochèrent pour mieux entendre.

— J'irai demander à sa Majesté de bien vouloir pardonner à Miss Meredith cette faiblesse passagère.

— J'espère qu'elle ne se porte pas trop mal ! dit l'une.

— La pauvre jeune fille ! Elle doit être morte de peur, seule dans sa chambre ! s'exclama l'autre.

— Ne vous inquiétez pas pour Miss Meredith. Un colonel de mes amis s'est proposé de veiller sur elle.

— Heureusement qu'il reste quelques hommes d'honneur ! Mais, et vous, ma chère, comment avez-vous fait pour vous échapper ? persifla Sophia Alexandrovna.

— J'ai profité d'un moment d'inattention de mon ravisseur et j'ai sauté de la voiture dans laquelle j'avais été poussée contre mon gré.

— Et il n'a pas tenté de vous rattraper ? s'inquiéta Anna.

— J'ai eu de la chance. La rue comptait de nombreux passants et j'étais près du palais d'Hiver. J'ai réussi à retrouver ma route jusqu'à l'hôtel.

Sophia Alexandrovna se racla la gorge pour obtenir un peu de silence.

— Un homme vous y attendait, ma chère, et vous avez eu avec lui une conduite que l'on n'attendrait pas d'une dame de votre qualité.

Hayley prit sur elle de garder un visage impénétrable. *Comment cette vieille peau ose-t-elle ?*

— Vous êtes extrêmement bien renseignée, ma chère. Effectivement, j'avais rendez-vous avec ce gentleman, qui fait partie de mes amis proches depuis de nombreuses années, et quand il a appris que je courais un danger, il a perdu la raison, ce qui peut nous arriver à tous.

Les autres dames acquiescèrent de hochements de têtes vigoureux.

— Quant à l'étreinte à laquelle vous faites allusion, la peur ressentie et le soulagement de me retrouver sauve devraient suffire à l'expliquer.

Hayley planta son regard dans celui de la duchesse, qui cilla devant la détermination et l'assurance de l'Anglaise.

Les portes des appartements privés de la tsarine s'ouvrirent, laissant passer l'impératrice.

— Lady Hayley Blunt-Lytton, quelle épouvantable expérience vous avez vécue ! Venez, je vous prie, il faut que vous me racontiez ce qu'il s'est passé !

Alexandra Feodorovna retourna dans ses appartements, aussitôt suivie par Hayley. La tsarine avait de nombreuses questions à poser à la lady anglaise, dont l'arrivée avait tant changé son quotidien routinier. Toutefois, Hayley avait bien préparé son discours et était capable de répondre à toutes les interrogations de la tsarine. Après quelques minutes de conversation, Hayley estima qu'il était temps de jouer cartes sur table.

— Puis-je vous poser une question, votre Majesté ?

L'impératrice parut surprise, mais elle hocha la tête pour accorder cette faveur à la lady.

— Où en est l'enquête sur le vol de l'œuf de Fabergé ?

— Nulle part. Elle a été abandonnée puisque l'œuf a été restitué.

— Ce n'est pas normal ! L'œuf a été dérobé pour vous porter préjudice et je ne vois pas pourquoi le coupable ne serait pas puni !

— J'étais de votre opinion, mais mon époux a considéré que l'affaire était close.

Hayley ne pût cacher sa surprise.

— Le tsar en personne a décidé de mettre fin à l'enquête ? Mais... Votre Majesté, je dois vous parler, mais notre conversation doit demeurer privée.

Hayley déglutit, consciente qu'elle venait de franchir le Rubicon. L'impératrice hésita un moment, puis acquiesça à nouveau d'un mouvement silencieux.

— Je pense que sa Majesté Nicolas II a arrêté l'enquête, car il soupçonne l'impératrice mère d'être mêlée à cette histoire, mais il se trompe. Maria Feodorovna est innocente, mais quelqu'un dans son entourage essaie de vous déstabiliser pour que vous perdiez tout crédit auprès de votre époux et qu'elle retrouve le rôle de conseillère, qu'elle avait au début du règne de sa Majesté Nicolas II.

Hayley s'aperçut de l'énormité de ce qu'elle venait de dire et fit une profonde révérence en signe de respect à la tsarine. Alexandra Feodorovna demeurait immobile, impénétrable, glaciale. Ses joues et son cou marquaient pourtant une rougeur excessive.

— Continuez.

Hayley regarda la souveraine et comprit qu'elle avait confirmé certains de ses soupçons.

— Nous pensons…

— Qui « nous » ?

— Je fais partie des enquêteurs anglais prêtés par sa Majesté la reine Victoria à sa Majesté le tsar.

Alexandra Feodorovna inspira, le visage fermé, et dit :

— Continuez.

— Nous pensons, mais ce n'est qu'une simple hypothèse, qu'Anouchka, la femme de chambre de Maria Feodorovna, a été influencée par une personne haut placée qui l'a incitée à dérober l'œuf pour vous nuire. Le but était de vous faire passer pour une femme frivole, incapable même de faire attention aux cadeaux de son époux.

— Qui ?

— Je vous demande pardon, votre Majesté ?

— Qui est la personne haut placée ?

— Nous estimons possible que le grand-duc Vladimir

Alexandrovitch soit derrière cette manœuvre.

À ce nom, l'impératrice ne put cacher sa contrariété. La tsarine ne semblait pas pouvoir souffrir l'oncle de son époux.

— Pourquoi ?

Hayley raconta par le menu l'ensemble des découvertes de Meredith, d'Alistair et les siennes, qui les avaient menés tous trois aux déductions qu'elle venait d'exposer.

— Donc si vous avez été enlevée hier et que votre demoiselle de compagnie a été frappée si violemment, c'est à cause de moi.

— Non, votre Maj…

— Si. Celui qui a fomenté ce complot est toujours là et n'attend qu'une nouvelle occasion de me nuire. Je vais lui montrer que l'impératrice de toutes les Russies ne se laissera pas faire et, mes chers amis anglais, vous allez m'aider.

Hayley parut intriguée. Elle ne s'attendait pas à ce que la tsarine s'emparât ainsi des rênes de cette affaire. Après tout, elle était la première concernée et avait plus de pouvoir qu'eux. Les deux femmes échangèrent encore près d'une demi-heure et Hayley put prendre congé d'une Alexandra Feodorovna déterminée.

Alors que Lady Hayley Blunt-Lytton avait eu l'autorisation de retourner à son hôtel pour prendre des nouvelles de sa demoiselle de compagnie, la tsarine avait rejoint le cercle de ses dames d'honneur. De fort bonne humeur, Alexandra Feodorovna expliqua à quel point elle était heureuse d'avoir récupéré l'œuf à la Rose auquel elle tenait tant. Il était certes dommage qu'elle ne disposât plus des deux surprises de l'œuf, mais elle avait l'essentiel : le bouton de rose jaune lui rappelant les roseraies de Darmstadt.

⊰❖⊱

B enedict et Frans marchaient sans hâte dans les rues de Saint-Pétersbourg, chargés du barda du jeune Finlandais. Ils avaient emporté tout ce que le jeune homme avait rapporté de Finlande avec lui et avaient décidé de l'installer dans l'une des chambres de la veuve Nadejda Viktorovna Alekseïeva. Certes, il restait encore la difficulté de convaincre la stricte dame, mais Benedict ne doutait pas que quelques arguments sonnants et trébuchants adouciraient son humeur. Les deux jeunes gens avaient croisé plusieurs patrouilles de police et s'étaient mis à discuter en anglais, afin de passer pour des voyageurs en partance. Frans et Benedict devaient se féliciter de leur stratagème, car tous les policiers qui s'étaient approchés d'eux avaient fui à l'instant même où ils les avaient entendus parler anglais. Ils arrivèrent donc sans plus de difficulté à la pension où logeait Benedict.

Comme il s'y attendait, sa logeuse était déjà derrière son rideau à surveiller les entrées et les sorties de ses locataires. Elle ouvrit sa fenêtre à leur arrivée.

— C'est à cette heure-ci que vous rentrez, Monsieur ? Ma maison est un établissement sérieux et…

— Nadejda Viktorovna, tout d'abord, avec tout le respect que je vous dois, vous n'êtes pas ma mère, mais ma logeuse. Ensuite, si je rentre si tard, c'est parce que j'ai attendu une bonne partie de la nuit que mon ami étudiant arrive et son bateau a eu du retard. Enfin, il me semble que vous avez encore une chambre à louer et mon ami Frans souhaiterait savoir s'il pourrait bénéficier de cette location.

La stricte logeuse était offusquée que ce freluquet osât lui parler sur ce ton, mais les affaires étant les affaires et ses finances ayant grand besoin d'un autre locataire, elle observa le nouveau venu. Au moins n'était-il pas anglais. Elle avait l'impression de subir une invasion britannique depuis quelques jours.

— D'où venez-vous, Monsieur ? dit-elle en s'adressant à

Frans.

Avant de répondre, le jeune Finlandais enleva sa casquette et la prit entre ses mains. La logeuse apprécia ce geste.

— Je viens de Finlande, Madame. Je suis étudiant et je m'appelle Frans Eklund. Je suis un jeune homme sérieux et si vous m'autorisez à résider ici, vous n'aurez pas à vous plaindre de moi. Je suis discret, propre et calme.

— Avez-vous de quoi payer, Monsieur Eklund ?

Frans plongea sa main dans sa poche, où il venait de fourrer les billets que lui avait donnés Benedict. Il en sortit un amas de billets.

— Oui, Madame, j'ai de quoi payer un mois d'avance si vous le voulez.

La dame fit un effort pour ne pas loucher sur les billets, mais ne put s'empêcher de sourire avec avidité.

— La chambre est à vous, Monsieur Eklund. Les loyers se paient d'avance de semaine en semaine. Monsieur votre ami vous montrera la chambre, c'est la troisième chambre de l'étage.

Frans tendit deux billets et rempocha le surplus. Les deux jeunes gens entrèrent, emportant avec eux les affaires du Finlandais. Ils montèrent l'escalier, puis Benedict ouvrit sa porte.

Assis dans sa chambre, les pieds sur sa table, un homme blond attendait. Benedict fixa le gredin, puis se dit que ses mains étaient trop encombrées pour saisir son arme.

— Eh bien, cousin, j'ai failli attendre ! grogna Alistair.

Benedict fixa le visage de l'homme et se concentra. C'était la voix d'Alistair mais… où le dandy se cachait-il sous les vêtements rapiécés de ce manœuvre grossier ?

Grand Canal [St. Petersburg, Russia], about 1865, 84.XD.1157.285.
©The J. Paul Getty Museum, Los Angeles

Chapitre X

L es coulisses du théâtre Mariinsky avaient tout de la ruche en pleine ébullition. Chaque recoin des coulisses, de la scène et de la salle de spectacle grouillait d'une activité laborieuse et empressée. Pourtant, malgré le nombre de corps de métiers travaillant de concert pour préparer le spectacle du soir, les bousculades étaient rares. Chacun se démenait dans un calme relatif. La venue du tsar et de la cour ajoutait à l'effervescence habituelle, tous n'ayant pour but que la perfection.

Dans l'agitation des derniers préparatifs, il avait suffi à Alistair de se présenter le matin même, à la première heure, aux portes du théâtre pour trouver un emploi de manœuvre, consistant à faire tout ce qu'on allait lui demander dans la journée. Cet emploi polyvalent lui convenait parfaitement, lui permettant de naviguer à travers tout l'espace du théâtre et de surveiller les éventuels comportements suspects. Alistair avait débuté sa journée en réparant un fauteuil de la salle et avait ainsi pu vérifier qu'aucune bombe n'avait été placée sous un siège. Puis, il avait aidé à rattacher un pan du gigantesque rideau, ce qui lui avait donné une vue panoramique sur la salle et une bonne partie des coulisses. Enfin, il avait dû redonner un coup de frais à une colonne, qui s'était abîmée bien plus vite que les autres éléments du même décor. Alistair observait les artistes qui arrivaient désormais afin de s'échauffer. Il identifia sans difficulté Luka Semyonovitch Belov, le danseur étoile étant d'un naturel peu discret, mais il avait plus de difficultés à trouver Roza Iegorovna Joukov dans la myriade de jeunes danseuses. Le danseur étoile l'aida dans ses recherches en saisissant sans ménagement l'une des petites ballerines et en l'entraînant dans un recoin sombre. D'un naturel curieux et chevaleresque, Alistair se rapprocha des deux danseurs afin d'entendre leur conversation et, éventuellement, porter secours à la jeune fille.

À peine était-il arrivé près de l'endroit où avaient disparu les deux danseurs qu'il entendit un bruit étouffé, comme si quelqu'un suffoquait. Alistair grimpa sur un décor en hauteur pour observer ce qu'il se passait, prêt à bondir sur Luka Semyonovitch… qu'il trouva plié en deux, les deux mains sur son entre-jambe. Au-dessus de lui, Roza Iegorovna arborait un air féroce, peu compatible avec son apparente fragilité. À son grand étonnement, Alistair s'apprêtait à porter secours au danseur étoile, plutôt qu'à la jeune danseuse. Les jeunes filles n'étaient décidément plus ce qu'elles étaient. Toutefois, l'Anglais n'eût pas à intervenir puisque Roza Iegorovna partit sans un regard pour Luka, qui cherchait encore son souffle. Alistair compatit avec le danseur, mais suivit la jeune ballerine, personnage autrement plus prometteur pour l'affaire qui l'occupait.

Sans se douter qu'elle était surveillée, Roza Iegorovna s'enfonça dans les coulisses du théâtre Mariinsky, loin des regards indiscrets, et disparut aux yeux de tous pendant quelques minutes. Alistair ne pouvait pas la suivre sans se faire repérer et attendit que la jeune fille repartît avant d'aller vérifier ce qu'elle pouvait faire dans un coin si reculé du théâtre. L'espion anglais n'eût pas à patienter longtemps, avant que sa cible ne ressurgît des ténèbres. Il l'observa s'éloigner et fonça dans ce coin oublié de tous. Ses yeux mirent quelques instants à s'adapter à la pénombre. Alistair n'aima pas ce qu'il découvrit : un tas de sciure jonchait le sol.

L'Anglais sortit de l'ombre comme un diable de sa boîte. Il apparut si soudainement dans les coulisses qu'il effraya trois danseuses en train de s'échauffer.

— Mille pardons Mes'mselles, dit-il avec sa voix contrefaite à l'accent vulgaire. N'auriez pas vu la danseuse Roza par hasard ?

Les jeunes filles semblèrent interloquées qu'un tel escogriffe osât leur adresser la parole, mais l'une d'elles tendit tout de même la main dans une direction pour toute réponse. Alistair n'attendit pas davantage et se précipita à la poursuite de l'étrange ballerine. Alors qu'il avait parcouru une vingtaine de mètres au milieu du capharnaüm des coulisses, il buta presque sur Mikhaïl en grande conversation avec Roza Iegorovna. Le jeune prince ne lui accorda pas un regard, trop absorbé par ce qu'elle lui disait. Alistair continua à marcher d'un bon pas et passa à côté d'eux sans s'arrêter, ni ralentir afin de ne pas perturber leur conversation. Il tendit l'oreille pour saisir quelques mots.

— …trouvé un tas de sciure…

Alistair fronça les sourcils à ces mots. Il poursuivit sa route comme si de rien n'était. Roza Iegorovna était-elle en train d'expliquer à Mikhaïl qu'elle avait trouvé un tas de sciure ? Ce n'était pourtant pas l'impression qu'il avait eu quelques instants auparavant… La conversation avec Fiodor lui revint à l'esprit. Le journaliste n'avait-il pas parlé d'une niche dans un décor ? Alistair se retourna d'un bloc et repartit sur ses pas. Trop tard, Mikhaïl et la danseuse avaient disparu.

Mikhaïl était très préoccupé par ce que son informatrice venait de lui annoncer. Si de la sciure avait été trouvée dans les coulisses du théâtre, l'explication ne pouvait être liée qu'à un quelconque sabotage. Il devait en informer l'Okhrana et ses alliés anglais dans les plus brefs délais.

Il se dirigeait vers l'une des entrées des artistes pour sortir plus discrètement du bâtiment, quand il fut happé par une force qui l'entraîna à l'écart. D'un geste d'épaule, il libéra son bras et regarda l'homme qui venait ainsi de le détourner de sa route.

— Qu'est-ce qui vous prend ?

L'homme sourit, faisant apparaître au coin de ses yeux les rides en pattes d'oie de ceux qui rient plus souvent qu'à leur tour.

— Que vous a dit la danseuse, mon ami ? demanda Alistair avec sa voix habituelle.

Mikhaïl eut un léger mouvement de recul, avant de se reprendre.

— Décidément, mon ami, vous êtes toujours plein de surprises. Roza me disait qu'en suivant le danseur étoile Luka Semyonovitch, elle avait découvert un tas de sciure suspect.

— Le problème est que je n'ai pas vu Roza Iegorovna suivre Luka Semyonovitch où que ce soit. En revanche, j'ai vu Luka attraper Roza, l'entraîner dans un recoin tranquille, puis j'ai vu Luka recroquevillé sur lui-même, les deux mains sur l'entre-jambe, incapable de bouger. Votre informatrice l'a laissé où il était et s'est rendue seule à l'endroit où j'ai trouvé le tas de sciure. Lequel est le danger ? Lequel est victime des apparences ? Je l'ignore. Dans le doute, je ferais arrêter les deux.

Mikhaïl eut un mouvement de recul.

— Roza est mon informatrice depuis quelque temps déjà et elle ne m'a jamais trompé de quelque façon que ce soit. Avez-vous trouvé d'où vient la sciure ?

— Un journaliste de ma connaissance m'a parlé d'une niche creusée dans un décor, qui avait déclenché l'ire de Luka contre Roza. Est-ce correct ou erroné, je l'ignore. En revanche, j'ai passé la journée à vérifier le moindre recoin de ce théâtre et je n'ai rien trouvé… Du moins, pour le moment.

— Devons-nous annuler la représentation de ce soir ?

— Vous pouvez toujours essayer, mais le tsar vit constamment sous la menace d'attentats. Aussi, serais-je fort étonné qu'il y ait un quelconque changement de programme…

Mikhaïl était plus optimiste qu'Alistair sur cette question. Il se garda pourtant de donner son opinion, s'étant aperçu en la matière que le pessimisme de l'Anglais était souvent plus réaliste que son optimisme naturel. Les deux hommes se séparèrent, chacun devant regagner son poste au plus vite.

CR✦EO

L e théâtre Mariinsky s'était paré de mille feux pour recevoir le tsar et ses proches. Les grands lustres de cristal éclairaient la superbe salle bleu et or, pendant que les spectateurs en grande tenue prenaient peu à peu place dans les rangs. Invitée par la tsarine, Hayley portait une merveilleuse robe parme, dont le drapé autour des épaules formait comme un écrin à son visage d'une troublante beauté. Alistair, qui observait la salle depuis les coulisses, ne pouvait détacher les yeux de la gouvernante de sa cousine. Comment n'avait-il pas remarqué auparavant qu'Hayley n'était pas simplement une jolie femme, mais une femme d'une grande beauté ? Ou les sentiments qu'il éprouvait désormais pour elle troublaient-ils son jugement ? Quand il se tourna vers Serguéï, le regard du Russe vers Hayley lui confirma que ses sentiments n'étaient pas les seuls responsables de son trouble.

— Attention, mon ami, dit Serguéï, ta muse est sublime ce soir…

— Au lieu de te concentrer sur Hayley, tu ferais bien d'observer la salle avec plus d'attention, grogna Alistair.

— Nous sommes tellement nombreux à surveiller cette salle qu'aucun terroriste n'osera venir troubler la soirée.

— Puisses-tu dire la vérité !

Les deux hommes reprirent leur surveillance en silence.

Dans le même temps, Benedict et Frans fouillaient les coulisses, sous la surveillance de trois policiers de l'Okhrana. Il avait fallu toute la diplomatie de Mikhaïl pour faire accepter aux plus hautes autorités la présence des deux jeunes gens dans les coulisses du théâtre pendant la représentation. Toutefois, leurs connaissances spécifiques en explosifs avaient aidé à leur intégration dans le processus de surveillance, bien que l'officier de l'Okhrana, en charge de la sécurité de la soirée, se fût bien juré de demander aux deux étudiants d'où leur venaient tant de connaissances suspectes. Benedict et Frans avaient parfaitement conscience du parcours de la pensée de ce policier et s'étaient bien jurés, quant à eux, de quitter Saint-Pétersbourg dès le lendemain. Toutefois, pour le moment, une paix précaire s'était instaurée entre les deux jeunes gens et l'Okhrana, tous poursuivant un seul et même but : préserver la vie du tsar et de l'auguste assemblée.

CR♦ℰ

Au même moment, Meredith et Mikhaïl étaient camouflés dans le salon privé de la tsarine en compagnie de l'inspecteur Ioussoupov et attendaient, avec quelque impatience, que le voleur daignât se montrer. Inquiet pour l'état de santé de Meredith, Mikhaïl avait insisté pour se cacher à côté de la jeune Anglaise, au grand déplaisir de cette dernière. Meredith avait certes encore mal à la tête, mais le cataplasme que lui avait appliqué Hayley avait fait des miracles et elle se sentait suffisamment d'attaque pour confondre un voleur... surtout s'il s'agissait d'une servante âgée ! Elle ne comprenait pas l'opiniâtreté de Mikhaïl à vouloir à toute force la considérer comme une petite chose fragile. Elle avait espéré qu'après l'épisode parisien, cette lubie aurait quitté le Russe. Mais non ! Un coup sur la tête et tout était reparti. Se cacher ensemble ! C'était le meilleur moyen d'être découvert ! Et encore, il avait fallu lutter contre Boris et Yegor pour qu'ils ne vinssent pas les rejoindre ! Meredith grommelait en son for intérieur et se disait que la soirée allait être longue.

Informés par Alistair de la découverte d'un tas de sciure et de la possible création d'une niche dans un des éléments du décor pour dissimuler une bombe, Benedict et Frans observaient avec acuité chaque colonne, panneau, rocher et autres éléments entreposés dans les coulisses. Alistair et Sergueï s'étaient chargés des décors de la scène et n'avaient rien trouvé de suspect.

Frans était inquiet et son inquiétude était devenue celle de Benedict. Aucune des bombes qu'il avait réalisées pour le groupe de Véra Figner ne pouvait être assez dévastatrice pour occasionner des dégâts au-delà de la scène. Seuls les artistes trop près des explosifs seraient blessés. Par conséquent, si bombe il y avait, elle était d'un modèle tout à fait différent de celles qu'il avait construites. Le bruit de la salle avait tendance à se calmer, le spectacle n'allait pas tarder à débuter. Il y avait tant de pièces de décor dans les coulisses que les deux jeunes gens ne savaient plus où donner de la tête. À chaque nouvel élément, ils observaient tant bien que mal, malgré la pénombre, l'objet de leur inspection, puis ils passaient la main sur sa surface à la recherche d'une aspérité suspecte, enfin, ils tapaient sur chaque pièce sous le plus d'angles possibles, afin de découvrir au son une éventuelle niche creusée. L'inspection était lente et fastidieuse, mais ils furent bientôt rejoints dans leurs travaux par les trois policiers supposés les surveiller. À cinq, ils progressèrent plus vite.

Arrivé près de la scène, Benedict observa un décor étonnamment ordonné qui, à la différence de ceux exposés un peu plus loin, semblait prêt à être employé. Benedict réfléchit à cette différence et la vérité s'imposa soudain à lui.

— Le décor du deuxième acte ! Venez m'aider !

Frans et les trois policiers le rejoignirent et entamèrent à l'instant leurs recherches. Benedict était persuadé de toucher au but. S'il avait dû placer une bombe dans un élément du décor pour tuer le tsar, il ne l'aurait pas mise dans le décor en place dès le premier acte, il l'aurait placée dans celui en arrière-scène, celui que personne ne songerait à sonder. Sa main se heurta à une aspérité. Benedict suivit la ligne de fracture à la surface du décor et s'aperçut qu'elle suivait un tracé rectiligne. Il se pencha pour observer de plus près sa découverte. Une ouverture rectangulaire avait été creusée puis dissimulée sous un enduit, la rendant invisible à l'œil nu.

Benedict fit signe aux autres de s'approcher. Frans s'agenouilla pour observer les alentours de la colonne, aucun fil ne dépassait. Il sortit un couteau de sa sacoche et s'attaqua à l'enduit. Le plâtre de couleur beige tomba peu à peu au sol dévoilant une niche. Voyant cela, les policiers se ruèrent sur les autres éléments du décor et, quelques minutes après, l'un d'eux leva le bras.

— Ici !

Benedict se retourna et se précipita pour examiner la trouvaille du policier. Une autre niche existait.

— Benedict, viens voir… murmura Frans.

Frans avait enlevé le capot de la cache. Une bombe reliée à une vingtaine de bâtons de dynamites cliquetait paisiblement.

CR✦EO

Le salon privé de la tsarine était plongé dans la pénombre. Seule la lueur des étoiles et de la lune filtrait sous les épais rideaux tirés devant les larges fenêtres. Tout était paisible, un peu trop même. Meredith avait les plus grandes difficultés à rester éveillée, sa tête dodelinant de plus en plus souvent. Mikhaïl, assis sur le sol à côté d'elle, la regardait les sourcils froncés, gagné peu à peu par l'inquiétude. L'inspecteur quant à lui avait fini par s'asseoir sur le sol, derrière un rideau, toujours en éveil. L'attente était longue, beaucoup plus longue que prévu. Le ou les malandrins allaient attendre le cœur de la nuit avant de venir.

Meredith s'endormit, le dos calé contre le mur, la tête en arrière. Mikhaïl passa son bras derrière son cou et plaça sa tête sur son épaule. Il lui tardait que le voleur arrivât pour que la jeune fille pût aller se reposer.

CR✦ED

Q uand la bousculade commença, Alistair et Serguëi perdirent tout espoir de suivre qui que ce fût. Toujours dans leur nid d'aigle, ils ignoraient ce qui avait déclenché la panique des spectateurs, mais ne mirent pas longtemps à le comprendre.

— La bombe a été trouvée, mon ami, devina Alistair.

Serguëi ne répondit pas, ce qui surprit son compagnon d'armes. Alistair porta son attention sur lui et vit qu'il fixait quelque chose dans la foule. Il regarda dans la même direction et, après quelques instants, découvrit ce qui avait suscité l'attention du Russe. Un homme en cape noire traversait la foule, le visage dissimulé sous un large chapeau, le col relevé. L'Anglais observa la plate-forme d'où ils surveillaient la salle. À côté d'eux, des cordes pendaient jusqu'au sol. Alistair ajusta les gants en cuir qu'il portait et regarda Serguëi avec un grand sourire.

— La chasse est ouverte, mon ami.

Il saisit l'une des cordes et se laissa glisser jusqu'au sol. Serguëi leva les yeux au ciel, un sourire carnassier aux lèvres, et suivit Alistair.

CR✦ED

L 'Okhrana avait pris la décision d'évacuer le théâtre Mariinsky. La foule des gentlemen en habits noirs et des dames en robes de soirée se pressait dans un mouvement multicolore vers les sorties du théâtre. Le tsar, la tsarine et les autres membres de la famille impériale avaient été évacués en priorité, les spectateurs prenant conscience de l'existence d'un danger. La peur avait jailli de toutes parts à travers la salle, saisissant les rangs du public les uns après les autres. Les policiers avaient bien des difficultés à contrôler le flot de ceux qui quittaient au plus vite la salle de spectacle. Une vingtaine de minutes plus tard, le théâtre était vide de tout spectateur.

Dans l'arrière-scène, Benedict et Frans transpiraient à grosses gouttes autour des bombes dissimulées dans le décor du deuxième acte. Les dispositifs explosifs étaient jumeaux, mais ni Benedict, ni Frans n'étaient parvenus pour le moment à venir à bout de leur ouvrage. Plus puissantes qu'aucun engin rencontré au cours de leur courte existence d'artificiers, plus complexes que tout ce qu'ils avaient étudié, Benedict et Frans comprirent que les engins en face d'eux pouvaient dévaster une bonne partie du théâtre et supprimer tous les membres de la famille impériale présents.

À plusieurs reprises, Benedict était venu demander conseil à Frans, le jeune Finlandais ayant quelques mois de pratique de plus que lui dans le maniement des explosifs. Toutefois, si Frans reconnaissait être assez habile avec des modèles de bombes petits et portatifs, il ne s'était jamais intéressé à un tel ouvrage. Malgré leur peu de qualification, l'Okhrana avait laissé les deux jeunes gens tenter leur chance avec les explosifs, n'ayant aucun spécialiste du déminage dans leurs rangs et l'arrivée sur place d'un quelconque professionnel pouvant prendre plusieurs heures.

— Il faudrait que nous puissions séparer le bloc explosif du détonateur sans y perdre la vie, dit Frans pour lui-même.

— Cela me semble souhaitable en effet, répondit Benedict. Ma difficulté est que plusieurs fils semblent relier les explosifs au retardateur, mais j'ignore si ces leurres vont déclencher l'explosion si nous les coupons ou si nous pouvons désarmer ainsi les bombes.

— Connaissant Véra, tu peux être certain qu'elle a tout mis en œuvre pour rendre son engin le plus dangereux possible.

— Dans ce cas, ne devrions-nous pas déplacer les colonnes et attendre qu'elles explosent dans un endroit désert ? proposa Benedict.

— Impossible. J'ai remarqué à l'arrière du mécanisme de retardement une petite bouteille contenant de la nitroglycérine à l'état liquide...

— Donc hautement explosive... Impossible de bouger les colonnes. Dans ce cas, ne peut-on pas entourer les colonnes avec des matériaux pour contenir la future explosion ? demanda Benedict.

— Cela aurait pu être une possibilité, répondit Frans, malheureusement je pense que nous n'avons plus le temps nécessaire devant nous. Les bombes sont supposées exploser pendant le deuxième acte et, d'après ce que m'a dit le régisseur du théâtre, le premier acte dure un peu moins d'une heure...

— Et cela fait déjà plus d'une demi-heure que le premier acte aurait dû commencer, termina Benedict. Nous n'avons donc plus d'autre choix que de réussir à désamorcer ces engins.

Benedict s'agenouilla à nouveau devant la colonne avec le deuxième engin et observa avec attention le mécanisme complexe mis au point par les révolutionnaires.

CR✦ЯϽ

S i Hayley avait pu imaginer une minute que Benedict et un autre jeune homme risquaient leurs vies à quelques dizaines de mètres d'elle, jamais elle n'aurait suivi l'étrange personnage qu'elle avait remarqué dans la foule des fuyards. Elle s'était de prime abord demandée pourquoi cet homme avait attiré son attention et, après réflexion, la réponse s'imposa à son esprit sans aucun doute possible. Il était calme. D'un calme étonnant au milieu d'une foule affolée. D'un calme suspect au milieu d'une fuite collective. D'instinct, Hayley s'était attachée à ses pas, serrant dans sa poche le revolver chargé qu'Alistair lui avait préparé. L'espion avait essayé de lui enseigner les rudiments de l'art du tir, mais il avait manqué de temps pour parfaire son éducation en la matière. Toutefois, si Hayley ne se considérait pas comme une fine gâchette, elle se sentait tout à fait capable de tenir en joue un homme, voire de lui tirer dessus s'il se montrait menaçant.

L'homme confirma les soupçons d'Hayley quand, à la sortie du théâtre, au lieu de s'éloigner le plus possible du danger comme le faisaient tous les autres spectateurs, il se mit à tourner autour du bâtiment, observant avec acuité autour de lui. Hayley songea qu'elle avait de nouveau le privilège d'affronter le méchant seul à seule.

CR ♦ EO

U n léger bruit de clés tournant dans la serrure fit sursauter Mikhaïl, qui donna un coup d'épaule dans la tête de Meredith. Il étouffa son cri de douleur sous sa main et lui montra la porte s'ouvrir. La jeune Anglaise oublia alors toutes ses récriminations et se concentra sur le voleur, qui les honorait enfin de sa présence. Mikhaïl s'accroupit afin d'être plus mobile et jeta un coup d'œil vers l'inspecteur, qui s'était aussi ressaisi et attendait de pied ferme leur visiteur nocturne.

La porte s'entrouvrit et une ombre se glissa dans le salon privé. Loin d'être gênée par la pénombre, la silhouette se déplaça sans hésitation vers le meuble coffre et commença à l'ouvrir. Le son des pièces de bois glissant les unes contre les autres résonnait dans la pièce. Sans aucune hésitation, le voleur ouvrait le meuble coffre de la tsarine. L'inspecteur, Meredith et Mikhaïl entendirent le déclic de la porte, puis le son d'un léger frottement. L'inspecteur décida d'agir et hurla :

— Au nom du tsar, restez où vous êtes !

La silhouette se figea un instant et bondit vers la porte restée entrouverte. Mikhaïl se jeta en avant et parvint à rattraper le fuyard en deux enjambées. Il referma la porte d'un violent coup de pied au moment où le voleur allait leur fausser compagnie. L'inspecteur alluma la lumière et l'électricité illumina la pièce.

Près de Mikhaïl, la duchesse Sophia Alexandrovna Demidova, la stricte dame de compagnie d'Alexandra Feodorovna, ne savait plus quoi faire. Elle regarda Mikhaïl près d'elle et estima qu'il était bien trop grand pour être poussé en dehors de son chemin. Puis, elle lança un regard circulaire autour de la pièce, à la recherche d'une quelconque issue. Rien. Elle était faite comme un rat, ou plutôt comme une rate, mais les rats ne se rendaient jamais sans combattre.

— Êtes-vous devenu fou ? dit-elle d'un ton guindé. Vous m'avez fait la peur de ma vie !

— Puis-je vous demander ce que vous faites ici, Madame ? demanda Mikhaïl.

— Je venais vérifier que tout était en place pour la tsarine demain, répondit-elle avec aplomb.

— À cette heure de la nuit ? intervint Meredith. Je ne peux pas en croire mes yeux, Sophia Alexandrovna ! Vous qui étiez si stricte, si à cheval sur les convenances et c'est vous qui avez osé voler votre souveraine ? Vous devriez avoir honte !

Piquée au vif par les remarques acerbes de la jeune fille, Sophia Alexandrovna sortit de ses gonds.

— Voilà pourquoi il est impossible qu'Alexandra Feodorovna demeure tsarine ! Elle invite n'importe qui à sa cour, elle déshonore la couronne impériale en se conduisant comme une mystique, elle se pique de politique en ne comprenant rien à la grandeur de la Russie et influence de façon désastreuse notre tsar !

L'inspecteur s'empara du poignet de la dame.

— Comment osez-vous porter la main sur moi ? Je vous ferai

exécuter !

— Vous avez trahi notre tsarine en la volant, Madame, et je ne pense pas que notre souverain se montrera bienveillant envers vous. Suivez-moi maintenant !

Sophia Alexandrovna eut beau se débattre, l'inspecteur la tenait fermement et n'avait pas l'intention de la lâcher. Restés seuls, Meredith et Mikhaïl demeurèrent silencieux, encore étonnés par l'identité du voleur. Mikhaïl se dirigea vers le meuble coffre, ramassa l'œuf à la Rose qui avait basculé et l'observa quelques instants.

— C'est vraiment une pièce magnifique...

— Oui, mais ce n'est pas cela qui importe à la tsarine, répondit Meredith.

Mikhaïl se tourna vers elle, sans comprendre. Fatiguée, Meredith s'autorisa à s'asseoir sur l'une des chaises de l'impératrice. Elle était pâle et ses yeux auréolés de cernes sombres n'aidaient pas à lui donner meilleure mine. Mikhaïl posa l'œuf de Fabergé avec précaution dans sa niche et referma le meuble de son mieux. Puis, il se dirigea vers Meredith et posa sa main sur le front de la jeune fille.

— Je vous trouve bien familier, prince Kourakine !

Mikhaïl ne put s'empêcher de rougir.

— Certes, non, Miss Meredith. Votre cousin vous a confiée à moi et je ne fais qu'honorer ma parole.

Meredith regarda Mikhaïl en fronçant les sourcils.

— Et quand mon cousin m'a-t-il confiée à vos bons soins ?

— Lors de votre évanouissement.

— Fort bien. Je vous délie donc de votre parole, puisque je ne suis plus évanouie et que je me porte fort bien.

Mikhaïl sourit paisiblement.

— Certes, vous vous portez fort bien pour quelqu'un qui s'est fait écraser le crâne hier soir à coups de matraque. Toutefois, je demeure chargé de vous et je souhaite désormais que vous regagniez votre chambre d'hôtel au plus vite pour vous y reposer.

— Cela ne va pas être aussi simple, joli cœur !

Mikhaïl se retourna d'un bloc et tomba nez à nez avec Véra Figner en habit de domestique et ses deux colosses portant l'uniforme des gardes du palais d'Hiver. Il leva les mains, bientôt suivi par Meredith, motivée par les trois revolvers braqués sur eux.

— On entre dans ce palais comme dans un moulin, grogna-t-elle.

Véra lui fit signe de se lever. Meredith obtempéra, du moins pour le moment. Elle avait un gilet d'acier, des couteaux de jet dans la ceinture, une dague de combat dans sa poche gauche et son revolver dans la poche droite. En outre, elle était toujours de fort méchante humeur, n'ayant pas accepté d'avoir été assommée, la veille au soir, sans avoir pu faire le moindre mouvement. Elle avait besoin de se défouler sur quelqu'un et plutôt que d'ennuyer ce pauvre Mikhaïl, elle allait montrer à ces trois inconnus ce qu'il en coûtait de la menacer.

ଔ✦ୈ

B enedict se disait qu'il allait quitter cet exercice de déminage un peu trop réaliste à son goût. Frans avait beau déployer toutes ses connaissances en la matière, il ne réussissait pas à venir à bout de l'engin en face de lui. Pour sa part, Benedict avait vite compris que la difficulté de la tâche dépassait de loin ses pauvres capacités de démineur. À moins que…

— Et si nous déconnections les bouteilles de nitroglycérine, nous pourrions sortir les bombes et les jeter dehors…

— Il y a un bras de la Moïka juste derrière… Il faut le tenter. Ces bouteilles ont dû être ajoutées une fois que le reste des bombes avaient été installées…

— Donc, en toute bonne logique, nous devrions pouvoir

séparer la nitroglycérine du reste.

Mû par une énergie nouvelle, Frans s'attaqua à la bouteille de nitroglycérine de son propre engin. Il la prit entre deux doigts et la fit pivoter lentement jusqu'à ce qu'un léger déclic se fît entendre. Il tira sur le fil la reliant au reste des explosifs et la sortit de la colonne avec précaution.

— Benedict, occupe-toi de sortir la bombe et jette-la dans le bras de la rivière derrière le théâtre.

Frans se précipita sur l'autre colonne et recommença sa manœuvre pour enlever la bouteille de nitroglycérine. Benedict prit sa place devant la première colonne et se dit qu'étudier les explosifs était finalement une belle erreur. Il attrapa la bombe à deux mains et tira dessus pour la sortir de sa cachette. L'engin explosif suivit le mouvement et sortit sans trop de cahots de la colonne.

Benedict avançait, le plus vite possible, les pieds légers, pour éviter toute secousse inutile, les bras tendus à l'extrême, tenant les explosifs le plus éloigné possible de son corps. Un policier blême lui ouvrit la porte vers le bras de rivière, qui coulait derrière le théâtre Mariinsky.

Dehors, l'air frais de la nuit le saisit et lui donna un coup de fouet salvateur, lui faisant presser le pas davantage. *Jeter cette saleté dans l'eau... Jeter cette saleté dans l'eau...* À quelques pas de la rivière, Benedict prit la bombe à une seule main, balança son bras en arrière et, dans un geste circulaire de discobole, il la lança le plus loin possible dans la rivière. Il fut soulagé une seconde, avant de voir Frans arriver avec la deuxième bombe. Le jeune Finlandais tendit le bras en arrière prêt à la jeter, quand une fumée sortit de l'engin.

CR✦EO

M eredith bouillonnait. Elle avançait un pistolet dans les reins, Mikhaïl à ses côtés. Elle se demandait où étaient les satanés gardes du palais et où ces terroristes les amenaient ? Meredith devait reconnaître que les trois révolutionnaires étaient moins fous qu'il n'y paraissait de prime abord. Après avoir disparu une bonne dizaine de minutes, les laissant sous la surveillance de l'un de ses complices, la femme était revenue et les avait menés droit dans les couloirs des domestiques, bien moins surveillés que le reste du bâtiment. Elle progressait vite, sans hésitation. Leur adversaire connaissait ces passages mieux que Meredith dont les explorations s'étaient surtout concentrées sur les couloirs officiels.

En quelques minutes, ils avaient rejoint le sous-sol du palais d'Hiver. À cette heure tardive de la nuit, le ventre du palais dormait. La fourmilière, qui assurait de jour comme de nuit le bon fonctionnement de tout l'édifice, s'était calmée pour quelques heures. Quelques rares bruits troublaient encore le silence de cathédrale des lieux. Les chats remplissaient leur office et chassaient tous les rongeurs ayant osé s'aventurer sur leurs terres.

Meredith et Mikhaïl furent poussés sans ménagement dans un réduit sombre non loin de la chaudière principale du palais. Profitant de la pénombre, Meredith s'empara du revolver dans sa poche droite et, sans se retourner, tira au jugé dans ses adversaires en passant son arme sous son bras gauche. Un hurlement lui répondit. Elle se retourna et acheva le blessé d'une balle dans la tête, puis tira deux autres balles sur les deux fuyards qui rabattirent la porte du réduit sur eux. Mikhaïl se jeta sur la porte, mais trop tard. Elle était verrouillée.

Meredith vérifiait le pouls de sa victime et eut la satisfaction de constater qu'il était mort. Elle le délesta de son arme et la tendit à Mikhaïl.

— La nuit va encore être longue. Vous en aurez besoin.

Mikhaïl prit l'arme et l'attacha à sa ceinture.

— Il nous faut sortir d'ici.

Il prit son élan et écrasa son épaule contre la porte, sans effet.

Il recula d'un pas et donna un violent coup de pied juste à côté de la serrure. La porte se plia sous le choc, la lueur extérieure filtrant un peu plus dans le réduit, puis elle reprit sa forme initiale. Mikhaïl reprit son élan et frappa avec encore plus de violence la porte au niveau de la serrure qui céda, le panneau de bois se fracassant contre le mur.

— Le tout est désormais de savoir où sont ces fous et ce qu'ils sont venus faire ici, dit Meredith.

— La fausse Véra Figner et ses deux sbires n'ont rien de fous. Ce sont des révolutionnaires qui ont juré de tuer le tsar.

Mikhaïl allait sortir quand une balle s'écrasa non loin de sa tête sur l'encadrement de la porte du réduit. Il bondit en arrière et se tassa dans l'attente d'autres tirs.

— Cela répond au moins à l'une de vos questions. Ils sont là à nous attendre.

— Pour l'instant, il n'y a eu qu'un tir… Disons qu'il y en a un qui nous attend, précisa Meredith.

Mikhaïl acquiesça. Il regarda la jeune Anglaise dans la pénombre du réduit où ils étaient retranchés. Elle était calme, déterminée. Il s'était souvent demandé si le temps n'avait pas enjolivé ses souvenirs de leur premier combat côte à côte, mais la jeune fille à ses côtés lui prouvait le contraire.

— Vous êtes une étrange jeune femme, Miss Meredith, dit-il avec un sourire lumineux.

Meredith se tourna vers lui et leva un sourcil de perplexité.

— Pourquoi ? Parce que je ne suis pas éplorée ? Parce que… Oui, c'est ça !

Mikhaïl la regarda avec étonnement.

— Oh mon Dieu ! se mit à hurler Meredith, folle d'inquiétude. Il a été blessé ! Au secours ! Au secours !

Mikhaïl regarda Meredith sans comprendre, puis s'observa par acquit de conscience. Son uniforme était toujours d'un bleu ciel impeccable.

— Aidez-moi ! Pitié ! Il perd tout son sang ! Quelqu'un ! Au secours !

Meredith vérifiait son arme tout en criant et referma le revolver, un sourire en coin.

— Au secours ! Par pitié, vous n'allez pas le laisser mourir ici. Mikhaïl ! Mikhaïl ! Oh mon Dieu !!! Vous l'avez tué !!! À moi ! À l'assassin !

Meredith se concentra, elle sentait le danger approcher. Une ombre s'allongea devant la porte.

— Mon Dieu ! Mon Dieu ! Mais que vais-je faire ? Que puis-je faire ? pleurnicha-t-elle.

L'homme sauta devant la porte et reçut un tir groupé dans le cœur, les deux armes de Mikhaïl et Meredith ayant retenti en chœur.

— Plus qu'une… conclut Meredith.

— Grandiose, ma chère.

— Facile pourtant. Dans son esprit, vous aviez forcément tué son comparse. Vous mort, il ne restait plus qu'à achever l'idiote en train de crier. Reste à savoir si la femme nous attend aussi.

Meredith s'approcha de la porte, sur ses gardes. Elle avait beau porter son gilet en acier, elle savait qu'il ne la prémunirait pas d'une balle dans la tête. Caché par la pénombre, Mikhaïl la regardait avec admiration, découvrant que ses souvenirs étaient en dessous de la réalité.

CR✦ EO

Alistair et Sergueï avaient eu certaines difficultés à traverser la foule. Ils avaient perdu quelques instants la trace de l'homme en noir et plongèrent à sa poursuite dans les coulisses où il devait s'être fondu dans l'ombre. Soudain, l'Anglais perçut plus qu'il ne vit un mouvement fugace et fonça sans plus réfléchir sur la silhouette qui filait. Sergueï lui emboîta le pas mais, après quelques mètres, les deux hommes s'arrêtèrent et levèrent la tête. C'était bien une ombre qu'Alistair avait vu, une ombre projetée depuis les hauteurs de la salle. L'homme, courant sur les passerelles en haut de la salle, filait droit vers les toits.

Chapitre XI

D'instinct, Benedict se recroquevilla sur lui-même, comme si ce geste pouvait le prémunir d'une puissante bombe à trois mètres de lui. Frans hurla et lança l'objet fumant le plus loin possible. Le jeune Finlandais resta comme pétrifié, regardant l'engin explosif filer vers la rivière et chuter vers l'eau salvatrice.

Benedict comprit le danger et sauta sur Frans pour le plaquer au sol. Les deux jeunes hommes touchaient à peine terre, quand la bombe explosa dans les airs, propulsant sa force dévastatrice autour d'elle. Le muret, qui encerclait le bras de la rivière, encaissa la majeure partie du choc, puis céda sous l'impact, projetant ses pierres sur les deux jeunes gens couchés sur le sol. Ils eurent le réflexe de protéger leurs têtes avec leurs bras repliés sur eux, mais furent frappés de plein fouet par de nombreux gravats.

Soudain, à quelques secondes d'écart, la deuxième bombe explosa sous l'eau, propulsant un geyser au-dessus d'elle. Puis, le calme revint. Les hommes de l'Okhrana se précipitèrent sur les deux corps à terre et les dégagèrent le plus vite possible des décombres qui les jonchaient. Benedict sentit des doigts explorer son cou et il ouvrit les yeux, sonné, assommé.

— Le mien est en vie ! Un brancard, hurla le policier.

— Le mien aussi ! Deux brancards !

Benedict se sentit bientôt soulevé, ce qui lui occasionna une douleur peu commune dans le dos. Une pierre l'avait selon toute vraisemblance frappé sans ménagement près de la colonne vertébrale. Secoué au rythme de la course de ses brancardiers, il tourna la tête à la recherche de Frans. À moins de deux mètres de lui, son frère d'armes gisait sur son brancard, inconscient, une large plaie sur le crâne, compressée tant bien que mal par un policier qui courait à côté de lui.

CR♦ℰ

U *ne gouvernante digne de ce nom n'a pas à suivre dans une ruelle sombre un inconnu à la mine patibulaire*, se répétait Hayley. Pourtant, c'était exactement ce qu'elle était en train de faire. La main crispée sur la crosse de son revolver de poche, elle avançait dans la pénombre, suivant avec discrétion l'homme en noir qu'elle avait repéré dans la bousculade. Très sûr de lui, il marchait d'un pas vif à travers les rues de Saint-Pétersbourg et, à sa grande honte, Hayley était désormais perdue, incapable de revenir au théâtre ni à son hôtel par ses seuls moyens. Son grand espoir était de retrouver sur son chemin le magnifique palais d'Hiver du tsar. À partir de là, elle saurait, comme la nuit précédente, retrouver le chemin de l'hôtel Schmidt-Anglia. L'homme tourna d'un pas vif à l'angle d'une rue et disparut de la vue d'Hayley. La jeune femme pressa le pas pour ne pas être distancée.

Hayley s'approcha du coin de la rue avec précaution. À l'angle, elle fit une pause et jeta un coup d'œil furtif dans ce qui se révéla être une sombre ruelle. *Personne.* La « gouvernante-apprentie espionne » se mordit les lèvres avec nervosité. Elle n'avait aperçu aucune silhouette, mais la ruelle était encombrée de plusieurs petits abris en bois, probablement quelques remises à l'arrière des immeubles, pouvant constituer autant de cachettes pour son suspect. Hayley se rapprocha un peu de l'angle, s'accroupit et renouvela son observation. *Rien.* Elle se redressa, prit son pistolet en main et, adressant une prière à sainte Zita, la sainte patronne des gens de maison, s'engouffra dans la ruelle. Elle avançait en silence, les sens aux aguets, certaine de se précipiter dans la gueule du loup, mais sans aucune envie de reculer pour autant. Elle respirait par la bouche, son souffle chaud créant une fine buée dans l'air froid de la nuit pétersbourgeoise. Elle arriva à hauteur d'une première remise en bois, prête à faire feu au moindre mouvement suspect. Rien. Il fallait bien qu'il fût quelque part ! Où était-il passé ? La remise ? Hayley attrapa la poignée et tenta de la faire tourner, sans résultat. Elle observa la ruelle plus avant dans l'ombre et se dit qu'Alistair aurait beaucoup à dire au sujet de sa conduite. Elle avança jusqu'à un deuxième cabanon de bois, tenta d'ouvrir la porte sans plus de réussite que la première fois, quand quelque chose s'écrasa sur sa main droite et lui arracha son revolver. Elle n'eut pas le temps de réagir. L'homme en noir la jeta contre la porte en bois et, agrippant ses cheveux, lui cogna la tête de toutes ses forces. Sonnée, Hayley pensait à son revolver tombé trop loin pour qu'elle puisse le récupérer.

— Je me demande bien ce qu'une dame de votre qualité fait à suivre un homme dans la nuit, grogna l'inconnu en anglais.

Hayley observa son adversaire. Grand, brun, la quarantaine, fort comme un bœuf... *Le danseur !* Luka secoua Hayley avec violence, certain que ce genre de traitement effrayait les femmes. Hayley se concentra pour que la tête ne lui tournât pas trop. Puis, elle s'accrocha aux bras de l'homme, qui la tenait par les épaules, et lui envoya un violent coup de genou dans l'entre-jambe. Il se plia en deux, relâchant pour quelques instants sa prise sur les épaules d'Hayley, qui s'enfuit. Toutefois, amorti par l'épaisseur de sa robe, son coup de genou avait moins porté que ce qu'elle espérait et Luka s'élança derrière elle, la rattrapant avant qu'elle pût rejoindre la rue. Il la souleva d'un bras, pressant sa main contre sa bouche et lui écrasant le nez, il l'entraîna dans l'ombre de la ruelle isolée.

— Toi, sale garce, tu vas me le payer ! gronda-t-il.

Il jeta Hayley au sol, près d'un tas d'ordures nauséabond. Elle voulut se relever, mais ses pieds glissèrent sur le fond de sa robe et elle retomba. Elle recula, tant bien que mal, se retourna pour marcher à quatre pattes et réussit à se remettre debout. Elle se précipita pour échapper à son agresseur et comprit pourquoi Luka prenait son temps. *Un cul de sac !* Horrifiée, Hayley se retourna, dos au mur, regardant Luka approcher dans la nuit. Elle porta sa main à son décolleté.

Luka se jeta sur elle, enserra son cou de ses mains dures et puissantes, serrant à briser la trachée de sa victime. Soudain, il hurla. Hayley retira la dague de son ventre, puis replongea sa lame vers l'abdomen du danseur. Il esquiva ce deuxième coup d'un pas de côté et, une main comprimant sa plaie, il gifla Hayley de son autre main de toutes ses forces. Elle encaissa le coup, sa tête partant en arrière. Puis, la lèvre éclatée, elle se retourna et le regarda droit dans les yeux, haineuse, folle de rage.

— Vous aimez frapper les femmes, n'est-ce pas ?

Le son guttural qui sortit de sa bouche ne ressemblait plus à sa voix. Luka comprit que la proie venait de se muer en prédateur. Blessé, il considérait avec une étrange inquiétude celle qu'il pensait pouvoir étrangler sans peine quelques instants auparavant. Hayley resserra sa prise sur l'arme. Le colonel Pouchkine avait été bien aimable de lui préparer ce couteau avec un linge serré. Elle regarda la plaie de Luka et sourit.

— En plein dans le foie. Que je vous achève maintenant ou pas ne changera rien pour vous. Vous serez mort au matin.

Luka blêmit. Il recula, pensant qu'il devrait trouver un médecin. Il n'était pas prêt à mourir, pas cette nuit et certainement pas de la main de l'une de ces pleureuses ! Une femme, tuer Luka Semyonovitch Belov ? Ridicule ! Luka se ressaisit et fit face à Hayley.

— Je vais te crever, sale garce !

— Essayez toujours. Par curiosité, c'est vous qui avez installé la bombe dans le théâtre ou vous vous êtes contenté d'ouvrir la porte aux terroristes ?

Luka parut piqué par la phrase. Les yeux d'Hayley s'étrécirent.

— C'est bien ce que je pensais. Vous êtes un second couteau, ils ne font que se servir de vous.

— Espèce de sale putain ! Je suis le tueur qui a été envoyé pour vous éliminer dans le train, je suis celui qui a installé les bombes dans le théâtre et dans le palais d'Hiver !

Oubliant toute douleur, aveuglé par la rage, Luka fonça tout droit sur Hayley. Elle le laissa approcher et, au moment où il allait se saisir d'elle, elle se laissa tomber au sol et frappa avec sa dague de bas en haut sous le sternum, puis fit pivoter la lame. Luka eut un hoquet et s'immobilisa. Hayley retira le couteau, libérant le sang de son adversaire. Luka fit deux pas en arrière et s'effondra sur le tas d'ordures.

Hayley essuya son couteau sur sa robe et le replaça dans le fourreau camouflé entre ses seins. Le colonel Pouchkine avait vraiment eu une bonne idée… Elle regarda une dernière fois l'homme qu'elle venait de tuer. *Deux nuits, deux hommes…* Elle allait bientôt rattraper les cousins Clifford dans leurs œuvres les plus sombres…

Une bombe dans le palais d'Hiver… Hayley sortit en courant de la ruelle et remercia sainte Zita pour son aimable protection, quoique la sainte aurait certainement eu beaucoup à dire sur ses œuvres. Tout en courant vers une partie plus éclairée de Saint-Pétersbourg, Hayley se demanda si les espions avaient un saint patron.

ଔ✦ଛ

A listair se félicitait des efforts qu'il avait faits pour perdre le poids superflu, que les mets et les vins français lui avaient laissé de ses années parisiennes. Bien qu'il ne soit toujours pas aussi souple et véloce que Sergueï, il parvenait désormais à le suivre sans trop de difficultés sur les toits du théâtre Mariinsky. Quand ils avaient débouché sur la toiture du bâtiment à la poursuite de l'homme en noir, Alistair n'avait pas compris le choix de retraite de leur adversaire. Le toit ne communiquait avec aucun autre immeuble et le fuyard se retrouvait donc à leur merci. Toutefois, quand ils voulurent suivre sa piste et qu'ils essuyèrent de multiples tirs, sans pouvoir riposter, Alistair convint que le choix de l'homme en noir n'était pas si mauvais qu'il y paraissait de prime abord. Il était donc coincé derrière un petit muret avec Sergueï, à attendre que l'autre se lassât de leur tirer dessus.

Un tir arracha un morceau de pierre au-dessus de leurs têtes.

— Je me demande s'il en a encore pour longtemps, finit-il par dire à Sergueï.

— Tu n'as qu'à sortir pour lui demander.

Sergueï sourit en coin, content de sa réponse. Puis, se tournant d'un air grave vers Alistair, il continua :

— Puisque nous n'avons rien d'autre à faire que parler : que comptes-tu faire avec Hayley ?

— J'ai toujours admiré la délicatesse des Russes. Rien pour répondre à ta question.

— Rien ? s'étonna Sergueï. Information intéressante. Donc tu ne verras aucune difficulté à ce que je tente ma chance ?

La mâchoire d'Alistair se resserra.

— Certes non ! Je ne te laisserai pas importuner Miss Fortescue !

Sergueï sourit.

— Miss Fortescue ? Excuse-moi, l'Anglais, mais cette femme est trop bien pour rester gouvernante toute sa vie, fût-ce de tes cousins ! Elle est belle, intelligente, capable, fiable, j'en ferais volontiers ma compagne.

Alistair inspira profondément, se disant que si un gentleman devait reconnaître l'exactitude des propos de Sergueï quant aux qualités d'Hayley, en revanche, il ne pouvait décemment s'accorder sur la conclusion du Russe.

— Et qu'as-tu à lui offrir à part une vie de nomade, toujours pris entre deux feux ?

— La même chose que toi, mon ami. Il me semble que nous sommes tous les deux derrière le même mur.

Alistair sentait la moutarde lui monter au nez et il savait comment refréner ses envies de violences… en y laissant libre cours.

— Cette stupidité a assez duré, je vais sortir sur le côté et rejoindre notre petit camarade de jeu…

À ces mots, Alistair jaillit de derrière son abri, rejoignit en deux bonds un autre refuge qu'il quitta aussitôt et fut bientôt là où le tireur se tenait encore quelques instants auparavant. Serguéï, qui n'avait entendu aucun coup de feu, en conclut que la voie était libre et rejoignit son comparse.

À part quelques douilles abandonnées, il ne restait rien du passage de leur fantomatique adversaire. Alistair fouilla du regard l'espace déserté du toit et en conclut que l'autre avait trouvé un moyen de s'enfuir. Il se précipita vers le bord du bâtiment et vit une corde tomber le long du mur. En bas, presque parvenu jusqu'au sol, l'homme en noir achevait sa descente. Alistair sortit son arme, visa et tira. L'homme eut un cri étouffé, se saisit de son bras, lâchant la corde, et tomba au sol. Alistair ajusta son tir et pressa la détente une nouvelle fois. Le fuyard roula de côté, se releva et fonça vers un fiacre garé de l'autre côté de la rue. Alistair rempocha son arme, se saisit de la corde et se laissa tomber le plus vite possible, ses mains le brûlant malgré l'épaisseur de ses gants en cuir. Serguéï n'attendit pas que l'Anglais eût touché le sol pour suivre le même chemin. Il enjamba la corniche du théâtre et glissa aussi vite que le lui permettaient la pesanteur et le bon sens. Quand il atterrit sur le trottoir, Serguéï n'eut pas le temps de s'intéresser à sa cheville qui vrillait sur elle-même et suivit Alistair, qui s'était mis en chasse de la voiture.

L'Anglais courait comme rarement dans sa vie mais, étant

donné la configuration du quartier, il avait plus de chance de rattraper le fiacre et le fuyard à pied qu'en perdant du temps à trouver une voiture. Le tout était de rejoindre sa cible avant qu'elle ne débouchât dans l'une des grandes avenues de la ville, ce qui lui permettrait de prendre de la vitesse. Alistair ne pourrait plus suivre et devrait rompre la poursuite. Pour le moment, il gagnait de la distance et avait bon espoir de rejoindre le coche qui filait. Soudain, son instinct le fit se jeter au sol et une balle se fracassa non loin de lui. Sergueï le rattrapa et vit disparaître la voiture. Alistair frappa le sol de son poing.

— Je crois savoir où il va, dit Sergueï.

— Où ?

Alistair se releva d'un bond.

— Au port.

Sergueï avait sûrement raison. S'il devait fuir Saint-Pétersbourg, il choisirait ce moyen. Le Russe prit la tête de la course et tous deux s'enfoncèrent dans des ruelles plus confidentielles de la capitale des tsars.

❧❦

M eredith fit mine de sortir de la remise où elle avait été jetée en compagnie de Mikhaïl et recula aussitôt. Rien. Elle renouvela l'expérience avant que Mikhaïl ne s'emparât de son bras.

— Puis-je vous demander ce que vous faîtes, Miss Meredith ?

— Si vous persistez à m'appeler Miss Meredith, nous n'allons plus être amis, Mikhaïl. Pour répondre à votre question, j'essaie de voir si la femme est restée pour nous abattre ou si elle a préféré fuir la partie. Selon toutes vraisemblances, elle a fui.

— J'avais bien compris le but de votre manœuvre, Meredith, mais c'est à moi de risquer ma vie pour le savoir !

Meredith roula des yeux en regardant Mikhaïl.

— Pardon ? Et puis-je savoir pourquoi vous devriez risquer votre vie de préférence à la mienne ?

— Noblesse oblige !

— Mais, moi aussi, je suis noble ! Et je fais ce que je veux ! Si cela me chante de tenter le diable, je le tenterai, ne vous en déplaise !

Mikhaïl rejeta tout de même la jeune Anglaise en arrière sans se préoccuper de ses récriminations et s'approcha de la porte, il s'avança et recula, puis recommença l'opération plus lentement. Rien. Mikhaïl prit son courage à deux mains et sortit d'un bond de leur abri, arme au poing, prêt à faire feu. Meredith sortit juste après lui et se colla dos à dos à lui pour couvrir le reste du couloir. Vide. Seuls les tuyaux du chauffage et quelques chats occupaient le sous-sol visible.

— Elle a filé, dit Meredith. Il faut trouver la bombe.

— Quelle bombe ? s'étonna Mikhaïl.

— La bombe qu'ils sont venus installer ce soir ! Vous ne croyez tout de même pas qu'ils sont venus dans le seul but de nous enfermer dans un réduit du sous-sol !

Mikhaïl dut convenir qu'elle avait raison. Ces terroristes étaient venus poser une charge explosive ou, pire, en armer une dissimulée aux yeux de tous.

○ ◆ ○

Quand Hayley arriva, échevelée, la robe déchirée et couverte de sang, elle eut les pires difficultés à convaincre les gardes en alerte, suite à la tentative d'attentat du théâtre Mariinsky, de bien vouloir prévenir le tsar ou la tsarine que Lady Hayley Blunt-Lytton devait leur parler de toute urgence. Toutefois, quand elle dit qu'elle avait lutté avec un terroriste, qui avait avoué avant de mourir avoir dissimulé une bombe dans le palais d'Hiver, elle obtient une vigoureuse réaction… Pas celle qu'elle escomptait, mais une réaction tout de même. Le garde le plus proche la mit en joue et lui intima de ne plus bouger, ils allaient se renseigner. Hayley fut très contrariée par ce contretemps et allait expliquer à ce garde borné qu'un gentleman ne devait pas braquer son arme sur une lady, quand ce dernier se redressa, hésitant entre la tenir en joue et se mettre au garde-à-vous. Hayley tourna la tête vers celui ou celle qui provoquait cette réaction et se retrouva nez à nez avec le grand-duc Vladimir Alexandrovitch. Reconnaissant la lady anglaise, qui avait tant fait sensation lors de sa présentation à son neveu, le grand-duc ne put dissimuler sa stupéfaction face à la mise peu orthodoxe d'Hayley.

— Mais que vous est-il arrivé, My Lady ?

— Votre Altesse, il y a une bombe dans le palais d'Hiver !

Le grand-duc observa un instant le visage de la femme en face de lui et en conclut qu'elle disait la vérité ou, du moins, ce qu'elle estimait être la vérité.

— Baissez votre arme ! ordonna-t-il au garde. Suivez-moi, My Lady, nous devons en référer au tsar.

Le grand-duc entra dans le palais d'Hiver, suivit par Hayley et son escorte.

అ✦ఴ

M ikhaïl observait le sous-sol autour d'eux, avec un air préoccupé.

— S'ils nous ont amenés ici, c'est peut-être parce que la bombe n'est pas loin…

Meredith réfléchit à cette idée. Même en admettant que ces terroristes avaient une bonne connaissance du palais, elle ne voyait pas pourquoi ils les auraient entraînés jusqu'ici de préférence à tout autre réduit. Il devait y avoir des dizaines de débarras de ce genre dans les sous-sols, pourquoi les enfermer dans celui-ci en particulier. *Parce qu'ils étaient certains de nous condamner à mort en nous laissant là...*

— Vous avez raison, elle est quelque part par ici.

Meredith considéra le sous-sol d'un autre point de vue. Si elle devait mettre une bombe dans ce coin du sous-sol, où la poserait-elle ? Son regard fouilla la pénombre et tomba sur la candidate parfaite.

— La chaudière ! s'écria-t-elle en même temps que Mikhaïl.

Manifestement, leurs réflexions avaient suivi le même chemin. En face d'eux, la chaudière du palais d'Hiver ronronnait paisiblement, comme un gros chat veillant sur les soubassements du palais impérial. Près d'elle, des chats dormaient profitant de la chaleur bienveillante de l'énorme machine.

Mikhaïl et Meredith s'approchèrent avec prudence de l'installation, conscients de leur totale incompétence en cas de découverte d'un engin explosif. Seraient-ils à même de reconnaître une bombe s'ils en voyaient une ? Ils n'en avaient même pas l'assurance. Pourtant, ils savaient que leur devoir était de jeter un coup d'œil, voire un coup d'œil appuyé, afin de dénicher la machine de mort laissée par les révolutionnaires. Ils poussèrent les chats, fort mécontents de ce traitement indigne de leur rang de félidés officiels du palais. La majorité des chats restèrent d'ailleurs à moins de cinquante centimètres de leurs places initiales, souhaitant montrer par cette résistance passive leur opposition à ce dérangement. Mikhaïl et Meredith, qui aimaient pourtant tous deux les fauves miniatures, ne montrèrent aucun intérêt pour les résidents du palais d'Hiver. Ils firent le tour de la chaudière puis, ne voyant rien à l'extérieur, ils ouvrirent toutes les trappes visibles, tout ce qui pouvait être accessible dans la chaudière et découvrirent ce qu'ils désiraient le moins au monde. Une bombe était logée dans les entrailles de la machine.

Mikhaïl vit avec horreur l'un des bâtons de dynamite perler sous l'effet de la chaleur.

— Reculez ! hurla-t-il.

Il s'enfuit en tapant des pieds et en hurlant pour effrayer les chats, qui restaient encore près de leur coin d'endormissement préféré. Meredith tapait des mains, faisaient de grands mouvements pour que les chats décampent, ce qui fonctionna plutôt bien, les chats déguerpissant devant cette bande de fous braillant et gesticulant. Arrivés à la sortie de la salle, juste après le réduit où ils auraient dû rester enfermés, Meredith et Mikhaïl refermèrent la porte, protection illusoire face à la future catastrophe.

— Il faut condamner cette porte pour que personne n'y entre, lança Meredith pendant que Mikhaïl mettait en place le loquet supposé verrouiller la porte.

— Trop tard. Les bâtons de dynamite ont déjà commencé à suinter, l'explosion est imminente.

Il s'empara de la main de la jeune fille et l'entraîna, comme à Paris, dans une course folle. Tout en courant à en perdre le souffle, Meredith se demandait si, à chaque fois qu'elle allait rencontrer le jeune Russe, elle se retrouverait ainsi main dans la main à courir pour échapper à la mort. Au moins, elle ne s'ennuyait pas avec Mikhaïl… Un son étouffé gronda derrière eux. Mikhaïl resserra sa prise sur la main de Meredith et la projeta en avant dans un dernier effort pour échapper au souffle destructeur. L'escalier était trop loin, seuls les chats qui les devançaient pourraient l'atteindre. Du coin de l'œil, Mikhaïl entraperçut une remise et propulsa Meredith à l'intérieur d'un coup d'épaule. Puis, il bondit à sa suite dans la remise aux murs de pierre et referma la porte derrière eux. Une épaisse porte de bois… L'explosion fracassa tout sur son passage. Mikhaïl se jeta en arrière, saisissant au passage Meredith qu'il écrasa de tout son poids, espérant préserver la jeune Anglaise d'une quelconque blessure.

Meredith entendit le souffle monstrueux de l'explosion s'insinuer dans le couloir, arracher et calciner tout sur son passage. La bête infernale embrasa la porte de leur abri en passant, mais ses forces étaient déjà entamées et le bois résista à l'attaque. Le feu tentait pourtant de se frayer un passage à travers leur protection de bois, mais ils disposaient encore de temps. *J'espère que les chats ont pu s'enfuir*, souhaita Meredith. Mikhaïl se releva sur un coude pour vérifier l'état de la porte.

— Heureusement que nous ne sommes pas restés dans le premier réduit, nous aurions été déchiquetés, pensa-t-il à voix haute.

— Heureusement que vous nous avez précipités dans ce réduit, sinon nous aurions été carbonisés.

Meredith était toujours étendue sous Mikhaïl, mais la situation ne la choquait pas. Elle prenait l'habitude de ces aventures rocambolesques dans lesquelles les bonnes manières n'avaient plus cours. Mikhaïl, moins à son aise, se releva d'un bond, comme si le corps de Meredith l'eût brûlé.

— Miss Meredith, je suis confus.

— Ne faites pas l'idiot, Mikhaïl, vous m'avez sauvé la vie. Et arrêtez de m'appeler « Miss » Meredith ! Nous étions convenus de nous appeler par nos prénoms. Quand les gens se sauvent mutuellement la vie, ce sont des choses qui se font !

Mikhaïl sourit dans la pénombre et ses dents blanches attrapèrent le peu de lumière que le feu apportait à la remise. D'ailleurs, il n'apportait pas que de la lueur, mais une fumée épaisse aussi. Meredith se remit sur ses pieds et une toux convulsive se saisit d'elle.

— Enlevez vos jupons ! cria Mikhaïl.

— Je vous demande pardon ? répondit Meredith d'un ton indigné.

— Ne faites pas l'idiote, Meredith, nous allons nous faire de solides masques et nous allons sortir. Rester ici trop longtemps signifie la mort par asphyxie.

Meredith pinça la bouche en une moue vexée, mais retira ses jupons les plus épais. Pour une fois qu'il y avait une utilité aux vêtements féminins, il fallait que ce fût un homme qui la lui fît remarquer. Ils taillèrent grossièrement les jupons en larges bandes de tissus et s'en attachèrent trois épaisseurs, les unes au-dessus des autres, pour que la fumée ne pût pas traverser leurs masques de fortune. Comme il restait du tissu, ils se bandèrent la tête et les mains pour éviter autant que faire se pouvait de brûler leurs peaux et leurs cheveux. Chacun équipait l'autre dans un silence anxieux. La fumée s'épaississait dans la remise.

— J'ai vu un escalier au fond du couloir. Vous me suivez, articula Mikhaïl tant bien que mal à travers les tissus.

Enfin prêts, ils se rapprochèrent de la porte. Meredith saisit la main de Mikhaïl à travers les gants improvisés qu'ils s'étaient faits et les deux jeunes gens entrouvrirent la porte. « Enfer » fut le premier mot qui leur vint à l'esprit. Le feu rongeait tout, surgissait de partout, tombait, montait, virevoltait, serpentait autour d'eux dans une étrange danse de mort. Il s'approchait, les brûlant à la moindre occasion, s'attachant à leurs vêtements, à leurs corps quand il le pouvait. Main dans la main, ils progressaient le plus vite possible vers le fond du couloir, vers l'escalier de pierre qui les mènerait au rez-de-chaussée, vers l'air frais. Dix fois Mikhaïl tapa sur la robe de Meredith que le feu attaquait. Dix fois Meredith étouffa le feu sur la veste de Mikhaïl. Les yeux rougis par la chaleur et la fumée, ils avançaient péniblement, butant sur des débris, trébuchant sur les cendres d'où surgissait soudain une flamme. Peu à peu, ils gagnèrent, veillant l'un sur l'autre, se tirant l'un l'autre, ils parvinrent à l'escalier, toussant, fourbus, sales, brûlants, larmoyants mais vivants.

Mikhaïl s'engagea le premier dans l'escalier, tirant Meredith par la main. Un souffle d'air plus frais caressa leurs visages noircis. Un bruit de panique leur parvint du haut de l'escalier. Ils grimpèrent vers la vie.

H ayley était embarrassée. Comment une gouvernante anglaise, dont la vie avait suivi un cours plus ou moins habituel jusqu'à il y avait un peu plus de deux mois, pouvait-elle se retrouver dans un salon privé face au tsar Nicolas II, son oncle le grand-duc Vladimir Alexandrovitch, le chef de l'Okhrana et trois autres officiers qui fixaient tous, et c'était le pire, leur attention sur elle ?

— Nous vous écoutons, My Lady, dit le tsar.

Hayley avala une goulée d'air et se lança :

— Votre Majesté, j'ai appris un peu plus tôt dans la soirée qu'une bombe avait probablement été posée au sein même du palais d'Hiver. En revanche, j'ignore où, je ne sais rien de sa puissance et l'homme qui s'est vanté de l'avoir posée est mort.

Le tsar parut étonné.

— Qui a tué cet homme ? intervint le grand-duc.

— Moi.

— Mais pourquoi ?

— Parce qu'il essayait de me tuer.

Les hommes présents ne purent retenir leur étonnement, sauf le chef de l'Okhrana.

— Il me semble que cela vous arrive un peu plus souvent qu'à votre tour, My Lady. La veille dans la nuit, vous avez été enlevée par l'homme qui se faisait appeler le comte Ladislas Ivanovitch Mordvinov et dont nous avons trouvé le corps dans un bas-côté aux abords de la ville ce matin. Vous noterez avec intérêt que cet homme a été égorgé. Ce n'est pas que nous regretterons ce malandrin, grand amateur de chantages, mais il était un informateur utile à nos services. Et maintenant, vous nous annoncez que vous avez été dans l'obligation de tuer un autre homme, qui aurait pu être interrogé par nos services. Je cherche à comprendre… Quelle sorte de Lady êtes-vous ?

— De la sorte que l'on appelle, quand vos services ne

parviennent pas à faire leur travail.

Mais pourquoi avait-elle dit cela ? Hayley sentit le sang refluer de son visage. Son esprit refusait pourtant que son corps blêmisse en face de ces hommes. C'était trop facile ! Pour sa part, elle ne demandait rien de mieux que de rester en Angleterre, à l'abri du manoir Clifford, à s'occuper des bonnes manières de Miss Meredith.

— Je vous demande pardon ?

Le chef de l'Okhrana encaissait fort mal ce commentaire.

— Je fais partie des espions britanniques dont sa Majesté a sollicité l'aide.

Nicolas II rougit légèrement, quand tous les hommes présents se tournèrent vers lui. Des espions britanniques ?

— Impossible, Madame, l'œuf a été retrouvé et l'espion est reparti chez lui, trancha le tsar.

— Avec tout le respect que je vous dois, votre Majesté, nous ne sommes pas repartis en Angleterre puisque la mission qui nous avait été confiée n'était pas terminée. Notre Premier ministre a été très clair sur ce point : nous devions retrouver le voleur de l'œuf de Fabergé et, si possible, l'œuf à la Rose lui-même. De plus, nous devions infiltrer un groupe révolutionnaire particulièrement actif et l'empêcher de vous nuire. D'après les renseignements des services britanniques, ce groupe révolutionnaire était parvenu à s'insinuer au cœur même de votre palais ; c'est pourquoi nous avons choisi de venir à votre cour sous différentes identités. Toutefois, je vous donnerai tous les détails que vous souhaitez, lorsque nous aurons retrouvé la bombe que le terroriste, dont je vous ai déjà parlé, s'est vanté d'avoir posée dans votre palais. Les événements se sont précipités ces deux derniers jours et je ne serais pas surprise que l'attentat du théâtre Mariinsky ne soit que la première phase d'un plan plus complexe visant votre personne.

Hayley eut à peine le temps de finir sa phrase qu'un son sourd montant des entrailles du bâtiment vint confirmer ses craintes. Tout le palais d'Hiver fut secoué par l'explosion ravageant une bonne partie de son sous-sol. L'imposant lustre de cristal au-dessus de leurs têtes tangua dangereusement pendant que le verre des larges vitres vibrait, au bord de la rupture. Tous se recroquevillèrent par réflexe puis, l'un des officiers présents reprit ses esprits plus tôt que les autres et se jeta sur le tsar pour le protéger d'une éventuelle projection de verre. Ce fut le signal de l'évacuation, les hommes présents entourant le tsar pendant la fuite. Toutefois, Nicolas II ne l'entendait pas de cette oreille et ordonna :

— Je ne partirai pas sans la tsarine et mes filles.

Connaissant leur souverain, deux des officiers présents se précipitèrent dans le couloir menant aux appartements privés de la tsarine et revinrent, quelques minutes plus tard, portant chacun dans leurs bras l'une des grandes duchesses. Les pauvres fillettes hurlaient de peur, mais nul n'y prêta attention, tant la panique gagnait les hommes et les femmes rassemblés.

Au milieu de ce chaos, Alexandra Feodorovna gardait un calme presque glaçant et traversait les couloirs enfumés du palais d'Hiver comme un étrange fantôme. Elle étreignait sa plus jeune fille, âgée d'à peine quelques mois, la grande duchesse Maria. Quand elle reconnut Hayley au milieu des hommes hurlant qu'il fallait avancer plus vite, elle lui adressa un pâle sourire fataliste. Alors qu'Hayley avait supporté au cours des deux derniers jours plus de violence qu'au cours des douze dernières années au service des Clifford, elle ne put réprimer un frisson face à l'expression perdue de la tsarine.

ର ✦ ଈ

G râce au sens de l'orientation hors du commun de Sergueï et à sa connaissance parfaite de la moindre ruelle de Saint-Pétersbourg, Alistair et son allié parvinrent au port dans un temps fort réduit. Le tout était désormais de retrouver l'homme masqué dans les alentours. Ils se précipitèrent d'abord sur les quais d'embarquement, à la recherche d'un éventuel navire prêt à lever l'ancre. Toutefois, ils eurent beau déambuler le long des quais, interroger le personnel du port, questionner les marins qu'ils rencontraient, ils ne trouvèrent nulle trace de l'homme masqué, ni d'un navire en partance. Ils se rendirent à l'évidence, il faudrait retrouver le fugitif par des moyens plus traditionnels et, pour cela, il leur fallait des informations.

Ils observèrent le mouvement des marins sur le quai et suivirent ceux qui s'éloignaient de leurs bâtiments, marchant à contre-courant de ceux qui revenaient à leurs bords, quelque peu éméchés, voire en proie à une ivresse avancée.

Ils gagnèrent ainsi un débit de boissons, bruyant, odorant, animé et peu convenable. Ils aimèrent aussitôt son ambiance et entrèrent dans l'établissement, sous le regard furieux de plusieurs marins auxquels leurs vêtements aux tissus délicats déplaisaient fort.

À l'intérieur, Alistair et Sergueï ne furent pas déçus. Les voûtes enfumées de la gargote abritaient du mauvais temps une salle sombre, poussiéreuse et sentant fort le poisson séché. Ils se frayèrent un chemin vers le tenancier, une montagne borgne au rictus mauvais.

— Nous cherchons des renseignements, dit Alistair.

L'homme ne broncha pas.

— Contre monnaie sonnante et trébuchante, cela va sans dire, précisa l'Anglais.

Pendant qu'Alistair parlementait, dos à la salle, Sergueï, dos au comptoir, surveillait la salle. Un coup de couteau était si vite arrivé.

— Combien, grogna le patron.

— Cela dépend de la qualité du renseignement. Nous cherchons un homme masqué qui est arrivé il y a moins d'une demi-heure dans le quartier, dans une voiture noire avec chauffeur, deux chevaux alezans, venant du centre à pleine vitesse.

L'homme le regarda d'un air mauvais.

— Et on peut savoir ce que vous lui voulez ? gronda le colosse.

— Non.

— Alors, vous pouvez repartir par où vous êtes venus et vite.

— Je ne suis pas certain que vous fassiez le bon choix, mon brave.

Alistair laissa un instant à son interlocuteur pour qu'il profitât de son qualificatif.

— Soit vous me dites ce que je veux savoir, soit demain votre établissement est fermé par l'Okhrana et vous partez en villégiature en Sibérie.

L'homme regarda Alistair, se demandant s'il tentait de le leurrer. Quelque chose dans l'attitude détendue de l'Anglais l'incita à envisager qu'il ne plaisantait pas. Il jeta un coup d'œil à l'autre qui contemplait d'un air détendu la salle hostile et comprit que ces hommes-là étaient dangereux et constituaient probablement la plus mauvaise nouvelle de la semaine... voire du mois écoulé et pourtant il avait perdu de bons clients au cours d'un naufrage durant le dernier mois.

— Il y a bien une rumeur qui court ces derniers temps.

— Je vous écoute, mon ami.

L'homme grogna, mais continua :

— Il y a une maison abandonnée qui aurait retrouvé des occupants temporaires un peu bruyants.

Alistair s'intéressa à ce détail, le bruit ne devant pas être la préoccupation majeure des habitants de ce quartier.

— Quel genre de bruit ?

— Du genre explosif. C'est à dix minutes d'ici, Petit Louis va vous y conduire.

Un gamin roux d'une dizaine d'années, le visage maculé de

taches de rousseur, sortit de dessous le comptoir, les mains pleines de savon. Il s'essuya sur son tablier et sourit de toutes ses dents au monsieur élégant qui le regardait.

— Conduis ces messieurs à la maison explosive et tu reviens direct pour la plonge, grogna-t-il à l'enfant. Et tu demanderas une pièce à ces messieurs pour ta peine.

Le sourire de Petit Louis n'aurait pas pu briller davantage en plein soleil. Le gamin fila vers la sortie en se faufilant entre les clients avinés.

— C'est un bon travailleur, dit la montagne, qu'il lui arrive rien.

Alistair considéra l'homme en face de lui et lui accorda le bénéfice du doute.

— Ne vous inquiétez pas pour l'enfant, il reviendra sans une égratignure et avec de quoi s'offrir un bon manteau pour cet hiver.

L'homme leva les épaules avec indifférence. Alistair posa pourtant vingt roubles sur le comptoir qui disparurent aussitôt sous la patte du tenancier.

— Pour votre peine.

Alistair et Sergueï partirent, suivant Petit Louis, à travers la salle.

Dehors, le gamin trépignait déjà d'impatience.

— Vous voulez voir la maison explosive, Messieurs ?

— Cela nous intéresse en effet, répondit Alistair. Dis-moi, Petit Louis, elle explose souvent cette maison.

— Tout le temps. Il y a des voisins qui se sont plaints, mais la police s'en fiche. On est pauvre ici, alors…

Petit Louis laissa en suspens la fin de sa phrase comme si la pauvreté du quartier expliquait tout… Pour être honnête, Alistair songea que cela expliquait tout de même beaucoup. Le gamin partit comme une flèche. Sec et rapide, il filait sans attendre que les deux hommes le rejoignissent. Alistair et Sergueï le suivirent pendant quelques minutes, à travers des ruelles plus ou moins sombres, plus ou moins sales, puis Petit Louis s'immobilisa. Alistair et Sergueï le rattrapèrent et regardèrent dans la même direction que lui.

Au fond d'une ruelle, une maison délabrée éclairait un peu les alentours, la lumière de l'intérieur surgissant à travers les trous des volets et des murs.

— C'est bizarre... s'étonna l'enfant.

— Qu'est-ce qui est bizarre ? demanda Alistair.

— Il y a jamais personne la nuit. Ils viennent toujours le jour.

Alistair hocha la tête et sortit un billet de dix roubles de sa poche. Il le tendit à l'enfant qui en resta muet, une telle fortune ne lui étant jamais passée entre les mains.

— Merci, Monsieur... bégaya-t-il.

— Va rejoindre ton père, petit, lui répondit Alistair.

— C'est pas mon père, c'est mon patron, mais il est gentil avec moi... Enfin, plus gentil que celui qui m'a vendu à lui au moins.

Alistair ne put contenir un mouvement de stupéfaction mais, avant qu'il ait eu le temps de dire le moindre mot, l'enfant avait filé. Sergueï se rapprocha de lui.

— Tu ne peux pas sauver le monde entier, l'Anglais, mais ce soir tu peux mettre hors d'état de nuire des salopards, qui n'auront pas peur de faire exploser des gamins comme celui-là. Alors concentre-toi.

Alistair se secoua, conscient que Sergueï avait raison mais, tout de même, ce petit... un esclave... Avant de partir peut-être... Sergueï avança et Alistair fixa son attention sur la maison. Ils s'approchèrent en silence, conscients que plusieurs personnes occupaient la bâtisse, leurs ombres animant l'éclairage de la ruelle. Ils firent un tour rapide pour reconnaître les entrées, les sorties et décidèrent d'entrer en même temps par la porte principale. Le plan manquait de subtilité, mais la surprise était leur meilleure option. En outre, il ne devait pas y avoir plus de deux ou trois personnes à l'intérieur.

Alistair regarda Sergueï qui hocha la tête, ses couteaux de jet en mains. L'Anglais fit un décompte silencieux sur ses doigts. *Trois, deux, un.* Il enfonça la porte, Sergueï surgit derrière lui, vit l'homme masqué et lança un couteau qui se planta dans sa gorge, juste sous le masque. Celui-ci s'écroula en arrière, luttant avec désespoir contre la mort, et arracha son masque. Le visage de Roza Iegorovna était figé, un filet de sang s'écoulant de sa jolie bouche. Au même moment, Alistair avait visé et tiré, touchant Véra Figner à l'épaule, mais pas assez vite. Elle venait d'allumer une bombe ronde portative, la mèche se consumant en un souffle.

— Bombe ! hurla-t-il saisissant Sergueï par la manche et le tirant en arrière.

Véra lança l'engin dans leur direction et ils se jetèrent par la porte. Tout explosa derrière eux, le souffle de la bombe les brûla et les projeta en avant. Sonnés, ils se redressèrent sur leurs coudes, les oreilles sifflantes. Alistair se tourna, revolver à la main et vit une autre sphère sombre rouler vers eux.

Chapitre XII

L'escalier leur paraissait d'une hauteur extravagante. Mikhaïl et Meredith peinaient à rejoindre le rez-de-chaussée et atteignirent le sommet au bord de l'asphyxie. Au milieu de la chaîne de seaux frénétique, qui occupait une partie du couloir, leur apparition figea quelques personnes et provoqua un chaos de seaux, l'eau salvatrice se répandant sur le sol. Mikhaïl mit un genou à terre, Meredith le suivant au sol quelques secondes après. *Enlever ce masque, respirer.* La jeune fille arracha avec rage les bouts de tissus, qui recouvraient son nez et sa bouche, et aspira une goulée d'air avec avidité. L'air était moins frais que ce qu'elle espérait, mais cette respiration lui éclaircit les idées. Elle s'empara des bandes recouvrant le visage de Mikhaïl et le libéra. Mikhaïl toussa, toussa encore et inspira enfin. Il se releva, prit la main de Meredith et l'entraîna vers l'extérieur. Ils traversèrent la grande entrée en cahotant, s'entrechoquant comme des automates mal réglés, sortirent et s'adossèrent au mur pour mieux respirer.

Soudain, une haute stature leur fit face. Le grand-duc Vladimir Alexandrovitch venait demander des explications.

— Prince Mikhaïl Nikolaïevitch, pouvez-vous me fournir quelques éléments sur le chaos actuel ?

Mikhaïl se redressa, la main de Meredith toujours dans la sienne.

— Un peu plus tôt dans la nuit, nous avons appréhendé la voleuse de l'œuf à la Rose, votre Altesse. Nous attendions le retour de l'inspecteur qui devait refermer les appartements privés de sa Majesté notre tsarine, quand trois individus ont surgi et nous ont enlevés Miss Meredith et moi-même. Ils nous ont conduits dans le sous-sol avec la ferme intention de nous abandonner à la bombe, qu'ils venaient de placer dans la chaudière. Nous sommes parvenus à tuer deux de ces terroristes, mais la troisième nous a échappé. Je suppose qu'il s'agit de celle qui se fait passer pour Véra Figner. Nous avons trouvé les explosifs, mais il était trop tard et nous n'avons pu que fuir pour préserver nos vies.

Le grand-duc se tourna vers Meredith et la regarda avec attention. Le visage noirci par la fumée, quelques cheveux roussis, les yeux injectés de sang, la jeune Anglaise n'était pas au sommet de sa beauté, mais elle se tenait droite, accrochée à la main de Mikhaïl, et affrontait du regard ce grand-duc.

— Je suppose que vous êtes anglaise, vous aussi…

Meredith eut l'air surprise et acquiesça d'un signe de tête.

— La prochaine fois que j'irai à la cour d'Angleterre, j'aurais beaucoup à dire à sa Majesté la reine Victoria. Pour le moment, nous nous regroupons au palais Anitchkov. Je suppose que Nicolas Alexandrovitch sera intéressé par ce que vous avez à dire.

Le grand-duc tourna les talons et alla déverser sa mauvaise humeur sur les maillons de la chaîne de seaux, qui n'allaient pas assez vite à son goût.

Meredith et Mikhaïl reprirent leur marche cahotante vers le palais Anitchkov, la résidence habituelle de l'impératrice mère, située sur la perspective Nevski. Ils avançaient, tanguant toujours un peu. Leurs pas résonnaient sur les pavés de bois de la célèbre avenue, leurs pieds trouvant leurs chemins dans la lumière des réverbères.

CR✦ED

La bombe roulait vers eux quand Petit Louis surgit de nulle part et balança un coup de pied mémorable, renvoyant la balle explosive dans ce qu'il restait de la maison. Le gamin fit aussitôt demi-tour et s'éloigna à toute vitesse de l'explosion. Alistair et Sergueï bondirent sur leurs pieds et suivirent l'enfant. Le deuxième engin explosa et les projeta en avant, des morceaux de pierre se fracassant contre leurs dos. Ils se roulèrent en boule au sol, attendant que les pierres et autres débris arrêtent de tomber. Les dernières poussières retombant au sol, les deux hommes bougèrent enfin.

— Sergueï, tu es entier ? dit Alistair en se redressant avec précaution, deux ou trois pierres l'avaient frappé dans le dos et à l'arrière des jambes.

— Ça ira et toi ?

— Ça ira aussi. Où est le gamin ?

Sergueï se redressa et regarda plus avant dans la ruelle.

— Sainte mère de Dieu !

Alistair regarda dans la même direction et vit le corps de l'enfant gisant sur le sol. Il se remit debout, n'écouta pas les douleurs rageuses, qui traversaient son corps, et s'approcha aussi vite qu'il le pouvait du petit corps inanimé. L'enfant avait une belle plaie à la tête. Il avait dû recevoir une pierre. Sergueï le rejoignit en rageant contre sa cheville, qui refusait désormais de lui obéir. Alistair prit le pouls de l'enfant, le cœur battait. Le petit respirait vite, mais il était vivant. Alistair ôta son foulard de soie et banda la tête de l'enfant. Puis, il le retourna avec douceur pour qu'il ne respirât plus de poussière. Sergueï se laissa tomber au sol à côté de Petit Louis.

— Reste avec lui, Sergueï, il y a une garce dont je dois m'occuper, dit-il en tournant les talons.

Alistair se laissait rarement aller à qualifier une femme de « garce ». Son éducation et son respect pour les femmes le poussant la majeure partie du temps à demeurer courtois. Sergueï se dit que c'était en fait la première fois qu'il l'entendait parler ainsi. La fausse Véra Figner avait plutôt intérêt à être morte, sinon l'Anglais se chargerait de la renvoyer auprès de ses ancêtres. Il tourna son attention vers l'enfant et tapota son bras.

— C'est bien la première fois qu'un enfant me sauve la vie… Merci petit.

Le Russe sortit son revolver et vérifia le barillet. Un échange de tir résonna dans la ruelle.

— Coriace cette Véra Figner… dit-il avec une moue appréciative.

Revolver à la main, Alistair approchait des décombres. Les deux bombes avaient eu raison de la résistance de la maison délabrée. Autour du tas de gravats, la poussière retombait encore. Il grimpa sur le tas de débris et observa les alentours. Soudain, au loin, il la vit fuir. Il sauta de son piédestal, toutes commotions oubliées, déboulant dans la ruelle où il avait vu la robe noire disparaître. Négligeant les risques, il courait à en perdre haleine, n'ayant plus qu'une idée en tête : rattraper cette tueuse d'enfants. Au bout de la ruelle, il déboucha sur le quai principal qu'il avait arpenté peu de temps auparavant et bondit en arrière, quand une balle siffla près de sa tête. Il se baissa, s'abritant derrière un tas de cordages assez épais pour maintenir à quai un navire marchand. Un bruit sourd et métallique le surprit, une bombe allumée roulait vers lui. Alistair sauta par-dessus le tas de cordes et fonça vers un autre abri, deux balles fusèrent à côté de lui.

— Eh bien, maintenant, je sais pourquoi Madame Figner préfère les explosifs, persifla-t-il.

Alistair avait repéré l'emplacement approximatif de la tueuse et ajusta son tir. La fausse Véra Figner avait jugé habile de se dissimuler derrière de grosses caisses en provenance d'un coin quelconque du monde, sans regarder ce qui se trouvait au-dessus d'elle. Alistair, en revanche, avait remarqué l'énorme poulie et les cordages suspendus au-dessus de son adversaire. Il tira, réajusta son tir, fit feu à nouveau, rectifia une dernière fois sa ligne de mire et tira. La poulie céda, s'écrasant sur le sol, et l'espérait-il sur son adversaire. Alistair courut vers le point d'impact et découvrit la fausse Véra Figner, étendue sur le sol, le crâne défoncé par la poulie de fer. Alistair lui tira une balle entre les deux yeux.

— Avec ce genre de furie, deux précautions valent mieux qu'une.

Il fila à l'anglaise, sans attendre que les autorités portuaires s'intéressent à son cas. Il retrouva son chemin vers Sergueï et Petit Louis, qui avait repris connaissance. Le gamin avait le regard dans le vague.

— Il lui faut un médecin, conclut Sergueï, et un bon.

Alistair aida le Russe, qui s'était fait une attelle de fortune en son absence, à se relever et prit Petit Louis dans ses bras. Il lui maintenait d'une main ferme la tête droite. Contre tous les principes de l'espionnage, ils repartirent tous trois vers le lieu de leurs derniers méfaits en direction du port dans l'espoir de trouver une voiture. L'enfant avait besoin de soins et les deux espions savaient pouvoir s'arranger sinon avec le tsar, du moins avec la tsarine. Arrivés sur les quais, ils trouvèrent une voiture… de l'Okhrana, qui les mena tout droit vers le palais Anitchkov.

ↄ⬩ↄ

B enedict ouvrit les yeux et se dit que cet hôpital était d'un très grand chic… Un vrai palais en vérité. Un homme en uniforme se pencha aussitôt sur lui.

— Monsieur Benedict Clifford, je suis votre médecin, dit l'inconnu en anglais. Vous avez été commotionné par le souffle d'une bombe de grande puissance. Aussi, suis-je amené à vous demander de ne pas bouger la tête de façon déraisonnable.

Cela faisait beaucoup de mots d'un coup, se dit Benedict.

— Où suis-je ?

— Vous êtes au palais Anitchkov. Nous avons aussi ramené

votre ami l'artificier, mais nous ignorons son nom. Pouvez-vous me le dire ? Cela aiderait peut-être à lui faire reprendre ses esprits.

— Frans… Frans Eklund. Il est finlandais.

— Merci, Monsieur Clifford.

Le médecin tourna le dos à Benedict et jeta :

— Y a-t-il un Finlandais parmi vous ?

Benedict se demanda à qui il pouvait parler et releva la tête de quelques centimètres. La curiosité étant un vilain défaut, il comprit pourquoi le médecin lui avait demandé de ne pas bouger. Sa tête retomba traversée par les douleurs les plus vives qu'il ait jamais endurées. Comme si cela ne suffisait pas, une violente nausée s'empara de lui. Il expira par la bouche, cherchant à contrôler la douleur et son malaise. Ce qu'il avait aperçu dans la pièce l'aidait à porter sa pensée sur autre chose que son propre état. Le palais abritait un vrai hôpital de campagne. Des lits, des blessés, des médecins, des infirmiers, des infirmières… réunis dans le palais Anitchkov ? Mais que s'était-il passé ? Benedict entendait les cris des blessés, sentait l'odeur de l'éther et de la chair brûlée.

Un nouveau visage apparut dans son champ de vision.

— Monsieur Benedict Clifford ?

Benedict ferma les yeux en signe d'acquiescement.

— Je suis le grand-duc Vladimir Alexandrovitch. Au nom de sa Majesté le tsar Nicolas II et de la famille impériale, je vous remercie pour votre action de ce soir. Votre courage a empêché la destruction d'un lieu cher à nos yeux…

Trop de mots. Trop de bruits.

— Parlez-vous finlandais, votre Altesse ? le coupa Benedict.

— Finlandais ? Non, mais j'ai un aide de camp qui…

— Allez le chercher… Frans…

Benedict perdit connaissance.

Quelqu'un lui parlait… en anglais.

258

— Monsieur Benedict ! C'est Hayley. Ouvrez les yeux. Nous vous avons mis dans une chambre plus tranquille avec votre ami.

Benedict entendait un homme parler une langue musicale un peu plus loin.

— J'ai dit à ce médecin qu'il était impossible de garder des gens commotionnés au milieu du brouhaha de cette salle !

Un pâle sourire apparut sur les lèvres de Benedict. Le médecin, - quel grade pouvait-il avoir ? Colonel peut-être ? - avait dû être ravi de recevoir des conseils de la part d'une gouvernante anglaise.

— Je vous ai vu sourire ! Ouvrez les yeux que je puisse vous examiner.

Benedict ouvrit les yeux et fut stupéfait du visage d'Hayley. Échevelée, la lèvre fendue, la joue bleue, des traces de strangulation autour du cou… Qu'était-il arrivé à la gouvernante de sa sœur ?

— Je vois à votre mine que votre cerveau fonctionne bien. Le tout est de ne pas bouger pendant quelques jours, le temps que vous vous remettiez du choc que vous avez reçu à la tête.

— Frans ?

— Votre ami s'est réveillé lui aussi. Il a été plus blessé que vous, mais il s'en remettra.

— Meredith ?

— Votre sœur a échappé de peu à l'attentat du palais d'Hiver. Elle est un peu brûlée, a respiré un peu trop de fumée, mais elle se remettra aussi, ainsi que le prince Kourakine qui l'accompagnait. Monsieur Clifford viendra vous voir un peu plus tard, pour l'instant il est en discussion avec le conseil privé du tsar. Le colonel Pouchkine a une vilaine entorse à la cheville, mais il se remettra…

— Et vous ?

— Je vous raconterai plus tard…

— Et vous vous remettrez, dit Benedict en souriant.

— Bien sûr, Monsieur Benedict, je suis plus solide que cela !

Pourtant, Hayley pensait qu'elle ne se remettrait jamais vraiment de leur séjour pétersbourgeois. Être victime d'une tentative de meurtre comme à Paris était une chose, mais être victime et tuer - par deux fois qui plus est - son agresseur en était une autre. Sans y penser, elle posa sa main sur le front de Benedict, relevant ses cheveux, comme lorsqu'il était enfant. Ce geste apaisa le jeune homme.

— Cette moustache ne vous va pas, Monsieur Benedict.

— Je sais, mais j'attendais que quelqu'un me le dise.

— C'est fait.

Hayley retira sa main et alla s'occuper de Frans.

⊂Я ◆ ℬↄ

L e tsar écoutait les explications d'Alistair depuis une bonne demi-heure et avait de plus en plus de mal à cacher sa colère. Comment ce petit espion britannique avait-il osé lui désobéir ? Même s'il avait aidé à arrêter l'attentat du théâtre Mariinsky, s'il avait contribué à supprimer les terroristes, - il venait de recevoir la confirmation que le corps de deux femmes venaient d'être découverts : la danseuse Roza Iegorovna Joukov, déguisée en homme grâce à un costume du théâtre Mariinsky, dans les décombres d'une obscure maison près du port et une inconnue écrasée par la chute d'une poulie - rien ne démontrait que l'Okhrana n'aurait pas pu être aussi efficace, voire plus.

— La difficulté, Monsieur Clifford, est que vous avez désobéi à un ordre direct. Je ne parlerai même pas du colonel Sergueï Ilitch Pouchkine et du prince Mikhaïl Nikolaïevitch Kourakine, qui sont mes sujets et m'ont désobéi !

Les portes de la salle s'ouvrirent en grand, cédant le passage à Alexandra Feodorovna. La tsarine d'habitude si impénétrable avait l'air furieuse, le rouge de la colère embrasant ses joues. Le tsar fut saisi par cette vision.

— Ma chère, que faites-vous…

— Messieurs sortez ! cria la tsarine.

Le grand-duc Vladimir, le chef de l'Okhrana et trois officiers se regardèrent, puis regardèrent le tsar, incapables de savoir ce qu'ils devaient faire.

— Obéissez à votre tsarine ! Sortez ! hurla Alexandra Feodorovna.

Nicolas II leur montra la porte d'un signe de tête et les hommes quittèrent la salle, non sans lancer des regards offensés à la tsarine. Les portes se refermèrent.

— Comme vos services se montraient incapables de trouver le voleur qui jouait avec mes nerfs et cherchait à m'humilier, j'ai demandé aux espions envoyés par ma grand-mère de bien vouloir m'aider ! Trois hommes d'honneur russes nous ont prêtés main-forte et voilà la façon dont le tsar de toutes les Russies les remercie ! Vous avez fait mettre aux arrêts le colonel Sergueï Ilitch Pouchkine et le prince Mikhaïl Nikolaïevitch Kourakine ! C'est inadmissible ! Vous allez les libérer sur-le-champ !

Nicolas II se leva d'un bond, piqué au vif.

— Comment osez-vous parler à votre tsar de cette façon et devant un étranger qui plus est !

— Monsieur Clifford est un homme d'honneur qui a juré de me servir en sachant qu'il vous désobéissait ! Et vous, Nicolas Alexandrovitch, n'avez-vous pas honte de traiter ainsi votre épouse, la mère de vos enfants…

Alexandra Feodorovna s'effondra sur une chaise, sa robe débordant de tous les côtés. Elle sortit un mouchoir rebrodé et s'essuya le coin des yeux. Nicolas II se rapprocha d'elle, tendant la main devant lui en signe de paix.

— Je ne comprends pas, dit-il.

— Les gens me haïssent ! Vos services ont sous-estimé le vol de l'œuf à la Rose, considérant pour certains qu'il s'agissait d'un banal vol, pour d'autres que j'avais perdu votre cadeau. Personne n'a compris qu'il s'agissait d'une manœuvre pour me déstabiliser, pour m'humilier, pour me rendre moins fiable à vos yeux. « La tsarine a perdu le cadeau du tsar », « la tsarine est un peu folle de toute façon », « l'ancienne tsarine tenait mieux son rôle » !

— Que vient faire ma mère dans cette histoire ? s'insurgea le tsar.

— Rien, mais son entourage ne rêve que de la voir reprendre son ascendant sur vous, comme au début de votre règne. Ils veulent que j'apparaisse à vos yeux comme une écervelée en qui on ne peut pas avoir confiance ! Monsieur Clifford, ses deux cousins, Lady Hayley Blunt-Lytton, les hommes que vous avez mis aux arrêts et l'inspecteur, qui a arrêté la duchesse Sophia Alexandrovna Demidova, ont été mes seuls soutiens dans cette histoire !

Le tsar se redressa.

— La duchesse Sophia Alexandrovna Demidova ?

— C'est elle qui a volé l'œuf à la Rose et elle se jouait de moi, assurant qu'elle était mon amie d'un côté et fomentant tous les complots qu'elle pouvait imaginer de l'autre. Pourquoi ? Parce que je déshonore la couronne impériale selon elle… Vous pourrez interroger l'inspecteur russe, qui l'a arrêtée avec l'aide de Miss Meredith Clifford et du prince Mikhaïl Nikolaïevitch Kourakine… Ils ont été mes seuls soutiens et vous les traitez comme des traîtres !

— Très bien, je vais faire libérer le prince Mikhaïl Nikolaïevitch et Miss Meredith Clifford ne sera pas inquiétée. Mais les autres ?

— Les autres ? Mais ils ont tous travaillé ensemble pour nous protéger de l'attentat du théâtre Mariinsky, ils ont tous risqué leurs vies pour nous sauver ! Laissez-les en paix, Nicolas Alexandrovitch.

La tsarine se leva et s'agenouilla devant le tsar. Elle lui prit la main et l'appuya contre son front.

— Si vous m'aimez un peu, laissez-les en paix, ils n'ont fait que me servir.

Des larmes coulèrent sur les joues d'Alexandra Feodorovna. Nicolas II oscillait encore entre colère et apaisement. Il ne savait comment accepter que la tsarine montrât tant de défiance face à ses propres services, mais il était tsar, il devait être juste. Il ne pouvait punir des hommes qui avaient servi son épouse et l'avaient défendue au péril de leurs propres vies. Il retira sa main, se pencha et releva son épouse.

— Soyez en paix, Alexandra Feodorovna, nous sommes amis et vos alliés sont aussi mes alliés.

Nicolas II se tourna vers Alistair.

— Dans toute l'histoire de l'humanité, jamais espion n'a été défendu par pareil avocat. Vous avez de la chance, Monsieur Clifford.

Alistair se baissa autant que le lui permettait son dos meurtri.

— Merci, vos Majestés.

Il sortit le plus vite possible, créant au passage une certaine confusion parmi les curieux qui écoutaient à la porte.

ᑏ✦ᒐ

L e lendemain, Alistair se réveilla au son des premiers soins apportés à son cousin et à son ami. Il ouvrit les yeux et se souvint qu'il avait dormi dans un fauteuil, les pieds sur le lit de son cousin dans une chambre luxueuse du palais Anitchkov. Son dos lui rappela qu'un peu de repos, un bain et quelques crèmes réconfortantes seraient les bienvenus. Il s'étira, étouffant le hurlement de douleur qui lui vint à la bouche, et eut le plaisir de voir son cousin, assis dans son lit, en train de boire une tasse de thé.

— Ce thé russe me met toujours en appétit, dit-il avec bonne humeur.

Vêtue d'une riche robe en velours lie-de-vin, Hayley, qui tenait la tasse pour Benedict, se retourna. Alistair bondit et se retrouva sur ses pieds. Qui avait osé éclater sa bouche exquise ? Qui avait fait ces marques sur son cou délié ?

— Qui vous a fait cela ?

Hayley lui tourna le dos et s'occupa de son patient.

— Nous en parlerons plus tard, Monsieur Clifford. En revanche, je souhaiterais vivement que vous montriez votre dos et vos jambes à un médecin. Le colonel Pouchkine était couvert d'hématomes multicolores et je ne parlerai pas du jeune garçon que vous avez ramené.

— Comment va Petit Louis ?

Hayley se tourna de nouveau et observa Alistair. Quelque chose dans le ton l'avait troublée.

— Il va bien, du moins aussi bien que la commotion qu'il a reçue le lui permet.

— Vous avez prévenu l'homme chez qui il vit ?

— Oui. Le colonel Pouchkine est allé en personne ce matin visiter ce monsieur. Je crois que la situation a dégénéré quand ledit monsieur a demandé qui allait lui rembourser le prix du jeune garçon endommagé à cause de vous... Le colonel Pouchkine peut être terrible, vous savez... même avec une jambe abîmée.

Alistair ne put s'empêcher de rire. Oui, le colonel Pouchkine pouvait être terrible... Et l'enfant, qu'allait-il devenir ?

— Que...

— Manifestement, cet enfant n'a plus de famille pour veiller sur lui. Il a perdu ses parents fort jeune, a travaillé comme mousse sur un navire de commerce pendant deux ans peut-être - mais le petit n'en est pas sûr - puis il a été vendu par le capitaine du navire au tenancier auprès de qui vous l'avez trouvé.

Alistair quitta la pièce sans un mot. Benedict en parut choqué.

— Que fait-il ?

Hayley sourit.

— Ce que son cœur lui dicte.

Benedict la regarda sans comprendre et but la dernière gorgée de son thé.

CR ◆ ꙮ

L'après-midi même, une réunion avait été improvisée dans la chambre de Benedict et Frans, toujours intransportables. Alistair était le plus en forme de toute cette joyeuse bande d'éclopés. Ensuite, venait Hayley qui, malgré les bleus assombrissant son teint de porcelaine, se portait bien, quoique Alistair ne passât pas une heure sans exiger qu'elle lui racontât ce qu'il s'était passé, Meredith et Mikhaïl souffraient de quelques brûlures mais rien d'irréparable, Sergueï avait une entorse qu'il avait encore aggravée en rouant de coups le tenancier, enfin Benedict et Frans avaient été les plus commotionnés. Priorité avait été donnée aux plus estropiés pour les chaises et chacun racontait aux autres ce qu'il avait fait et traversé. Quand vint le tour d'Hayley, chacun tendit l'oreille, anxieux de savoir ce que la gouvernante avait vécu. Toutefois, et Hayley en remercia une fois de plus sainte Zita, elle fut interrompue au début de son récit par Maria Feodorovna. Ils se levèrent tous devant l'impératrice mère, sauf Benedict et Frans qui avaient été attachés à leurs sièges par les médecins.

— Je venais prendre des nouvelles de nos héros.

Elle entra, aimable, souriante et s'approcha de Benedict et de Frans.

— C'est donc à vous, jeunes gens, que je dois de ne pas avoir péri comme feu mon beau-père. Que le Ciel vous en rende grâce. Je vous dois une faveur.

— Dans ces conditions, votre Altesse, obtenez une grâce impériale pour Frans, demanda Benedict.

Frans le regarda, fou de terreur, mais Benedict ne lui accorda aucune attention, occupé qu'il était à soutenir le regard impérial. Maria Feodorovna observait les deux jeunes hommes.

— Et qu'avez-vous fait pour solliciter cette grâce ?

Frans ne put répondre.

— Il a déserté.

L'impératrice mère fit une moue, montrant la gravité de cette information.

— Pourquoi ?

— Pour étudier, continua Benedict. Frans est devenu un bon artificier parce qu'il a déserté et il souhaiterait désormais poursuivre sa formation en Angleterre et rendre visite à ses parents, mais il ne peut pas tant qu'il est déserteur.

Frans se demanda à quel moment de son absence à lui-même, il avait pu évoquer son souhait de poursuivre ses études en Angleterre, mais il se garda bien de le faire remarquer. Maria Feodorovna fit quelques pas et s'assit. Droite sur son siège, elle avait tout d'un juge suprême.

— Quoi d'autre ?

Alistair hésita le temps d'un battement de cils et se lança :

— Je voudrais adopter Petit Louis.

— Quoi ? demanda Meredith, qui reçut un coup de coude de Mikhaïl en réponse.

L'impératrice mère fit comme si elle n'avait rien entendu.

— Petit Louis ? Ce pauvre garçon français que vous avez libéré de son esclavage… N'étant pas un citoyen russe, nous devrions le renvoyer en France… Je pense qu'il vous faudra plutôt questionner l'ambassade de France, lorsque vous serez rentré dans votre pays. D'ici-là, je ne vois pas de difficulté à ce que l'enfant vous soit confié en tant que tuteur.

Alistair s'inclina, heureux de voir sa folle demande recevoir une réponse favorable.

— Une autre faveur, peut-être ? interrogea Maria Feodorovna.

Chacun regarda les autres, mais nul ne broncha.

— Je suis venue, car je voulais éclaircir plusieurs points avec vous. Je sais que vous m'avez soupçonnée d'être derrière le vol de l'œuf à la Rose.

L'impératrice mère leva la main pour faire taire toutes les exclamations de dénégations qui fusaient.

— Je le sais depuis que Monsieur Clifford est venu me trouver en personne dans mon palais et je dois vous confesser qu'effectivement, la politique me manque. C'est pourquoi ma fidèle Anouchka rend visite au grand-duc Vladimir Alexandrovitch, afin d'avoir quelques informations à me communiquer.

Ils se turent, n'estimant pas devoir poser de questions.

— En revanche, au milieu de toutes les nouvelles que j'ai reçues de vos différentes aventures, il est un point encore obscur. Que venaient faire ces trois terroristes dans le salon privé d'Alexandra Feodorovna ?

Meredith eut une exclamation de surprise.

— C'est précisément cette question que je me suis posée avant que nous ne découvrions la bombe ! Ce n'était pas logique… Si leur but était de placer les explosifs dans la chaudière, pourquoi sont-ils venus chez la tsarine ?

Benedict se tourna vers Frans.

— Frans, c'est toi qui connaissait le mieux ce groupe de révolutionnaires…

Frans vit tous les yeux de l'assemblée se poser sur lui ce qui ne l'aida guère à se concentrer. Pourquoi Véra Figner et ses deux sbires étaient-ils venus en personne déclencher cette bombe ? N'importe quel imbécile du groupe pouvait la placer dans la chaudière… Et pourquoi ce lieu privé ?

— Je ne connais pas les appartements de sa Majesté. Y a-t-il quelque chose de particulier ? demanda-t-il.

— Ce sont des appartements tout ce qu'il y a de classique, répondit la tsarine mère. J'y ai passé de nombreuses années et, mis à part la nurserie qui a été réinstallée à la naissance d'Olga…

Benedict n'écouta pas la suite. Son esprit sentait que quelque chose se mettait en place… *Nurserie… Enfant… Détruire le tsar… Poupée…*

— Les crânes de porcelaine ! Les poupées ! Qui faisait exploser les poupées ? cria Benedict.

— Les poupées ? C'était Véra. Elle disait que ça personnifiait ses futures victimes…

— Il y a une bombe dans les poupées des grandes-duchesses ! hurla Benedict.

À ces mots, Alistair bondit dehors, aussitôt suivi par Hayley.

— Suivez-moi, je sais où la tsarine est installée avec ses filles ! lui dit-elle entre deux souffles.

Hayley s'engagea dans un escalier, le monta quatre à quatre, soulevant ses jupes et jupons comme elle n'aurait jamais imaginé le faire, puis elle fonça à travers un couloir et montra la dernière porte à gauche, Alistair s'élança la devançant.

Les deux gardes en faction devant la porte se préparèrent à recevoir cet inconnu arrivant en courant, quand ils entendirent en russe :

— Il y a une bombe ! Une bombe !!!

Ils en furent si décontenancés qu'ils le laissèrent entrer, comme un fou chez la tsarine. Alexandra Feodorovna sursauta, prête à hurler « À l'assassin », quand elle se tut, voyant avec stupéfaction l'espion anglais se saisir de la poupée de porcelaine de sa fille aînée. Alistair ouvrit la fenêtre et jeta la poupée le plus loin possible.

— Combien ? Combien elles ont de poupées ?

L'impératrice recula d'un pas, face à ce fou. Hayley arriva, hors d'haleine, et fut poussée à l'intérieur par Sergueï et Mikhaïl qui entraient.

— Trois…

— Où ?

Elle montra la pièce adjacente.

— Là…

Alistair fonça dans la nurserie et les vit. Il se jeta sur la grande-duchesse Tatiana, qui hurla de terreur du haut de ses trois ans, lui arracha sa poupée des mains et ouvrant la fenêtre la jeta le plus loin possible. Mikhaïl sauta sur la poupée posée à côté du berceau de la grande-duchesse Maria, âgée de quelques mois, et la jeta par la fenêtre, quand tout explosa. Le verre des fenêtres vola à travers la pièce se plantant partout où il le pouvait. Mikhaïl et Alistair n'eurent que le temps de protéger leurs visages de leurs bras. Sergueï se jeta sur la grande-duchesse Tatiana, qui hurla de plus belle, Hayley s'interposa devant le berceau, et ils reçurent tous plus d'éclats de verre dans le corps qu'à leur tour.

La situation se figea un instant et les hurlements de Tatiana sonnèrent la reprise de la vie. Sergueï se figea, ne sachant combien de bouts de verre le transperçaient. Heureusement pour lui, il portait le gilet que Lady Clifford lui avait confectionné. Le verre avait été arrêté par l'acier.

— Des médecins !!! Allez chercher des médecins !!!

Alexandra Feodorovna traversa la salle criblée de verre et récupéra sa fille Tatiana des bras en sang de Sergueï.

— Ne bougez pas Colonel, sinon vous allez aggraver vos blessures…

Attirés par cette nouvelle aire de chaos, les médecins qui officiaient au rez-de-chaussée surgirent dans la nurserie. L'un d'eux sortit la grande-duchesse Maria de son berceau et revint vers Hayley qui restait immobile. À part quelques blessures à l'arrière des bras, elle était indemne, les éclats de verre s'étaient fichés dans son chignon, ses épaisses jupes ou son corset en acier. La situation était plus délicate pour Mikhaïl et Alistair qui étaient criblés de verre au niveau des bras, des jambes, du crâne… bref de tout ce qui n'avait pas été protégé par les gilets de protection. Alistair se tourna vers Mikhaïl, dont les médecins enlevaient les premiers bouts de verre grâce à des pinces. Il constata avec soulagement que le jeune Russe portait l'une des vestes en soie de Casimir Zeglen, l'inventeur américain du gilet pare-balles. Un médecin s'approcha de lui avec des pinces et Alistair pensa avec philosophie qu'il allait passer un bien mauvais moment en sa compagnie.

— Tueuse d'enfants… marmonna-t-il dans sa barbe.

Il inspira et le médecin retira le premier morceau de verre.

CR ◆ SO

Meredith, Benedict, Hayley et Alistair avaient pris place dans une spacieuse cabine comprenant deux chambres du Nord-Express. Serguéï, le nouveau responsable de la sécurité d'Alexandra Feodorovna et de ses filles, avait tenu à les accompagner jusqu'au quai. Alistair redescendit, anxieux.

— Tu crois qu'ils vont enfin arriver ? demanda-t-il au Russe appuyé sur une superbe canne.

— C'est émouvant. Tes premiers émois de père, sourit Serguéï. Qu'ils arrivent ou non à l'heure, j'ai un ordre signé du gouverneur de Saint-Pétersbourg en personne pour retarder le départ du Nord-Express jusqu'à ce que Petit Louis arrive.

— Ne l'appelle pas ainsi, c'était son nom d'esclave et il ne l'est plus.

Au loin, deux silhouettes, une petite et une grande, arrivèrent en courant. Alistair eut un sourire resplendissant que Serguéï ne lui connaissait pas encore. Une sorte de lumière intérieure illuminait tout son visage. Le Russe pensa par-devers lui que cet Anglais-là ne laisserait pas de le surprendre. Il reporta son attention sur Mikhaïl et Louis qui arrivaient enfin. Mikhaïl fit un grand sourire à Alistair en hochant la tête.

— As-tu réussi, mon ami… osa Alistair d'un ton hésitant.

— Cela sert d'avoir des relations dans le monde diplomatique, mon cher Alistair. Voici pour toi.

Mikhaïl sortit de sa poche un courrier qu'il tendit à Alistair. Fébrile, l'Anglais s'empara du document et le lut, tout en se rapprochant de Louis. Alistair posa une main protectrice sur l'épaule de l'enfant roux, qui regardait avec un mélange de crainte et de joie les trois hommes l'entourant.

— Tu es officiellement le père adoptif de Louis Petit, jeune français orphelin. Par l'adoption plénière existant en droit français et que les services de l'ambassade ont utilisé pour le présent document, Louis porte désormais le nom de Clifford.

Alistair eut un étourdissement de bonheur, se tenant à l'épaule de Louis, pour maintenir son équilibre.

— Hourra ! Vive Louis Clifford, notre nouveau cousin ! cria Benedict qui venait de rejoindre le quai.

— Bienvenue nouveau petit cousin ! enchaîna Meredith.

— Sois le bienvenu Louis, sourit Hayley qui descendait la dernière les deux marches la séparant du quai. Ta vie va être douce désormais auprès de Monsieur Clifford.

Hayley rayonnait ce jour-là. Elle était calme, sereine, heureuse en fait. Elle était en vie, ils étaient tous en vie, plus ou moins entiers et un petit garçon rejoignait leur étrange famille. Un beau voyage de retour se préparait, même si elle avait un pincement au cœur en quittant le colonel Pouchkine et le prince Kourakine.

L'animation sur le quai monta d'un cran. Le temps des au revoirs était venu. Alistair ne put faire autrement que de prendre dans ses bras les deux Russes, remerciant avec une particulière chaleur Mikhaïl qui avait usé et abusé de tous ses réseaux pour obtenir l'adoption de Louis dans les quinze derniers jours. Alistair lui promit qu'un jour, il lui revaudrait ce service.

Hayley remercia Serguei pour tout ce qu'il lui avait appris et qui lui avait sauvé la vie. Elle jura de lui écrire pour prendre de ses nouvelles, ce qui émut le dur Serguei au-delà des mots. Pour toute réponse, il lui baisa la main un peu trop longtemps au goût d'Alistair.

Meredith prit le temps de saluer comme il se devait Mikhaïl, son compagnon d'armes face au chaos. Elle espéra qu'ils se rencontreraient dans des circonstances moins terribles la prochaine fois. La jeune Anglaise songeait avec nostalgie que si sa mission russe la libérait des contraintes de l'espionnage, ses aventures avec Mikhaïl lui manqueraient… Encore fallait-il que le Premier Ministre tînt parole.

Benedict salua Serguéï avec solennité, le remerciant une nouvelle fois d'avoir usé de sa proximité avec la tsarine pour obtenir la grâce que Nicolas II refusait à Frans. Le jeune Finlandais avait enfin pu rejoindre ses parents, avant de gagner l'Angleterre pour poursuivre ses études universitaires. En revanche, malgré leurs efforts combinés, ils n'étaient pas parvenus à retrouver la trace de Vladimir, le jeune étudiant rencontré lors de son voyage vers Saint-Pétersbourg. Benedict repartait de Russie le cœur tiraillé entre deux extrêmes : une profonde amitié pour quelques Russes et une colère inextinguible contre le tsar.

Louis remercia les deux messieurs, butant un peu sur les mots difficiles qu'Hayley lui avait appris la veille, mais s'appliquant pour que son nouveau père ne soit pas en colère contre lui. L'enfant avait tant connu de violences et de méchancetés qu'il était pétrifié d'horreur à l'idée de déplaire à ce monsieur si élégant, qui avait bien voulu l'adopter. Il faisait tous les efforts du monde pour apprendre le plus vite possible les bonnes manières, la langue anglaise et la confiance.

Les Anglais remontèrent dans le Nord-Express et s'installèrent dans leur cabine, saluant encore leurs amis russes à travers la vitre. Le sifflet du départ retentit et un épais panache de fumée monta vers le ciel, la locomotive montant en puissance pour ébranler les tonnes de métal et de bois précieux accrochées à elle. Le mouvement se lança au rythme du moteur à vapeur et le Nord-Express quitta la gare de Saint-Pétersbourg.

Alistair lisait *Un mari idéal* d'Oscar Wilde avec délectation, tandis qu'Hayley apprenait la lecture à Louis, pendant que les jumeaux se disputaient sur le fait de savoir si Paris était une capitale plus belle que Saint-Pétersbourg.

— Vous ne pouvez pas comparer ces deux villes, intervint Alistair. Elles sont toutes les deux belles et vibrantes, mais Paris vous séduit d'une œillade provocante, quand Saint-Pétersbourg attrape votre cœur par sa douce harmonie.

Meredith et Benedict regardèrent leur cousin avec contrariété, coupés en plein milieu d'une dispute fort prometteuse.

— Vous devenez poète, cousin ? demanda Benedict.

— Je l'ai toujours été, mais vous ne le remarquiez pas.

— C'est sûr que nous étions occupés à sauver nos vies, alors la poésie… commenta Meredith.

Alistair sourit à cette remarque. La poésie… L'amour… Tout ce qui manquait à son existence… mais les temps changeaient. Il était désormais père d'un jeune garçon qui avait besoin de lui, de son amour et de son soutien. Il reporta son attention sur Hayley qui détaillait lettre à lettre un mot que l'enfant scrutait avec attention. *Joli tableau… Très joli tableau…* Si joli qu'il en ferait volontiers son quotidien. Alistair pensa pour la centième fois à cette perspective. Le scandale serait retentissant, immense, insondable… Il y perdrait ses amis, ses relations, peut-être son rang si son père ou son oncle s'opposait trop violemment à son projet, sa fortune… Était-il prêt à tout perdre ?

Ses yeux se posèrent une nouvelle fois sur Hayley et Louis. Le tableau était vraiment joli…

FIN

Nicolas II et son épouse, la tsarine, en visite officielle.
Photographie libre de droits.

Pour les curieux

Pour ceux qui auraient l'envie ou le souhait d'approfondir leurs connaissances historiques sur la période victorienne ou la Russie de Nicolas II, je peux vous conseiller les ouvrages, films d'époque, images et documents scientifiques qui ont soutenu mon inspiration et m'ont permis de rendre plausible l'arrière-plan historique de ce roman.

SOURCES – LES ILLUSTRATIONS ET FILMS

•46 photographies de Saint-Pétersbourg, don de J. de Schokalsky en 1892 : http://gallica.bnf.fr/ark:/12148/btv1b8594550n/f1.planchecontac t

•Le dernier des tsars, la famille Romanov 1/3 : Nicolas et Alix : https://www.youtube.com/watch?v=hR3IU_81h_8

BIBLIOGRAPHIE - LES OUVRAGES

BARJOT Dominique, CHALINE Jean-Pierre, ENCREVÉ André, *La France au XIXème siècle, 1814-1914*, PUF, 1998.

BEDARIDA François, *La société anglaise. Du milieu du XIXème siècle à nos jours*, Seuil, 1990.

CARRÈRE D'ENCAUSSE Hélène, *Nicolas II. La transition interrompue (Une biographie politique)*, Paris, Pluriel, 2012.

CHASSAIGNE Philippe, *Histoire de l'Angleterre. Des origines à nos jours*, Flammarion, Champs, 1996.

CHEVALLIER Jean-Jacques, *Histoire des institutions et des régimes politiques de la France de 1789 à 1958*, Préface de Jean-Marie MAYEUR, Armand Colin, 2001.

CHESNEY Kellow, *Les bas-fonds de Londres. Crimes et prostitution sous le règne de Victoria*, Texto, 2007.

CORVISY Catherine-Emilie, MOLINARI Véronique, *Les femmes dans l'Angleterre victorienne et édouardienne. Entre sphère privée et sphère publique*, L'Harmattan, 2008.

FEDOROVSKI Vladimir, *Dictionnaire amoureux de Saint-Pétersbourg*, Paris, Plon, 2016.

FRAISSE Geneviève, PERROT Michelle (sous la direction de), *Histoire des femmes. Le XIXème siècle*, Plon, 1991.

GONNEAU Pierre, *Histoire de la Russie, d'Ivan le terrible à Nicolas II. 1547-1917*, Paris, Tallandier, 2016.

GOODMAN Ruth, *How to be a Victorian*, Penguin, 2013.

MEAUX Lorraine (de) (sous la direction de), *Saint-Pétersbourg. Histoire, promenades, anthologie et dictionnaire*, Paris, Bouquins, 2003.

MILFORD-COTTAM Daniel, *Edwardian fashion*, Oxford, Shire publications, 2016.

PAXMAN Jeremy, *The Victorians. Britain through the paintings of the Age*, Londres, BBC Books, 2010.

BIBLIOGRAPHIE - LES ARTICLES

BÉRARD Ewa, JOBERT Véronique, L'hôtel de ville et le palais d'Hiver ou la symbolique du pouvoir à Saint-Pétersbourg, *Revue Russe*, n°22, 2003, pp. 57-66.

BERELOWITCH André, Hiérarchie et préséances : le cas de la Russie au XVIIe siècle, *Revue des études slaves*, tome 63, fascicule 1, 1991, pp. 229-244.

CARIANI Gianni, La découverte de l'art russe en France, 1879-1914, *Revue des études slaves*, tome 71, fascicule 2, 1999, pp. 391-405

KERBLAY Basile, Le milieu estudiantin de Saint-Pétersbourg en 1909 : une enquête à l'Institut polytechnique, *Revue des études slaves*, tome 58, fascicule 2, 1986, pp. 221-228.

LESURE Michel, Les mouvements révolutionnaires russes de

1882 à 1910 d'après les fonds F7 des Archives Nationales, *Cahiers du monde russe et soviétique*, vol. 6, n°2, Avril-juin 1965, pp. 279-326.

MANFRED A. Z., Quelle fut la cause de l'Alliance franco-russe ?, *Cahiers du monde russe et soviétique*, vol. 1, n°1, Mai 1959, pp. 148-164.

STENGERS Jean, Une histoire des services de renseignements britanniques, *Revue belge de philologie et d'histoire*, tome 65, fasc. 4, 1987, pp. 826-842.

⊂Ω◆℘

Pour les plus curieux d'entre vous, je vous précise que Casimir Zeglen, Véra Figner, Anna Aleksandrovna Vyroubova, le grand-duc Vladimir Alexandrovitch Romanov et, bien évidemment, Maria Feodorovna, Nicolas II, son épouse Alexandra Feodorovna ainsi que leurs filles, les grandes-duchesses Olga, Tatiana et Maria sont des personnages historiques sur lesquels vous pouvez trouver des renseignements. Bien que les événements de ce roman soient une pure fiction, j'ai essayé d'être fidèle aux caractères des différents personnages et de ne pas trahir leurs mémoires dans cet écrit.

En outre, les deux surprises de l'œuf à la Rose ont été perdues, mais nul ne sait dans quelles circonstances, et *Jicky* de Guerlain était bien le parfum préféré des dandys.

Bonnes recherches à tous !

Cahier d'illustrations

Statue de Pierre le Grand, fondateur de Saint-Pétersbourg.
Photographie libre de droits.

Karl Karlovitz BULLA, Iron Gate of the Winter Palace, St. Petersburg, before 1917, 84.XP.224.78. ©The J. Paul Getty Museum, Los Angeles

Le Palais d'Hiver, photographie libre de droits.

Le théâtre Mariinsky, Saint-Pétersbourg, avant 1917.
Photographie libre de droits.

Karl Karlovitz BULLA, Alexander Theatre, St. Petersburg, before 1917,
84.XP.224.75. ©The J. Paul Getty Museum, Los Angeles

The Nevski Prospect, the main thoroughfare of St. Petersburg, Russia.
Russian Federation Saint Petersburg, ca. 1901, avec l'aimable autorisation
de la Bibliothèque du Congrès (Washington - USA).
https://www.loc.gov/item/90713707/

*Alfred LORENS, Admiralty Building, Saint Petersburg, 1865–1875,
84.XD.1157.728. ©The J. Paul Getty Museum, Los Angeles*

Table des matières